就算没有男朋友

某小丫　著

中国华侨出版社

图书在版编目（CIP）数据

就算没有男朋友 / 某小丫著. — 北京 : 中国华侨出版社, 2014.10
ISBN 978-7-5113-4957-6

Ⅰ. ①就… Ⅱ. ①某… Ⅲ. ①长篇小说－中国－当代
Ⅳ. ①I247.5

中国版本图书馆CIP数据核字（2014）第236415号

就算没有男朋友

著　　者：某小丫
出 版 人：方　鸣
责任编辑：紫　夜
装帧设计：肖　瑶
排版制作：刘珍珍
经　　销：新华书店
开　　本：880mm×1230mm　1/32　印张：9　字数：220千字
印　　刷：北京京都六环印刷厂
版　　次：2015年5月第1版　2015年5月第1次印刷
书　　号：ISBN 978-7-5113-4957-6
定　　价：32.80元

中国华侨出版社 北京市朝阳区静安里 26 号通成达大厦 3 层　邮编：100028
法律顾问：陈鹰律师事务所
发 行 部：（010）82068999 传真：（010）82069000
网　　址：www.oveaschin.com
E-mail：oveaschin@sina.com

如发现图书质量问题，可联系调换。质量投诉电话：010-82069336

就算没有男朋友

目录 / Contents

Chapter 1

青春之后，锦年之前

_1.

韩文静打来电话的时候我还在睡觉，迷迷糊糊接了电话，韩文静张口就说：周小北，我要向你宣布一个消息。我立刻从床上爬了起来，正襟危坐，等待光辉时刻的来临。韩文静接着说：我要变成同性恋。我说：还有吗？韩文静说：没有了，我说完了。听完之后我安下心来，长舒了一口气，只是要变成同性恋而已。上一次韩文静打电话过来宣布消息，是要跟她爸妈断绝关系，跟着一个非洲土著私奔到原始部落砍柴为生。我说：韩文静，你变不成同性恋，你还有个男朋友，叫卢川。韩文静说：我要跟他分手。我对男人是彻底失望了。我说：算了吧你，你顶多也就是个双性恋。韩文静很好奇：什么叫双性恋啊？我说：双性恋就是脱下对方裤子，不管发现什么都会感到惊喜的人。

挂了电话，我继续沉沉睡去，做了一个噩梦。梦见被困在一个巨大的、黑暗的山洞里，山洞潮湿的四壁发着绿幽幽的光。四周围了一群蛇，也全都是绿幽幽的。那些蛇面对着我，一个个摩拳擦掌，跃跃欲试。我蜷缩在靠着山洞口的一个角落，拼命地往回缩。在我吓得不行的时候，突然出现了一条头戴王冠的大蛇，估计它就是群蛇之首。只见它喝退了那些小蛇，一副要保护我的样子。那些小蛇果然很听它的话，一个个游动着退下了。我放下心来。大蛇慢慢地滑行到我身边，姿态很优雅，它越来越近，原来是个人头蛇身的怪物，就在我舒展了一下身体想要感谢它的时候，它古怪地微笑着，对我说了句什么，还没等我回答，它突然凶相毕露，张着血盆大口就咬了我一下。这时我才看清：蛇头上竟然是樊斌的脸。

醒来之后电话像催命一样地响个不停，拿起来一看又是韩文静。她在电话里机关枪一样地叫："你要死了周小北，都几点了你还不起床，你还睡呢，快起床啊！吃饭去！"

我看了看表，十二点半。我说："不是已经说好了晚上给王媛过生日吗？这才几点。"韩文静又是一通乱喊："不行了，饿死我了，你肯定也没吃饭吧，再过十五分钟下楼。"我匆忙洗脸穿衣服——韩文静最近食欲猛增，而且每次都非常急切，经常把自己搞得宛如饿鬼，把我的生活搞得宛如战场。上周我陪她去楼下的肯德基吃东西，提前说好了我不吃那些，等我坐下来之后还是惊奇地看着她端了一个桶走过来。她端坐下来，瞪了我一眼："看什么看，最近我一个人单挑全家桶是家常便饭。"

在等她的时候我走到厨房，从冰箱里拿出冰水喝了两大口，一阵寒流穿过胸腔直达小腹，整个人便清醒过来，这是我对付噩梦的唯一方法。樊斌走了这么多天，阳台上还晾着他的睡衣，蓝白格子的，有点脏了。我又找了几件衣服，把它们一股脑儿扔进了洗衣机里，然后重新回到卧室坐到床上听着洗衣机的轰鸣发呆。这个房子中，洗衣机在靠近卫生间门口的一个小空间里，然后是客厅，穿过客厅左手边就是卧室。从前，樊斌经常从卫生间出来，抱起正在洗衣机旁边搅动衣物、满手泡沫的我直奔卧室那张大床。我坐在床上，看着憧憧人影在房间里跑来跑去，一时间眼花缭乱，恍如隔世，直到韩文静开车到楼下用尖锐的喇叭声把我唤醒。韩文静按喇叭的频率很有特点，玩儿命地按，非常不讲究社会公德。我们常开玩笑称之为九长一短、九浅一深。

在环市东一家川菜馆坐下，我给韩文静讲了我的那个梦。韩文静眼睛根本没离开过菜谱，飞快地翻，一边看一边敷衍我："啊，你这个淫棍，蛇在梦里就代表男性生殖器的意思啊。我看你是被家里逼婚逼疯了。我妈也是，昨天又催我相亲了。哎，服务员！服务员！"

点了四菜一汤之后，韩文静的焦躁终于慢慢平息。我随口问了问："你跟卢川又怎么了？"这下炸了锅了。韩文静刚刚被饥饿压抑的怒火重新被点了起来，开始跟我痛诉卢川的种种作为以及不作为，最后她做了一个气急败坏的总结性发言："他也太拿自己当回事儿了，少了他我不转了似的。"我说："你转什么啊，你又不是地球。"韩文静白了我一眼，专心攻菜。

卢川我只匆匆忙忙见过一次，挺高的，好像不怎么说话。年龄不详、职业不详、家庭背景不详。本来是韩文静在躲避她爸她妈相亲大战时临时拉过来做挡箭牌的。此人对韩文静很好，但文静经常不领情。比如，有一天韩文静晚上从家里溜出来跑去卢川家过夜，其间表现得情深意切，可圈可点，时而激情似火，时而弱柳扶风。卢川感动之下无以为报，突然想起韩文静平时特别怕蚊子，于是连觉都没睡，跟两只蚊子殊死搏斗，一直进行到早上六点多，之后遭到韩文静劈头盖脸一顿痛骂。据韩文静称，卢川当晚上蹿下跳，每隔五分钟就噼里啪啦地乱拍一通，吵得她头痛欲裂，根本无法入睡。韩文静认为，你对我好就应该乖乖躺在那儿，以身饲“虎”，敞开了让它们咬，它们吃饱了自然就消停了。于是二人大吵一架，冷战多村。这才刚刚和好没几天。

今天吵架据说是因为卢川的不作为。为了给王媛选生日礼物，韩文静约了卢川跟她一起去花店，本来想借此机会把卢川隆重推出。卢川是个标准的球迷，晚上本来约好了跟朋友一起看场比赛，也只得推掉朋友来到花店，结果被韩文静一顿骂，因为他穿了条运动短裤。韩文静当时就怒了，觉得他既不尊重自己也不尊重她的朋友，两人再次不欢而散。散伙儿之前卢川对韩文静说了一句忍耐已久的肺腑之言：“韩文静，你知道朋友在背后都怎么说我——卢川，你找了个小妈！”

文静出身名门，对男友的颐指气使由来已久，在她漫长的叙述中我昏昏欲睡，没办法只能点一瓶啤酒，菜上来之后她边吃边骂，说现在见到酒比见到什么都亲，说卢川没人性。我喝着喝着，突然听她没头没脑地说了一句：“你说彭永辉今天会来吗？”我的心“咯噔”一下沉了下来。紧接着我想起昨天下午那个镜头，看了韩文静一眼，欲言又止。

“我昨天在商场看见彭永辉了，不过他没看见我。”终于还是没忍住，我开口了。“看见他有什么稀奇的？”韩文静一向不喜欢他。“他在珠宝柜台买东西。”我继续解释。韩文静终于停下来，露出惊奇的表情：“不是给王媛买生日礼物吧？他什么时候变得这么大方？”

我说：“嗯，可能是吧，他走后我去柜台问了一下，买的铂金项链。”韩文静放下心来：“那还不错。”我想了想，还是决定把话说完：“可是他买了两条，一模一样的。”果然，文静扔掉那块辣子鸡，看着我露出大惊失色又厌恶的表情，意思是，真是……那样儿吗？我冲她点了点头，她无可奈何地明白过来。我俩对视一眼，长叹一声，没有说话。“你知道我昨天梦见什么了？”片刻之后韩文静无所谓地拾起筷子，又瞄准了那盘青菜，“我梦见我们三个一起出去玩，你们俩跳楼啦。”说完她咯咯地笑起来。

_2.

从我们毕业那天起，王媛就渴望彭永辉能给她过个生日。到现在我们毕业了六年，这个愿望都没能实现。六年来很多东西都变了，就连我们三个都经历了无数次分分合合，记不清一共互相绝交了多少次，可王媛对彭永辉从来没变过。每年生日我和韩文静都看着王媛无比难受地跟我们一块儿过，彭永辉则是礼到人不到。今年王媛放出狠话，如果彭永辉不来，就让他永远都别来了。可我知道她是嘴上功夫，如果女人真的有能力控制感情局面，当初她就不会选择跟彭永辉在一起。

王媛跟彭永辉认识得很偶然，当时我们还在上大学，学校搞了一个活动，拉企业出钱资助一些家境比较贫困的学生，王媛恰好是贫困学生一名，而彭永辉恰好是当中出钱的一个企业主。在一个类似于歌功颂德的答谢会上，彭永辉对王媛惊为天人，一见钟情，随后展开火热攻势。王媛则冷若冰山，不为所动，连话都不肯多说一句。唯一约出去的一次，是在天河南二路的一个酒吧，王媛除了喝咖啡和微笑，只字不言，送回宿舍之后对他说了句“再见”，把他高兴了半天。彭永辉那股不到黄河心不死的认真劲儿和他那部崭新的奔驰房车，把我们学校当时几位待价而沽的小资美女看得眼都绿了，可王媛依然一副拒人千里之外的表情。有钱人哪儿见过这个，长期的新鲜、挫折竟然让彭永辉动了真情，开始新一轮猛烈攻势。如此两年，直到王媛毕业也没追到手。就连我们都快被彭永辉感动了，问王媛到底怎么想的，她却对此事咬紧牙关，始终只字未提。毕业后，王媛以优异的成绩进入一家外企，拿着比我们都高的薪水，过着比狗都惨的日子，每天只吃泡面就榨菜，看得我们目瞪口呆：怎么一个好好的人上了班就被折磨成这样啊？韩文静恨不能打死她，但她什么都不解释，照样我行我素，跟我们逛街吃饭绝不埋单。有一次韩文静过生日，她狠了狠心，花了七元，送了套QQ秀。对自己更是吝啬无比，不管时光怎么转变，天气如何改变，永远三套衣服换着穿。半年之后，彭永辉接到了王媛的电话，约他出来坐坐。彭先生受宠若惊，兴奋得心脑血管都要爆炸了，仔细拾掇一番准备迎战。到了约定地点，一个更加让他爆炸的消息等着他：佳人是来还钱的。大学两年的学费和生活费，王媛一分不少地还给了他。

这场噩梦至此终于结束了，王媛卸下伪装、恢复正常。另一个爆炸性的新闻是：王媛正式成为彭永辉的女朋友。

韩文静对王媛的这一举动非常抗拒，她不止一次地骂她：“你怎么那么执迷不悟呢？我跟你说过多少次了，不要因为婚外情的精彩而执著于它的结果，再说，就彭永辉那个款农，他配得上你吗？你俩过得精彩吗？人家有女儿、有家庭、有事业，样样不缺，他能给你什么，不就是一高兴就抱起你转俩圈儿吗？”王媛答：“他什么也给不了我，就那俩圈儿都已经超出他的知识范围了。我就是喜欢他。”所谓朋友就是这样，不管对错，既然反抗不了那就鼎力支持。何况，王媛终于招供，她从一开始就喜欢彭永辉。

五年过去了，王媛和彭永辉表面上看起来什么都没变，可我们清晰地感受到了底下暗流涌动。说白了，一般意义上的婚外情无非是男人发泄过多精力和欲望的后花园，让自己更加放松的过程。一旦激情耗尽，放松就结束了，开始面临一种选择，要么保留婚姻，要么保留爱情。对于这一点彭永辉不是不纠结的，五年，几乎是一个女人全部的青春。

韩文静多次冷嘲热讽说王媛是活雷锋，给人间无偿送温暖的。可我知道王媛没那么伟大，没有一个女人在动了真感情之后能做到像别人说的那样一直无条件地付出，永远无怨无悔地等待，这与理智无关。在这一点上，时间越长就越不会习惯。

_3.

吃完饭，跟韩文静去给王媛挑礼物，在车上我问她："男人潜意识里是不是都希望有外遇？"

韩文静很鄙视我："潜意识？那叫潜意识吗？那不是明摆着的嘛。"

韩文静只有刚刚吃饱的时候心情最好，她说完继续饶有兴致地看着我："怎么啦，是不是樊斌终于出轨啦？这才是符合人性的，我就说嘛，这么多年你们俩怎么好得那么不正常啊。"

在这一点上文静一直比我俩洒脱，一方面她性格干脆从不拖泥带水，另一方面她也从来不乏人追。这些年来我跟王媛都毫无建树地纠缠于同一段感情，文静已经走马观花地换了一打男朋友。对于文静来说，激情是最重要的，其他都是狗屁，至于结婚和繁衍后代就更不归她考虑了，按照她的话来说：生个儿子祸害社会，生个女儿被社会祸害。这是这么多年来仅见的她提到关于社会公德的一句话。

在天河城转了半天，文静挑了一个坤包，我选了一支眼霜，买完东西韩文静提议到她的画室坐一下，我说好。驱车来到画室，老黄早就等在那里，看到我们过来，表情夸张地迎出来："韩大小姐，你可算回来了啊！"韩文静理都没理，径直走到里面，我冲他点了点头，他匆忙冲我一笑赶紧跟过去。老黄是做建筑的，身高168、体重168、车牌168、手机号码168。宝马两个、奔驰两个、房子两个、老婆两个。可以算是非常有钱了。但由于韩文静的父亲掌握他的生杀大权，所以他长期沦为韩大小姐的奴隶，看店、买饭、跑腿，只要文静一声令下他什么都干。即使这样韩文静还是有事没事总挤对他，要么说他土鳖，要么说他黏人，说什么他配合什么，从不顶嘴。最夸张的是有一次韩文静说他暴发户，老黄就很谦虚地说每天晚上就跟老婆在小区门口吃四块钱一碗的桂林米粉。后来韩文静告诉我们：有一天她真在路边碰到老黄和他老婆散步，随便聊了几句。他老婆说他们平时吃八毛钱一根的冰棍都AA制。那天老黄心情好，跟他老婆说，今天便宜你，我给一块，你只要给六毛就行了。

老黄为得到韩父的帮助不遗余力，任劳任怨。今天帮文静看了大半天的店，又不知从哪儿得到消息，知道文静闺蜜生日，于是说他最近接手了一家娱乐城，餐饮唱K一条龙，他想请吃顿饭略表心意。

韩文静听完心里暗爽，但嘴上还是不饶人："老黄，你什么意思啊，我朋友过生日没钱吃饭是吧？"

老黄一听这话感觉有戏，赶紧赔笑："哎，一提钱可就俗了啊，韩大小姐给鄙人面子最重要，平时请都请不到，好不容易盼到你闺蜜过生日，就当一起过去热闹热闹，给我捧个场嘛。"

韩文静这才转怒为喜，勉强答应下来，老黄像领了圣旨一样，匆忙离去。

我打电话给王媛，听她在电话里的声音明显有点不对劲，说："你怎么了，像哭了似的。"

她说："没什么，有点儿感冒。"

"不严重吧？"

"在家休息了半天，好多了。"

我也没多问，说："那你收拾一下吧！我们等下去接你。"到王媛家的时候她已经等在楼下，一上车我们就看到她脖子上那条铂金链子，一看就是彭永辉送的。我跟文静对视一眼，文静一脸的难以名状，我脱口而出："彭永辉今天不来啦？"

王媛说："来啊，怎么了？"

我说："礼物都提前送了。"王媛不好意思地笑笑："我也不喜欢戴这些真金白银的，他非得送。"韩文静冷冷地哼一句："我还以为他又临阵脱逃呢。"王媛立刻反驳："你们别把他想成那样，这次不会了，他说今晚会来。"王媛说完摸了摸项链，露出少有的受重视的甜蜜表情。韩文静一看气就上来了，我伸手掐了她一下，她活生生把要说的话吞了回去，忍得咬牙切齿，满脸通红。其实过个生日本来不重要，可世事如棋，一不小心这个日子就变成了王媛多年来持之以恒的伤心日。倒霉之处在于，王媛虽比彭永辉的太太小一轮，却跟她一天生日，每年的这一天，王媛孤苦伶仃地幻想着对面高朋满座，暗骂自己活该倒霉，最终眼泪倒流，一声不吭。

老黄就是老黄，连饭店名字都带有浓郁的老黄风格：钻石夜总会。老黄见到文静赶紧热情地亲自迎过来："稀客啊，稀客，赶紧，楼上请。"

由于文静的面子，我们被安排到一个套间，老黄生怕韩大小姐不满意："你们请坐，请坐，今天晚上文静赏我面子，一切消费算我的，千万别跟我客气，一定要玩好。你们easy，easy啊。"

韩文静指了指旁边的位置，对老黄说："你也坐下。"

老黄受宠若惊，招呼服务员送上精美小吃、各种酒水，又安排了一位部长点菜，陪我们一起坐下，嘴里还在客气："来，各位女士，别客气啊，千万要给我面子，Please，Please。"

老黄这个人最大的毛病就在他的语言上，他不说话还好，一说话就十分惊人。他不会说英语，也不会说粤语，可是他偏偏爱现。英语就不用说了，他会的单词包括yes、no和ok在内不会超过十个，再说粤语，他把广东话里的"招租"说成"招招"或者是"租租"，把"区庄立交桥"说成"区庄来高潮"，把"小姐"说成"小贼"，把"唔该晒"说成"扑街仔"，而且都不是故意的。就这样的一个弱智，在儿子出生后，信誓旦旦地要用英语和粤语对儿子进行双语教育。

韩文静拿着菜单边让部长写菜边问他："老黄啊，你儿子双语培训搞得怎么样了？"他含笑不语。韩文静那股劲儿上来了，又开始调侃他："比如，我们现在在喝酒，用英语怎么说啊？"

神色严肃的老黄端着杯子，憋了半天憋出一个单词："Drink？"我跟王媛忍笑都快忍出内伤了。韩文静接着问他："那整句怎么说啊？"老黄微笑着看着我们，好像有点儿不好意思，最终以一种不确定的口气试探着说："Cheap？"

这一下谁也没忍住，直接让我们当场笑翻了，王媛都要笑吐了。韩文静笑了半天，试探着问："你是不是想说——cheers？"我们都很为老黄的儿子小黄担心，他爸英语说得像粤语，粤语说得像英语，普通话稍微好一点，绝大部分成语都认识，但都是乱来的，例如"衣冠教授""三十年河东，三十年河南"等这些都是他的专利，不胜枚举。最出色的一次，老黄看到韩文静的一张照片，是在成都杜甫草堂拍的，他硬是把人家的"三义堂"读成了"三叉堂"。不过只要有老黄在的地方永远都不会冷场。吃过几顿饭以后我们都深知老黄的风格，两杯酒下去老黄从商场谈到战场，四杯酒下去又从战场绕到情场，八杯酒下去就下道了，天下熙熙，皆为日来，天下攘攘，皆为日往。老黄谁都不怕，唯独怕韩文静，韩文静只要一个眼神过去，不管他在说什么，不管说得多high，都可以戛然而止，绝不恋战。

菜点得差不多，老黄也识趣，站起来告诉部长每人再加一份甜品，又转过头来对我们说："你们看，她就是爱取笑我。你们坐啊，我出去招呼一下老同学。你们玩好，有什么需要随时跟我说，千万别客气。文静，你照顾好你的两位朋友啊。"

部长客气几句走出去了，出门的一刹那我注意到她想笑又不敢笑，憋得脸都绿了。

菜上得很快，没过一会儿就全部上齐了，连蛋糕都给准备好了。韩文静催王媛说："彭永辉怎么还不来啊，你给他打个电话。"

王媛点了点头，拿出电话打了半天，说："无人接听，等一会儿吧。"

又过了半小时，菜都快凉了，王媛忍不住了，借着去洗手间的工夫又打了一通电话，再进来时脸色铁青。我和文静大惊，异口同声地问：“怎么了？！”

王媛说：“他关机了。”韩文静咬着牙振臂一挥：“不等了！我们开吃！”

_4.

席间彭永辉被韩文静骂得狗血淋头，骂完了彭永辉又骂王媛。韩文静说：“这个畜生，他能给你什么？最烦这种说到做不到的，你也是犯贱，找什么样儿的找不到非得跟他？”

我说：“算了，文静，今天王媛生日咱说点开心的。”王媛突然开口说：“小北，你别拦她，你让她说吧，早该有个人把我骂醒了。”王媛话音刚落，韩文静大喊一声：“对！我看你也该醒醒了，什么婚姻破裂了，夫妻感情没了，放屁呢他！这么多年了他连个生日都没给你过，你还心存幻想呢，告诉你吧，婚内出轨的我见多了，没彭永辉这么猥琐的。我看他简直就是罕见的幸福婚姻了，应该颁发个模范丈夫奖章给他。就你脖子上那条项链，要我早甩他脸上了，你也不嫌……”

韩文静说到这里意识到说漏了嘴，赶紧刹住，再看王媛，一脸煞白。

王媛朝我看了看，我跟文静对视一眼，都没吱声。王媛问：“项链怎么了？你俩都知道就瞒着我，是吧？”

还是没人搭腔。停了半天，王媛默默把项链从脖子上解下来放在面前，看上去很冷静，边解边说：“我一上车看到你俩那眼神就知道这项链不对劲了，不说算了。”

韩文静看到这儿又受不了了，我在一边狂掐她都没掐住，趁我不注意一把抓住项链：“就这？小北说她看到彭永辉买了两条一模一样的，一条送他老婆，一条送你！”

王媛大惊，目瞪口呆地望着我。我无奈地点了点头：“我确实看到他买了两条，但给谁的我就……”

还没等我说完，王媛突然一伸手，另一只手捂住胸口，转身飞速冲出房间，吐了。

王媛刚出去韩文静电话就响了，她接起电话冲我做了个口型，满脸得意之情，意思是卢川打过来跟她赔礼道歉了。她把手机开到免提，里面一片喧闹，韩文静“喂喂喂”喊了半天卢川才回话过来。

韩文静：“你那儿怎么那么吵？”卢川：“哦，我在酒吧看球呢，你那儿也挺吵的。”韩文静：“我现在在外面唱歌，你过不过来？”卢川：“我过去干什么？”韩文静：“过来跟我的朋友赔礼道歉啊。”卢川：“我做错什么了啊我就得赔礼道歉？！”

韩文静：“你说你做错什么了！说好了今天过来你又不来！”卢川：“我靠！他妈的裁判！点球不判也就算了还说假摔！你说什么？”韩文静：“我说，你自己说过的话你得遵守诺言！”

卢川：“哦，还是这个事儿，你觉得我今天没去你没面子了，是吧，我去不去真就那么重要吗？”

韩文静：“我告诉你卢川，我限你一个小时之内赶紧过来，否则我们就分手！”卢川：“你分手上瘾了是吧，你自己算算我们俩认识半年你说多少次分手了，分就分吧，我也腻了……啊，进了！”

韩文静：“卢川，你别后悔！”卢川：“我有什么后悔的。哦，你以为我真想给你打电话啊，不小心按错了而已。”

韩文静啪地挂了电话，脸上青一阵白一阵。等王媛回来，韩文静咬牙切齿，胳膊一挥：“走！换地方，继续喝！”

我们辗转到了“金矿”，要了个小包，韩文静扎进去就开始狂点歌。我跟王媛都知道刚才那个电话把她面子伤大了，想要安慰她又找不到话说。最后，我小心翼翼地凑到她旁边，假装随口问了一句：“就这么分啦？”当时她正在唱《分手快乐》，唱得很high很开心，听我这么一问，突然把麦克一扔，趴在桌子上呜呜地哭了起来。

从金矿出来她俩全醉了，我拖着韩文静就顾不上王媛，拉住王媛那个趁机又跑了。王媛似乎醉得更加厉害一点，走路都麻花了，我扶着她，她在我耳边不停地说：“七年了，知道吗？我从家里出来七年，我妈从来不记得我生日。”

我说：“你别傻了，你是谁生的？她肯定记得，只不过不说。”

王媛大幅度地反驳我，一个踉跄差点儿摔倒：“错了，你错了，你知道我今天打电话回去我妈怎么说的？”

“怎么了？”

王媛停了一下：“我妈说，她说……”说着说着推开我就蹲到地上要吐，我刚想去拽她，余光往前一望，发现韩文静正一个人手舞足蹈地向前冲去，一边摇晃着跑一边嘴里在喊：“我失恋了！我自由了！我失恋了！我自由了！”

我赶紧加快两步跑过去拉住她，又转身回来找到王媛，把她们弄到一起，好不容易拦了辆车，把她们弄上车，一起拉到我家。

到了家门口，我挨个把她们从车里扶出来，先把她们送进电梯，转身跑出去跟出租车结账。等我折身回来，发现电梯已经上去六楼并重新返回，暗暗松了一口气，以为她们已经到了楼上，等到电梯下到一楼，我刚想进去，发现她俩并排坐在电梯的地上，一动不动地互相催促。

王媛说："到了，快出去。"韩文静说："我知道到了，我没醉，你看，六楼嘛……你先出去……我马上就来。"我走进电梯，想把她们扶起来，却怎么也扶不动，干脆让她们坐着，到了六层像拖麻袋那样直接一个一个拖出来。等我把韩文静拖进客厅，王媛已经躺在沙发上睡着了。我关上门，突然韩文静一个箭步蹿起来，把电视打开，开到最大声，摇摇晃晃边跳边叫。我看了看时间已经凌晨三点，我冲过去关掉电视，她手里握着遥控器又打开了，等我抢过遥控器拔了电视电源插头，发现韩文静又抱着一个小音响躲到阳台上，把门反锁，又唱又跳。我敲了几次门她都不开，我找了一圈钥匙没找着，回来发现她继续在那儿大喊大叫还朝我做各种鬼脸。

最后真把我惹毛了，我大叫一声说："韩文静，你等着，今天我非杀了你！好样的你别动，我这就去找刀！"

说完我往厨房走去，想随便找把菜刀吓唬吓唬她，等我拿着刀走出来，发现阳台空无一人。我又拿着刀走进卧室，发现韩文静老老实实躺在床上，宛若处女，也不知真睡还是被我吓得装睡，估计她以为我真要杀她。

我走出卧室，坐在沙发上，发了一会儿呆，想起樊斌好几天没打电话回来了，拿起电话拨通了他的手机，话筒里说："您拨打的用户已关机，请稍后再拨。"我去卫生间洗了澡，又倒了杯水，慢慢地喝，边喝边拨电话，一直传出的都是关机的声音。

无奈之下我想到了李理。李理是樊斌的同事，三个月前跟他一起从广州调到深圳外派，在那边住隔壁，平时我们两家关系还可以。借着酒劲儿我拨通了李理的电话，很快就通了，我说："李理，实在不好意思，这么晚了还打扰你。"

李理说："没事儿，正好我也没睡。"

"我打樊斌电话打了很多次，一直找不到他人，我想问问他是不是跟你在一块儿？"李理的声音有些犹豫，"樊斌……应该是没电了吧。你等着，我去隔壁帮你看看。"一分钟后，樊斌用自己的手机给我打了过来，好像也还没睡，神智很清醒，向我解释说最近几天都比较忙，手机也没电了……听了半天之后我没头没脑地打断他，莫名其妙地对着听筒说了一句："樊斌，咱们结婚吧。"

_5.

我在韩文静旁边躺下，开着台灯看了一会儿书，天就亮了。我走到厨房，发现冰箱里只剩下几个鸡蛋，我煎了两只蛋，又穿上衣服下楼买了两盒牛奶，顺便又买了两份肠粉，小心翼翼地摆好，怕吵醒她们。弄好了以后我从沙发望过去，发现这点早饭还真把家里搞出了点儿气氛。自从樊斌调到深圳工作，我就几乎没吃过早饭，家里也从未开过火，都是一个人随便叫点外卖打发一下，很久没有那种温馨的烟火气了。这么一想我更加轻手轻脚，不希望她们那么早起来。折腾了一宿我也有点儿困了，刚躺到床上打算眯一会儿，门铃就响了。

樊斌走了后，我开始疯狂迷上网购，三天两头有快递上门，以至于现在各个快递都能熟练掌握我的电话、姓名和作息时间。收到的东西大多数拆开看一眼，就随手搁置再也不管，慢慢越积越多，我就再折价把它们转出去，一来一往快递就跟我更熟了。我打开门，签收了快件，看地址应该是前几天在景德镇买的瓷器，一个茶壶，一个酒壶，从图片上看通透圆润，像玉器一样。我拿着剪子，一层一层拆，几层报纸，一层海绵，全用透明胶缠着，拆到最后是用一种包灯泡的外包装包的，边拆边感慨卖家包装得真细心。我打开包装，一声大叫：里面赫然是一只灯泡！王媛都被我吓醒了，跑过来帮我拆开另一只，还是灯泡！

韩文静打着哈欠走过来，嘟囔着："吵什么呢你们，我正做梦呢！"走到近前，随手抓了一个，说，"周小北，你有病了吧，这么大老远买俩灯泡回来。"说完径直走向了卫生间。

我和王媛对视一眼，哈哈大笑起来。太可笑了这个，我和王媛讨论了一下可能性。突然，王媛跳了起来："啊，这么晚了！我早上得开会！"说完向卫生间冲去。

王媛洗脸的时候我把手机递给她，说："你这手机断断续续响了一夜，后来被我调静音了，你赶紧看看吧。"

王媛放下牙刷，看了一眼，淡淡地说了句："没事。"

"是彭永辉吧？"

她点点头。我接着问："你不给人回一个？"王媛说："不用。对了，赶紧拿套衣服给我换一下，一身的酒味。"我回到卧室挑了身衣服递给她，王媛接过来换上，左右上下看了看，走到餐桌旁随便糊弄了两口，打了个招呼便匆匆离去。韩文静满脸不乐意地瘫在沙发上，捧着脑袋，一副很难受、很懊恼的样子："啊，昨天我又喝多了，我又被你们蹂躏了。"这是韩文静的风格，每次喝完酒，第二天总要跟我们倾诉她又喝多了。语气婉转，意味深长，就像古代的风尘女子跟她的恩客抱怨：讨厌，上次你又把人家弄疼了。我没搭理她。她没精打采地站起来，把鸡蛋吃了，牛奶喝了，抹抹嘴说："哎呀，不行，恶心。我得回家接着睡会儿。太难受了，我以后再也不喝酒了。"韩文静摇摇欲坠地站起来往外走，扭头看到沙发上挂着的一张合影，照片里面我和樊斌神色亲密，背景灰暗，两人光彩照人。

韩文静说："这什么时候的照片啊，好几年了吧，还挂着。""是啊，还是咱们上大三的时候，那时我跟樊斌刚认识。"韩文静顿时清醒了，也忘了困了，开始回忆："唉，你的大学过得多值，碰上樊斌了。你看我，大学四年是睡过来的。我妈当时还特懊恼，说：你怎么就不能努努力考上北大？我还就不信在北大睡觉就能把人给睡聪明了。"

我说："你也不错啊，遇上孙文了。"

孙文当时是我们的班主任，都上一年课了，有次打电话到宿舍找她，问她为什么总逃课。等他自报家门后，韩文静说："你谁啊，我不认识。"

我把这段复述给她，她一副陶醉的神色："后来就深刻了嘛。可惜他后来结婚了，多帅啊。那时我多喜欢他啊，暗恋。"

我说："你得了吧，你懂什么叫暗恋吗？弄得全校都知道你喜欢人家，还暗恋呢。"韩文静瞪我一眼，语气铿锵有力："对我来说，那就是暗恋！"我没理她，转身回卧室睡觉，在我关门的时候，韩文静仍然伫立在照片面前研究，仿佛在留恋当年的时光。我躺在床上时睡时醒，起来的时候已经将近下午三点，回想起昨晚跟樊斌的电话不禁哑然失笑。是的，我跟他求婚了，并且在稀里糊涂的情况下确定了各种细节，包括买什么样的结婚戒指，包括约双方父母吃饭，不管我说什么，樊斌一律说好。由于从来没有独立进行过这种官方活动，我辗转反侧，日不能寐，终于忍不住给韩文静打电话，让她陪我去买戒指。

韩文静说："好啊，我还在画廊呢。让我陪你买东西可以，不过你得先陪我回趟家，要不然老韩又该骂我夜不归宿了。"

半小时后，韩文静接上我到了她家，我问过伯父伯母好，韩文静她妈客气地说："小北，你怎么老也不来家里玩，我们还经常念叨你。"

老韩则是一脸的不高兴。韩文静没正经地迎过去："哎呀，爸，又剪了个酷头啊！"老韩大惊失色："捡了个裤头？"

我忍着笑。韩文静跑过去一脸谄媚地摸着她爹的脑袋："头，酷头。"老韩最受不了韩文静来这一套，先前难看的脸色缓和了一半，但还是强摆着严肃的脸骂她："一点儿正经都没有。昨天一夜不回来，今天这么早回来，是不是一天都没开门？你那个画廊，开着也是白开，我看你根本就不上心。"

韩文静她妈接话说："对呀，昨天晚上去哪儿了？我一夜没睡好，你电话又关机。"韩文静说："我还能去哪儿啊，在周小北家呗。昨天王媛过生日，我们都在她家睡的。"老韩听了放下心来，说："不回来也不会说一声，弄得大家都担心。"韩文静见这股火烧不起来了，放下心来开始胡搅蛮缠，说："我那不是喝多了嘛。"老韩说："喝多了你还有理了，一个女孩子家，整夜在外面喝酒，像什么样子。"韩文静从沙发上跳起来往卧室走，边走边说："像我这么大的人，要是一天到晚闷在家里没人约，你们才担心呢。是吧，妈？我去换件衣服啊，晚上还有饭局！"韩文静走进卧室，嘭地关上门，她妈摇了摇头对我说："唉，这个孩子，什么时候能像小北这么稳重就好了。”我腼腆地笑。

老韩说：“没办法啊，她这嚣张的性子，都是你惯的。”我说：“阿姨，文静平时很稳重的，您就放心吧。”

文静她妈看了看卧室没动静，走到我旁边低声说：“她是不是又跟现在那个男朋友吵架了？那个叫卢川的？上午到家里找过文静，她不在家，我问他什么事，他也不说。”

我说：“年轻人吵吵闹闹都是小事，哪有不拌嘴的男女朋友。”

文静妈说：“那可不一定，我看你跟樊斌就挺好。唉，我现在的心事就剩下文静了，就想看着她赶紧找个好人家把自己嫁了。整天这么在外面乱跑，我的心啊，是一天都静不下来，你们到底哪天能结婚啊？”

语气跟我妈如出一辙，我正愁无法脱身，手机响起来，我很稳重地说：“阿姨，对不起，我先接个电话。”电话一通，苦心经营的稳重形象全线告破，我一下子没控制住就在韩文静家的客厅里大叫一声：“哎呀，死胖子！”

_6.

给我打电话的是死胖子。死胖子是我中学同学，大名叫郑远东，从前跟我们玩得像哥们儿一样，没人当他是男的，由于长得胖，胸部也很大，所以大家都叫他奶妈。那时我们那个宿舍是全校出了名的女流氓据点，当时开门有个暗语，听到敲门声，门里的人问一句“没有最不要脸”，门外人答“只有更不要脸”就给开门。

死胖子曾经很不识时务，他不知道我们的暗号。有一天，他到我们宿舍借东西，当时大家都睡在床上，他在门口敲门，我们问：“谁啊？”他很大声地回答：“我是东哥。”里面齐刷刷的一声：“靠——”胖子于是很无奈地说：“我是郑远东。”里面异口同声：“滚——”最后胖子只有很小声地说：“我是奶妈。”门应声而开。

一转眼这么多年过去了。高中毕业我们没考到一个城市，大学毕业以后死胖子去了遥远的非洲，在那里做驻外使馆的高级翻译。我们曾经在国内报纸的国际版块看到他被当地武装绑匪劫持并殴打的消息。后来他还在校友录上上传了一段录像，录像是非洲当地电视台的一段新闻，新闻里死胖子西装革履、慈眉善目，脸上贴着医用胶布，十分真诚和友好地表达了他对本次事件的谅解以及他本人对中非关系的美好展望。胖子当时的表情诚恳亲切，我见犹怜。

他上次回国是一年前，那时我还上着班，刚好在上海出差，就跟在当地工作的几个老同学聚了一下，席间胖子长吁短叹，神色间无比忧伤，感慨我们在国内作威作福。后来根据我们的分析，胖子虽然心中闷骚，可是由于生活在贫瘠的非洲，又从事了一份阳光明媚的工作，担负了各种目光里的期望和窥探，所以只能流连于各大黄色网站，长期压抑自己蠢蠢欲动的欲望。果然，他回去以后在网上跟我说的最多的一句话就是：上帝啊，快发我个姑娘吧！

我带着无比亢奋的表情站在韩文静家的客厅里，一时间往事汹涌而来，不可自拔。直到韩文静从房间出来，催促我走我才回过神来，我说：“文静，快，我有个特好的朋友从国外回来，晚上陪我请他吃饭，把王媛也叫上，他人可好玩了你俩肯定会喜欢，今晚不醉不归。”

说完这话我才意识到旁边还有人，韩文静在旁边一直掐我，恨得牙根都痒痒。一看二老的表情我就知道完了，我在他们心中的美好形象彻底毁于一旦了，背后指不定以为我把韩文静给挑唆成什么样了。文静拖着我就往外走，我假笑着说：“伯父、伯母，再见。”二位老人也不像往常那样热情地叫我常来玩儿了，只是淡淡地说了句：“嗯，再见。”

一路上我都在跟韩文静讲胖子从前上学时候的逸闻趣事，就连选戒指时也没停。文静也没当我是给自己买，以为我买了送人的，随便挑了一情侣款的就继续跟我打听胖子的八卦，把韩文静逗得哈哈大笑。

突然文静问我：“他喜欢什么样的女的呀？”

“你不是刚失恋完就想寻找目标吧？”“我才不喜欢胖子呢，他真的这么多年没处过女朋友啊？”“他那地方连个像样的女的都见不到。”

“那不如晚上咱逗逗他吧？”“行啊，怎么逗？胖子喜欢幼女型的，就是那种看起来与实际年龄不符，清纯可爱，看上去像高中生的那种。”“那就好办了，全听我的。”韩文静说完就给一家KTV的领班打了个电话，订了间包房，又嘱咐了几句，紧接着让我约上王媛。我看看时间差不多了就打电话给胖子，告诉他地方让他到时候直接过去。他在电话里狂叫：“我刚下飞机还没吃饭啊！”我说：“还吃什么啊！我都安排好了你赶紧过去吧。”

到了包房已经快十一点了，韩文静和王媛先到了，在隔壁房间等得不耐烦，一个劲儿地骂我。我把韩文静叫过来，又密谋了一番，半小时之后，胖子拘谨地出现在我面前。他还是那么胖，头发长了，皮肤黑了，不过看上去一点儿都不陌生，笑得那么熟悉，仿佛我们昨天还在一起吃过饭。

我把他拉过来，贴心贴肺地说："东哥，今天吃饭不是最重要的，知道这两年你受苦了，今天找几个姑娘陪你喝酒，你自己挑。"趁他愣在那里，我走出门叫了领班，然后又善解人意地坐回他身边。

一会儿，领班带着一队姑娘走进来，王媛插在一群浓妆艳抹的庸脂俗粉当中显得清新可人，气质非凡。

我碰了碰他的胳膊，问："有没有满意的？"胖子先是张大了嘴，而后低下脑袋，很勉强很羞赧地摇头。我又碰了碰他的胳膊，问："好好看看有没有满意的？"胖子依旧很勉强很羞赧地摇头。我暗暗沮丧计划失败，心里骂这家伙装孙子装得真匀，只能挥挥手让她们出去。

奇迹就在这个时候发生了，就在最后一个姑娘即将关上门的时候，胖子居然蹦出一句："我要左边儿数第四个！"

他果然挑中了王媛！我和韩文静绷不住哈哈笑了起来，立即看到胖子惊恐的眼神。

我收起笑容，一脸严肃地说："东哥，你真搞笑，他们都随机排的哪有什么次序啊，你就说长得什么样儿的吧。"

胖子微微笑笑，嘴角奇怪地一翘，有些尴尬地小声说："就是那个看起来有点儿像大学生的。"

韩文静在一边笑得快要抽过去了，我掐了她一把，出去让领班把王媛叫进来。两分钟后王媛款款走了进来，我说："我们东哥刚从国外回来，刚下飞机，还没吃饭呢，今天你要把我们东哥陪好，喝好。"

王媛很会做，给我使了个眼色，马上走过去坐到胖子大腿上，胖子触电一样迅速弹开一边。王媛只能坐到一边，问他："老板，您抽烟吗？"

胖子看了她一眼，很真诚地回答："我不抽烟。"

王媛接着问他："那您喝酒吗？"胖子又看了她一眼，很真诚地回答："呵呵，不会不会。"王媛看着我挑剔的眼神，赶紧插块西瓜给他，问他："那西瓜您总该吃吧。"胖子大惊，居然回答西瓜也不吃。就这么磨蹭了半个多小时，我和韩文静一边唱歌一边用余光瞥着他们：我看不到，我听不到，天长地久的诺言……终于胖子有些坐不住了，起身上厕所，我跟了出去，很神秘地问："感觉怎么样？"他想了一下，点点头跟我说："嗯，不错，挺弹手的，摸起来挺有手感。"

然后我折回房间，韩文静和王媛正在狂笑。三媛都快笑哭了，一边找纸巾一边说："你这哥们儿怎么这样啊，死活都没敢碰我一下，就好像我有毒似的，还老问我是什么学校毕业的，为什么出来做这个，为什么不去多读读书增长文化。"这下我实在忍不住了，三个人乱七八糟笑成一团。

胖子从厕所回来看到这样也基本上明白了，强忍着满脸尴尬，结结巴巴地说："你看，你看，我就知道你们认识的，我就觉得有些不对头啊！哪有不化妆的鸡！"

_7.

当晚胖子和我的两个朋友相见甚欢，无话不谈，我总觉得王媛好像有点忧郁可始终没有机会开口问。回家的路上，我怀揣着跟樊斌求婚的秘密，不以为耻，反以为荣。我从包里拿出匆匆挑选的两枚戒指，心里突然有点忧伤。我像溺水一样一点点陷入回忆，想起那些发黄的泛着灰尘气味的过往。我想起樊斌陪我走过的一条条无名的街道，想起一种里面漂着橘子瓣的汽水，想起我坐在堆着书本的课桌上，伏在上面用蓝黑色的钢笔写字，一旦写错，就用一种犀牛牌的单面刀片把那个错字轻轻刮掉。被刮的地方留下一团模糊的痕迹，再写字上去就会变得很粗，很分散。那种犀牛牌的单面刀片给我的印象十分深刻，它伴随我走过了很多个春秋。长大以后，我曾经想用它把我的过去也像写错的钢笔字那样轻轻刮去，只留一点模糊的痕迹，我曾经想用它把我自己也从生活里轻轻刮去，不留任何痕迹。一种可怕的预感在刹那间袭中我，除了樊斌，我真不知道该跟谁说说我这种沮丧情绪。我给他打了个电话，想问问提到结婚是不是他也跟我同样沮丧，可手机里传出无人接听超时发出的嘟嘟声。我路过区庄立交桥，路过环市路立交桥，路过中山一立交桥，望着车窗外突然陷入一阵前所未有的无助当中。我不停安慰自己，没关系，不会发生什么的，再过两天樊斌就回来了。

那顿饭以后，胖子对王媛展开了疯狂进攻，打电话跟我说要请顿像样的饭。我说："胖子，你跟我认识了这么多年，吵过那么多次架，也没说请我吃顿像样的。"我回忆了一下，大学期间他共计请我吃过：一个煎饼果子，一碗加了青菜的泡面，以及一次二十九块一位的自助火锅。结果这个货装个鸡就把他给拿下了。在这之前，我还没见胖子追过谁。大学时候他曾经暗暗喜欢过我们一个学妹，看起来青春逼人，花瓣儿一样，跟人打个招呼都是含羞带臊、脉脉含情。后来有人不止一次地看见她在各种外商频繁出入的场所坐台，被各个国籍的所谓商人上下其手。回来告诉了胖子，胖子开始死活都不信，还史无前例地跟人打了一架，后来亲眼看了一回，才彻底死心。之后他在很长的一段时间里都沉浸在对小学妹怜惜和痛恨的矛盾心情里，忽左忽右，不可自拔。不过王媛跟小学妹的风格也相差太大了，如果非要说两人有什么共同点，那就是闷骚。事实上可以这样总结她们的外表和行为的巨大反差，小学妹是良家妇女做了鸡，王媛则是风尘老手从了良。

胖子旁敲侧击地问我："她还没男朋友吧？"

我想了半天，说："没有。"

胖子大松一口气，说："我就知道，看她那样我就知道！"胖子进攻的手段很单调，就是请吃饭。打了好几个电话王媛都推说没有空，于是干脆叫上我们做陪衬。连续请了四顿的饭，中午晚上不停地吃，王媛仍然无动于衷，韩文静越来越上瘾，而我彻底崩溃了："胖子，这都什么年代了，你追女人还用喂猪那一套！"

胖子想了想，可能也觉得有些没劲，讪讪地说："那你说怎么办。"

我想了半晌，觉得干什么都意兴阑珊，于是我说："干脆这样吧，我们陪你吃最后一次饭，你把话给说清楚了。"

胖子说："好。"

到了饭店坐下，我们才知道胖子今天下了血本，这从点的菜上就可以看出来，一桌子的海鲜和肉，竟然还有龙虾。

我说："胖子啊，国内都不时兴这么点菜了，你是在非洲憋坏了吧。"他一个劲儿地笑，也不说话。我也懒得说话，心里就在琢磨为什么樊斌又是好几天没来电话。我有心事的时候话就少，骂人都提不起劲，跟他干了几杯酒之后，我借故累了，歪在一边儿想心事。王媛则在不停地发短信，每隔十秒就看一眼手机。韩文静正常一些，拿着一个螃蟹的钳子在啃。她平时很吵，可是一旦碰上爱吃的就变得非常沉默，专心致志地对付那些食物，除了吃根本不愿意发出任何声音。

于是整个饭桌的气氛显得很奇怪，大家仿佛都心怀鬼胎，若有所思。

胖子几次试着调节一下气氛，讲了几个笑话，大家听了象征性地笑一下，话音一落场面就立刻重新陷入沉默。如此几次下来，胖子有些尴尬，开始埋怨自己菜点得不好。

韩文静吃得差不多了，抬起头来，很真诚地说了一句："很好啊！我都爱吃！"

我心想不能让胖子这么没脸，于是起身去卫生间洗了洗手，用冷水拍了拍额头，清醒了一些。回到房间以后我把王媛电话拿过来扔在一边儿。

她吓了一跳，一下子站起来，说："怎么了？"我很平淡地接了句："没什么，这么大老远的回来，陪我同学喝点酒嘛。"韩文静把她拉下去，让她重新坐下，说："有什么好发的，有事儿打电话，发短信又累又费钱。"

胖子开始打圆场，说："喝酒喝酒，喝酒喝酒啊！"我们把杯子倒满，开始单纯地喝酒。也许是酒精的作用，后来大家越谈越高兴，气氛越来越融洽，我们都喝了很多，王媛喝得很快，醉得也很快。那个手机在我的手边一直震个不停，后来，她都没有看过一眼。胖子也喝了很多，到最后不停地笑，听到什么都笑，好像很开心的样子。

又喝了一会儿，王媛艰难地咽下一口酒，很突然地说："我辞职了。"

_8.

王媛把这句话说出口时，我彻底清醒了，韩文静也蒙了，扔了手里刚拿起来的螃蟹用迷茫的眼神看向王媛："你辞职？"

王媛慢慢点了点头。韩文静不敢相信，再次确认："不干啦？"

王媛又点点头，疲倦地靠向椅背，没有说话。在我们印象里，最不可能辞职的就是王媛，她工作卖力收入丰厚只是一方面，最重要的是王媛家庭负担很重，乡下还有年高体弱的老母和一个不争气的弟弟，全家都靠她养。家里一有点什么事儿就给王媛打电话，王媛在家里几乎充当了一个一家之主的角色，可是她妈又极其偏向她弟弟，所以王媛在家毫无地位可言。提到她的家庭，我忽然想到这件事儿可能不这么简单。

韩文静得到确认，反倒开心起来，大大咧咧地又拿起螃蟹："啊？辞得好！你终于想通啦，我早就劝你别干那个破工作了，有什么意思，我就受不了朝九晚五的生活，想一想我都受不了，太不自由了，生不如死啊。我最喜欢自由职业。"

我说："闭嘴吧文静，你以为谁都像你。"

韩文静是一个崇尚自由的人，一毕业她爹就给她开了个画廊，从小到大没有考虑过这个世界上还存在为钱发愁这种事，所以她永远都不会理解自由职业不自由的一面，是啊，自由职业，人自由了，收入也自由了。

胖子憋了半天没出声儿，可能在研究措辞，现在终于开口了，满脸心疼地看着王媛："为什么辞职啊？是不是在公司受委屈了？"

王媛说："不是。原来的公司挺好的。"

胖子说："哎，你看，这么大的事儿，怎么也不跟大家商量商量，一声不响地就辞了。商量一下大家也给你出出主意。"

韩文静又把话接过来："商量什么啊，商量完了还不是朝九晚五，换汤不换药。再说了，王媛从大学开始，什么事儿找咱们商量过？我记得就那么一次，她要跟彭永辉好了，找我们两个征求意见，她倒好，认真征求完意见了，谁的都不听，该怎么干还怎么干。"

我说："那都多久以前的事儿了，说那些干吗。那接下来打算怎么办？现在找工作也不太容易，前两天我有个海归朋友，学了MBA回来，去应聘经理，人家招聘的人眼皮都没抬，说，哟，MBA啊，我们这儿全都是MBA，一个月两千，干不干啊？"

我话音刚落，大家齐刷刷地转头看着胖子。胖子一脸窘态："别看我别看我，我还不是海归呢。那……那你接下来怎么打算？"

王媛沉默了半天，小声地说了一句："彭永辉想让我去他的公司帮忙。"韩文静愣了一下："什么？！去他公司工作？"

王媛解释说："他那里现在缺人。"韩文静彻底爆发了，在包间里大喊大叫起来："缺人不会去招吗！你去干什么啊！他怎么对你的你都忘了吧。平时受他折磨还不够，还要跑到他公司去受欺负！王媛你是不是受虐狂啊！"

王媛不说话。

"你同意啦？"我很了解王媛，一般她沉默的状况下就代表她已经决定了。王媛点点头。韩文静恨铁不成钢："王媛，你疯了。"胖子在旁边看得一头雾水。很快，大家都陷入了沉默。王媛左右看了看，显得有些不自在："你们是不是觉得我这样做挺傻的？"韩文静摇了摇头，意思是这个问题已经不能用傻不傻来形容了。我说："可是你们之间的关系，一起共事不太方便吧。再说，彭永辉的公司做的是办公耗材，跟你们从前做创意完全是两回事，适合你吗？"王媛说：“无所谓吧，都差不多，反正都是做业务，到哪儿都一样。”大家沉默了一会儿，各怀心事。过了一会儿，我缓缓开口：“既然这样，我也有一件事要向大家宣布。”韩文静惊恐地看着我。我说：“我要结婚了。”说完我低下头，因为我看到韩文静的表情像被针扎了一下似的。“什么？！你们今天都怎么了！出了什么事了到底？我还是不是你们朋友？这么大的事我提前一点儿都不知道，你们上下牙一碰就说出来了！”

胖子赶紧过来打圆场，说：“文静，你先别激动，小北结婚这是好事儿啊，对，对，说说你结婚的事儿。樊斌我还没见过呢，说说。”

韩文静恍然大悟：“哦！那天你让我陪你去买戒指就给你俩结婚用的，是吧？周小北，你可真出息啊，结个婚连戒指都自备。”

我说：“樊斌不是没时间嘛。”韩文静说：“那他有时间回来结婚？他多久没给你打电话了？我看在那边也快结了。”

王媛说：“文静，你别乱说，我觉得早点儿结挺好的。”

韩文静大怒：“好个屁！你以为她是你呢，想结结不成就觉得好？你才几岁，你就结婚？我比你大一岁我还没着急呢！”

我说：“我倒没着急，我妈可急坏了。再说我跟樊斌在一起这么长时间了，跟结婚也没区别。”

胖子说：“结婚好，结婚好，没想到我刚回来就赶上喜事儿了，什么时候结啊，日子定了吗？”

“还没呢，约好了两家老人明天一块儿吃个饭，樊斌得明天下午才能回来。”王媛吃惊得很：“这么快！”韩文静在多重刺激下选择了逃避，她拎起一只虾，不屑一顾地总结发言：“结论就是，你们全疯了。”

_9.

当晚从饭店出来，胖子主动要求送王媛回家，王媛推辞了一下，胖子却坚持要送。于是只剩下我和文静。

我说："你跟卢川和好没？要不给他打个电话，让他来接你？就这么大点儿小事，有什么可吵的。"

韩文静站在一辆车前，把玻璃当镜子涂唇膏："让我跟他服软？他算老几啊！我现在打个电话，有的是人来接我。别管我了，等我补补妆打车送你。怎么样，我今天这条裙子还行吧？"

韩文静今天穿了件洋装，一看就是名牌，无论剪裁还是质地都非常熨帖。刚才大家净聊别的了，没顾上夸她的衣服，这会儿她站在车玻璃前搔首弄姿，左顾右盼。我刚想拉她赶紧走，车玻璃缓缓摇下来，一个男人伸出头来："小姐，有事吗？"

我俩都被吓了一跳，韩文静噌地往后退了一步：车里是个男的，长得还不错。韩文静松了一口气，张嘴就骂："有病啊你！"

那男的也没生气，端详了韩文静一会儿，点点头说："嗯，裙子挺漂亮的。"

韩文静就爱听别人夸她美，脸色缓和了一点儿，说："少来这套。你坐在里面怎么不早说，成心看我出丑是吧。人吓人吓死人你不知道吗？"

那男的居然开始道歉："对不起，是我不好。我坐在车里等人呢，人没等来倒等到你了，不过你比她可漂亮多了。你好，我叫刘炎。”说完他从车里伸出手，看着跟电影儿似的。

韩文静犹豫了一下，没跟他握，说：“我叫韩文静。”那男的大大方方把手拿回去，说：“叫文静啊，好名字。干脆我送你一程吧。”韩文静考虑了片刻，站在原地没动，估计今晚受的刺激实在太大了，后来一咬牙，冲我说：“小北，那你自己打车啊，我就不送你了。”说完冲我一笑，拉开车门，毫不犹豫地上了车，那意思是，怎么样，豪放吧！你们不是吓我吗？现在轮到我吓你们了。

我看着那辆吉普在夜色中绝尘而去，打了一个车，直奔王媛家。王媛看到我一点儿都没吃惊，我堵在门口问她：“是不是家里出什么事儿了？”

王媛点点头，放我进去了。在韩文静跟野男人携手失踪的那个晚上，王媛跟我讲了最近她家里发生的一连串变故。先是她那个不争气的弟弟王义带着自己的暴露狂女朋友在一家饭店吃饭，惹上了几个小混混，王义逞英雄保护自己马子，跟人家起了口舌之争。到后来一句话不对，王义抄起一只啤酒瓶子冲人家的头就砸过去了，幸亏饭店老板及时报警才没闹出人命。警察到的时候，王义还揪着其中一个人往死里打。王义被警察带走之后，他女朋友跑回来找王媛的妈，她俩向来互相看着不顺眼，王媛的妈从来都不让她登门，看见她一盆水就泼过去了。王义女朋友也忘了老人家血压高，又急又怒直接就跟老人喊：“你儿子都被警察抓进去了！有没有命还不知道，你还在这儿跟我过不去！”王媛妈一听，当时就犯病昏过去了。现在王义被关在派出所，老太太躺在医院，打架赔了一大笔钱，医疗费又是一大笔钱，王媛回家看了一趟，没有五万块下不来，老太太在医院里跟王媛撂下狠话，赶紧把王义弄出来，否则就去医院给她收尸吧。王媛赚的几个钱本来就全搭家里了，每个月还要还房子的贷款，又怕她妈着急上火，病情加重，一狠心要把房子给卖了。已经联系了中介看房，彭永辉打电话来，说公司突然走了一个中坚，希望王媛能过去帮他一把。王媛本能就拒绝了。彭永辉亲自跑过来，看到王媛在卖房，慌了，恳求王媛千万别走。王媛转念一想，把心一横，说：“让我去帮你也可以，前提是你得给我年薪二十万，而且必须预支我半年工资。你答应了我立刻就辞职。”没想到彭永辉立刻就答应了，还千恩万谢，说：“别说二十万了，你要多少都行，你别生我的气了，行吗？而且公司真的需要人。”王媛把中介和彭永辉全都轰走，考虑了一晚，决定辞职去帮彭永辉。

我了解王媛的性格，要不是因为自己母亲，她不会向彭永辉低一下头的。她天生要强，属于报喜不报忧的类型，一切都习惯了自己顶。前年有一次她生病，去医院检查说要动一个小手术，当时她手里钱不够，跟谁也没说，连彭永辉都没告诉，背着我们找了份兼职，给一个初中生当英语课外辅导。那个孩子父母不常在家，她干脆当家教兼保姆，每天辅导到深夜，住在雇主家，第二天给那孩子做好早饭送那孩子到学校。一个月下来赚了两千块，去医院给自己做了手术。我们去的时候她正躺在病房里看书，见了我们笑靥如花，丝毫看不出任何委屈。

可是我知道，王媛心里始终有那么一块地方堵着，虽然大部分时候都被哈哈大笑取代了，但还是会经常窒息地透不过气来。

后来，我看到一本书，里面说古代有一种很喜欢负重的小动物，它在行走的路上，碰到物体，就把它放在自己身上。它背负着比自己体重沉重很多的东西，不停地往高处走。没有人知道它的寿命有多久，只知道它的死因有两种：一种是不堪负重而死，一种是从高处跌落而死。这种小动物的名字，叫蝜蝂。当时看到这个东西，我本能地就想到了王媛。

从她家里出来时已经凌晨了，王媛本来让我住在那儿等第二天再走，我说："不了，明天樊斌父母跟我爸妈吃饭呢，这是我的大日子，得回去好好补一觉。"王媛笑了笑，什么也没说，只是轻轻跟我抱了一下，就是那么简单的一个拥抱，值得我到死都铭记于心。

_10.

没有快递，我却在中午时分被噩梦吓醒。最近又开始做噩梦，比如昨晚的内容就十分好莱坞，凶杀暗算陷阱背叛，还有被追赶被杀害被抛弃，隐约也有一点儿暗示着财源滚滚的梦，我把它单独挑出来打电话添油加醋地跟我妈描绘一番，用来讨好她，顺便嘱咐他们多穿点，晚上我过去接他们直接到饭店。我妈说放心吧，我都看过日子了，今天是大安。我翻出阴历，用指头算了一下，果然是。这一套是我妈教我的，诸葛孔明的马前课。我在电话里说："妈，每到大安那天我都会倒霉。"我妈说："你别迷信了，空亡那天才是最不好的。"

确实是这样，大安是一个周期里面最好的日子，空亡是一个周期里最不利的日子，可是最近我变得越来越惊恐，每回差点儿把嘴唇咬出血之后我掐着指头一算，结果准是大安。为什么在我身上不好使呢，大安，身不动时，属木青龙，这个诸葛孔明马前课里最好的日子，变成了我一个人的黑色星期五，一到这天我就倒霉。我妈走传统文化路线，从小她就给我看各种民间传奇文化的书，还有《周易》，我从小记忆力好，看什么我都能很快记下来，看上去很唬人，实际上我连自己说的是什么都不知道。我妈对我的教育剑走偏锋，而我对于这些思想接受得也异常的快。别的小孩在背小九九的时候，我已经会背诵易经八卦了。小的时候有一次开学前班联欢晚会，老师觉得我记性好，把我弄上台，让我讲一个古代的名人小故事。我站在舞台上，声情并茂地告诉大家：我给大家讲一个故事，故事的名字叫孔融让梨。

说完这句话我就傻了，站在那儿半天不说话，因为我只知道这个标题啊！老师刚想上台把我抱下来，我妈发话了：小北，你给大家讲个民俗小知识。我点了点头，说：彝历是以十二属相与五种元素(土、铜、水、木、火)加公母来表示的，纪年凡是属相逢单，不论男女，均是男命(公年)，反之，均为女命(母年)。纪月单月为公，双月为母。凡属母年母月母日为最吉。台下的人全都傻了。

实际上我不信这一套，后来我妈还给我找了一位很权威的研究周易的老师，让我跟他好好学习。可我跟他请教的全是些小儿科，一般都是问他我考试会不会考第一名啊，最近有没有人暗恋我啊之类的东西。最后一次打电话给他是我跟樊斌吵架，吵得很厉害，我说师父你帮我测字吧，测个“机”字，看吵架能不能和好。我师父说，左为木，右为几，丙火烧木，几为口难封，不能和好了，割袍断交吧。结果我们没有绝交。几个小时以后我们就和好如初了。

时间差不多了，我打车去接上我爸妈，他们看见我又一个劲儿地说我瘦了。这几乎成了他们跟我的见面语了，特别是我妈，从前我上一天学回来她也能觉得我瘦了一圈儿，要真是像她说的那样，我现在应该像根牙签儿那么大。我们到饭店的时候六点十分，离约定时间还差一会儿，樊斌一家还没到。

我给他打了个电话，想问问他走到哪儿了，结果他竟然关机。我一愣，心想这么大的事儿他不至于给忘了吧，正咬牙切齿想着怎么办呢，就被我爸看出来了。

我爸说：“小北啊，樊斌怎么还没来。是不是路上出什么事儿了？”“爸，你放心吧，他可能电话没电关机了。我们这不是提前来了吗？”我妈有点儿不高兴了，接过话说：“按理说吧，他们家是应该比咱们早到的，再说我还以为樊斌今天会跟你一块儿来接我们呢。”我说：“樊斌这不是出差嘛，也可能是飞机晚点了吧，再等会儿。咱先看看菜单。”我爸接过菜单，心不在焉地看，其实心里很激动了，看着菜单频频点头，对着一道上汤豆苗的图片说：“嗯，你们俩在一起这么久了，这还是第一次见他父母。你们两个的事，等会儿得好好商量商量怎么办。”

“爸，我们不想太张扬，想旅行结婚。”

还没等我爸接话呢我妈急了：“旅行结婚怎么行？那家里的亲戚朋友总要请吧？结婚就是个形式，昭告天下我女儿嫁人了。”

我爸说：“别听你妈的。我们那一套过时了，该怎么办你们自己商量，再听下人家父母那边的意见。”

我说：“这个你们别操心啦，把嫁妆给我准备好就行了。樊斌从前说过，他父母也是挺开通的人，应该不会反对。”

我妈等得有点不耐烦了，一个劲儿看表：“艾，小北，你通知这是几点？”我说：“六点半，还差五分钟呢。”话音刚落，樊斌父母在服务员的带领下走进房间。两家老人一通寒暄，像老熟人似的。

客气完了大家都坐下，才发现好像少了点儿什么。樊斌他爹环视一圈，吃惊得很：“哎？小斌呢？出去了？”

我余光一瞥，看出我妈刚想接着质问，赶紧把话头抢过来：“伯父，樊斌可能路上有事耽误了，您先点菜吧，我再打电话催催。”

说完我赶紧出去了，站在走廊里杀人的心都有了，我黑着一张脸叫服务员进去点菜，走到安静的一角打电话。手机传来的依然是关机提示。接着给李理打了个电话，结果也是关机。我站在那里，一下子慌了，瞬间脑海里闪过各种画面，樊斌路上出车祸了滚在路边儿躺着，肇事的车跑了，警察接下来通知父母，我以后活在对他的思念里生不如死，本来是要办婚礼结果变成葬礼了……

我妈从房间探出头，叫了我一句，说：“小北，没事吧？”

我回过神来，在看见我妈的那一刻拿定主意，我想我爸我妈今天是来看我出嫁的，不是来看我丢人的。他们辛辛苦苦养了我二十多年，如今满怀信心地要确定个好归宿，说什么我也不能让他们伤心。我转过身去，笑着说：“妈，等会儿，我去趟洗手间，马上就来。”

从洗手间回来我已经完全正常了，樊斌他爹坐不住了，一进门就问：“哎，小北，电话打通了吗？”

我满脸微笑地坐下，带着羞涩的歉意，说：“打了打了，樊斌说他都走到半路了，结果公司临时有急事又把他给叫回去了。他说尽快处理完，能赶过来就赶过来。要是实在赶不过来就改天亲自上门负荆请罪。”

我说完大家愣了一下，我妈脸色立刻就变了。樊斌的妈见状小心翼翼地问：“那……他不过来了？”

我说：“也没说不过来，他那边现在实在是脱不开身……”

还没等我说完，樊斌他爹一拍桌子站起来了，吼道：“太不像话了！这叫什么事儿！你把电话给我，今天他不过来我就不认他这个儿子！”

我妈跟我爸对了下眼色，意思是人家都说到这个份儿上了，也不好闹得太僵。还是我爹识大体啊，站起来就把樊斌的爹往下按，边按边说：“没关系没关系，亲家公你别发火，孩子过不来肯定也是因为没办法。工作重要，让他先忙吧。咱们吃饭什么时候不能吃啊，你说是吧？”

我妈在一旁帮腔说：“对对，他肯定也不情愿。”

大家劝了一顿，摆事实，讲道理，总算把老头子的火气压下了。我赶紧趁机说：“不提他了不提他了，让他忙吧，我还有个好消息想要宣布呢，我最近又签了个二十集的剧本，估计再过俩月就开拍了，剧本费马上就到手了，平时也没什么机会表达心意，今天这顿饭就当我做晚辈的孝敬长辈的，咱赶紧点菜吧，啊？”

我妈一听高兴了，说：“哎呀，乖女儿，太好了，你怎么不早点儿告诉我？”

四位老人都乐了，立刻泾渭分明地自动分成两派，一派拼命吹捧说还是你们教育得好啊，你看你们家小北多有出息，另一派拼命谦虚说好什么呀，惯得她自由散漫还希望以后你们多包涵啊。接下来就好办了，我横下心来点了两瓶茅台，四位老人聊得开心，彻底把樊斌忘了，把酒言欢，一片祥和。我一边敬酒一边给大家说笑话，牙都快咬出血来了，心里在暗暗发狠，你他妈的樊斌，酒钱，菜钱，还有精神损失费，除非你死了，否则我早晚得跟你好好算算账。

酒足饭饱，把我爸我妈送回家，安抚了他们仅存的疑心。我一个人打了个车回家，坐在后座，再次路过区庄立交桥，看着窗外变换的街景，觉得周围一片湿漉漉的感觉。我心想这是怎么了呢，摸了下脸，发现不知道什么时候我已经泪流满面。

回到楼下，昏暗的灯光下一个人影背对着我站在楼下抽烟，我愣了一下，一个箭步冲上去，恨不能手里有把枪，我举起胳膊用力地抽了下去，结果他一转身把我吓了一跳，竟然是李理。

“李理你怎么在这儿？”

李理疼得龇牙咧嘴，说：“周小北，是樊斌让我来的。”

“他人呢？”

“樊斌让我找你有很重要的事儿，咱们上去说吧。”

坐在我家客厅里，李理半晌没说话。

“李理，樊斌今天干了个壮举你知道吧，都快赶上落跑新郎了。”

李理不出声。

“我们怎么说也算朋友一场，你别为难了，也不用帮着他编借口，到底怎么了你就跟我直说吧。”又过了半天，李理缓缓抬起头：“小北，我跟你说个事儿，不是什么好事儿，你有点儿心理准备。”

我看着他，严肃地点了点头。李理默默地看了我一会儿，开口说：“樊斌他快死了。”

_11.

李理刚一说完，我就哈哈大笑，笑得眼泪都快出来了，李理在边上很紧张地看着我，眼神很惊恐。

笑了半天我才好不容易停下来，我说：“李理，你太幽默了，他快死了啊，我还以为他已经死了呢，哈哈，哈哈。”

李理说："小北，你别这样，你这样我害怕。"我一听又笑了："你连快死了的人都不怕你怕我干什么呀。"我肆无忌惮地笑了半天。李理终于忍不住了，大吼一声说："小北！你别笑了行吧！你以为我跟你开玩笑呢！你听我说完再笑行吧！"

我终于安静下来："好，你说吧。"李理看我平静了他反倒紧张了，结结巴巴地说："我没骗……骗你，樊斌他真的……真的快死了。"

"我也没说你骗我啊，怎么了，谁要杀他？"李理看我根本不上路，干脆直奔主题。他说："小北，这么说吧，我们单位上周给所有员工做了一次例行体检，结果出来了，樊斌发现了肿瘤，恶性的，已经是晚期了。"我的心使劲往下一沉，"肿瘤？"我问。李理点了点头。我小心翼翼地问："癌……症？""樊斌说他对不起你，不想拖累你。就想一个人找一个安静的角落，度过生命中最后的时刻。"

我还是不相信："什么意思？不治了？""小北，你别太难过，他说承受那些治疗的痛苦，还不如轻松享受最后的生活。"我彻底被吓呆了，半天之后我站起来说："他在哪儿？""他不让我告诉你他在哪儿。确切地说，我也不知道他在哪儿。""不可能，李理，你骗得了别人可骗不了我。要是说这世界还剩一个人知道，也就是你。你赶紧告诉我，我得去找他。"

李理又开始紧张了，好像我要去送死一样，一个劲儿地叫我冷静，自己激动得半死，音量越来越高："小北，你冷静一下，樊斌这不是还活得好好的，还没到那一步。我是真不知道他在哪儿，我要是知道，肯定告诉你。你还不了解我吗？我是那种人吗？我……我他妈的有那么缺德吗？"

我在客厅里站着，一时间无所适从，风从窗户灌过来，让我周身发冷。我努力地想把这一切理理头绪，却发现脑海里一片空白。恍惚间听到李理在叫我：小北，小北。我朝李理的方向看过去，把李理吓了一跳，他说："你怎么……操！我就知道会是这个结果，就不该让我来说这事儿，狗屁作用没起到还把你给吓傻了。"

我想动一动，却发现全身的力气都被抽空了一样，我竭尽全力朝他笑了一下："李理，我太累了，你先回去吧，让我一个人待会儿。"

李理看着我，为难得要死。我说："你放心吧，我不会想不开，这么大半夜的，你总在我家坐着也不方便吧。"

李理站起来，看了我一眼，欲言又止。我什么话也没说，目送他出门。李理走到门口，回头对我说："周小北，我劝你一句，照顾好自个儿才是真的。这个世界上，谁离了谁活不了啊。"

我听着他的脚步声渐渐走远，一屁股坐到地上，心想这都什么事儿啊，我男人得了绝症，还得让别人来告诉我，生不见人，死不见尸。一阵倦意袭来，我干脆躺到地板上，我很想睡一觉，把这一切当成一场带点儿笑料的噩梦，醒来后喝杯凉水就忘得一干二净。我闭上眼睛，却发现天旋地转，头疼欲裂。疼痛感让我清醒，我就那么闭着眼睛躺着，等到世界都不转了的时候，我掏出手机，给王媛和韩文静打了个电话。

_12.

等到她们赶来已经深夜两点了，我尽可能简要地叙述了一下事情的过程：我的订婚晚宴准新郎没来，然后他的朋友来告诉我，他没来的原因是得了绝症快要死了。说完我竟然有点儿小小的不好意思，我尴尬地咧了下嘴角，皮不笑肉也不笑。

王媛先是感到吃惊，在那儿琢磨了半天，问我："李理的原话就是这么说的？得了绝症快要死了？"

我点点头。

韩文静的瞌睡也醒了，说："周小北，我发现你一摊上跟樊斌有关的事儿就跟弱智一样，别人说什么你信什么，你就不觉得这事儿有点儿不对头？"

王媛说："怎么了？哪里不对头了？"

韩文静接着说："你想啊，什么绝症能这么无声无息地说得就得了，总得有点先兆吧，就算他得了绝症不想拖累你，单位也应该第一时间通知家人。自己儿子得了绝症了，他爸他妈还喜笑颜开地跟你家人吃饭，你有没有点脑子啊！"

王媛接过去说："也是啊，再怎么也不应该托同事来说啊，亲自打个电话解释一下不就行了吗？哎，小北！该不是李理骗你吧？"

我说："他骗我干吗？樊斌确实找不着了，一打电话就关机，已经好几天了。我也不知道该怎么办了。"

王媛说："那你现在打算怎么办？"我破罐子破摔地往下一躺，说："我也不知道该怎么办了。"韩文静抽冷子插了一句："他该不会外面有人了吧？"

文静说完，大家全没话了，面面相觑半天，不知如何接下。事实上这一直是我心里隐秘的、不可触碰的担心，我把它深深地掩藏在心里，羞于跟任何人提起，包括自己。我总觉得这是个不可告人的可耻猜疑，只要我不说，它就可以永远不出现，也就永远没有机会变成现实。

王媛看了看我的表情，对文静说："瞎说什么呢。谁会拿绝症这种事儿咒自己，闹不闹心？"

文静说："那可不一定。你们还记得蒋伟吧？"

我点了点头。蒋伟是韩文静的第一个男朋友，闪电同居又闪电分开，我们都没有问过原因。

文静接着说："想当初我跟蒋伟好的那时候，有一天吵架，早晨起来突然发现人不见了，镜子上写着一行很粗的大字，血淋淋的：我走了，你保重。"

王媛："拿什么写的？血书？"

"口红。"

王媛接着问："那后来呢？"文静说："没有后来了，我一天没理他，他自己打了个电话给我，意思是让我叫他回来，可怜兮兮的，说，我要走了。我问，你去哪儿啊。他说，我去死。我告诉他，死去，赶紧给我死去。再后来就没联系了。"

王媛好像突然想起什么了，说："小北！你跟樊斌是不是吵架了啊！"

我自嘲地说："我还真没吵过这种连自己都不知道的架，除非是我说结婚把他给彻底得罪了。"

韩文静很神秘地凑过来："哎，要不要我帮你查一下他的聊天记录？我可是电脑高手。"我说："算了吧，我没兴趣。"文静经常号称自己是电脑高手，可是除了见过她把自己的照片PS得美若天仙以外，并没有发现她有别的电脑方面的才能。两年前她跟一个开网络公司的男人谈恋爱，在公司混了一个月，成了那个公司所有歪瓜裂枣单身男人的精神支柱，出来之后就号称自己是黑客。

本来让王媛和文静过来是帮我想想办法，可听了她们一番话我更加晕眩，我说：“别说那么多废话了，他出轨了还是叛变了我全不怕，就是怕万一他要是真出了什么事儿，你们没我了解他……”

还没等我说完，就被韩文静打断了：“是啊，你肯定了解他，你就像他妈似的你能不了解他吗？樊斌过分的事儿多了去了，我觉得也就当妈的能对儿子那么宽容。我早就想说了周小北，你就是对他太好了，惯出毛病了。真不明白你们俩找了个什么男人，一个有家有室，一个整天说话像猜谜似的。再说，就算他要死了，遗书总该有一份吧。”

王媛赶紧堵她的嘴，说：“文静，你闭嘴吧，我看小北脸色不好，你去给她倒点儿水。”我很理解地按了按王媛的手：“不用，我自己去。”我站起身，拿起杯子，走进厨房，打开门，本来想进去装水，却心不在焉地把杯子扔进了厨房，转身又把门带上了。杯子砸到地上摔得粉碎，把我吓了一跳。韩文静赶过来说：“小北，你没事儿吧你？看你魂儿都没了。”王媛走过去，把碎片收拾好扔进垃圾桶，我不好意思地慢慢走回沙发，想削个苹果给她们吃。王媛说：“你小心手。”我冲她笑笑，突然觉得整个世界都离我很远似的，我心不在焉地把苹果递过去，却发现递过去的是苹果皮，苹果被我扔进了纸篓里。我想说“不好意思啊”，可一点儿力气都没有。

王媛看出不对劲儿，伸手向我脑袋摸过来。我听到她说：“哎呀，怎么这么烫。”

醒过来的时候是在医院，手上挂着吊针，文静和衣睡在隔壁床，王媛坐在我床边，已经困得东倒西歪。我轻轻叫了她一声，她还是一下子醒了，好像我在诈尸一样，赶紧过来摸摸我的头，长出一口气：“终于退烧了，你感觉好点儿了吧？”

我说：“没事，我就是太累了，现在几点了？”

她看了看表告诉我四点了，接着她犹豫了一下，说："小北，等下我先回去换件衣服再回来，我明天还要去公司辞职呢。"

我突然想起来王媛自己现在都是一团乱，还得在这儿照顾我，她妈躺在医院里，弟弟在局子里，等着拿钱放人。我说："你妈身体现在怎么样了？"

"我今天打电话回去问过了，已经好多了。"我想了一下，说："王媛，你别辞职了，我不想让你去彭永辉那儿工作。"王媛笑了笑，无奈地摇了摇头，没说话。"真的，不就五万块钱嘛，我这儿有，我妈给我的，本来留着结婚用的，现在看来短期内是结不成了。买了对儿戒指还剩四万，你先拿去用，就在我衣柜中间第一个抽屉里。"王媛笑了，说："别傻了，樊斌不会有事的。再说我辞职也不光是钱的原因，我早听人说彭永辉公司管理挺乱的，挺想过去帮他一把。"这时一直在旁边悄无声息的韩文静突然开口了，她说："你们俩真是一对儿傻×。"说完叹了口气转到一边儿又睡了。我看着王媛走出病房，先前心里游移的勇气一点一点随着盐水回到体内。我在心里默默地想，樊斌，你也太不厚道了，活在这个世界上谁容易啊，害得我爹妈我朋友都得为我受苦。

我们在一块儿都快八年了，不跟亲人似的也差不多了，就算要死了你也该亲自给我句准话，让你我都死个明白。

在医院躺了一天，输了一肚子盐水，接到三个电话。一个是投资方催稿，希望我加快剧本进度，一个是我妈，问我樊斌回来了没有。还有一个是樊斌的父亲打来的，问我樊斌电话怎么一直打不通，是不是在闹什么幺蛾子。我好不容易应付了投资方，跟我妈说樊斌出差了，又编了一通瞎话安抚樊斌他爸。到了晚上，我说什么也不肯待在医院了，不顾医生和王媛的意见收拾东西回家。我下定决心排除万难要找到他，哪怕像花仙子那样唱着歌流着泪也得找到他，然后一拍两散，该死该活随你便。

是的，跟樊斌在一起是我自己选的，老娘自己选的路，就算跪着也要走完。

_13.

人在悲伤的时候，有的大哭，有的大笑，有的大骂，有的大睡，有的呆若木鸡。我是说，真正的悲伤。事实上我从医院出来并没有马上回家，我在路上走了一段。从小的时候开始，我就喜欢黑暗中行走，没有黑暗的时候我就闭着眼睛。当我闭上眼睛的时候，悲伤就被恐惧代替。我在恐惧和黑暗中压抑着颤抖佯装冷静地移动，完全不知道自己下一步将要踏向何处。这个时候手和耳朵变得异常敏感，我保持着一个姿势，像一具僵尸那样闭着眼睛伸着胳膊直着双腿在生活的牢笼里横冲直撞，完全不知道下一个将会感觉到疼痛的器官会是哪里，完全不知道下一个碰到的会是谁。我的眼前一团漆黑，我的十指微微颤动，我的心里恐惧莫名。慢慢地，我习惯了这种行走的方式。我走过一圈一圈洋溢着黄土和微尘的盘山道，走过裸露着砖头长着苔藓蹦着青蛙的乡下小路，走过长满了树木结满了果实的栗子林，走过我二十多年熙熙攘攘又罕无人迹的青春。

从医院出来，我走在人行道上，看着脚下红绿交错的美丽街砖，看着马路上不时呼啸着疾驰而过的车辆，看着穿着红色衣服骑车驶过眼前的花样少年，慢慢闭上眼睛，转过身，向着车流的方向走去。这种感觉是新鲜的，甚至有些刺激。我像以往那样自然地迈动着步伐，平稳地走向马路，并没有因为恐惧而觉得头重脚轻。我的嘴里含着一粒平时爱吃的糖，我把它咬得粉碎。我走得很慢，夕阳在眼前的黑暗中勾勒出一点朦胧的红色，我觉得有点儿晕眩。我张开双手，使它们变成两个翅膀，我像走钢丝那样无比慎重地走着，实际上我走得不太好，深一脚浅一脚。等我睁开眼睛的时候，我站在马路中央，周围有疑惑的目光，绿灯刚刚闪为红灯。

到楼下的时候我突然变得很急切，就好像家里还有人等我一样，可一进门我就后悔了，发现还不如在医院待着。家里一下子显得那么空旷，我突然意识到，以后可能只有我一个人在这里住了。很想给我妈打个电话，或者找谁来陪我，可最终放弃了。

樊斌的衣服还挂在阳台，我走过去轻轻碰了碰，它们在黑暗中跟我对峙。我默默走回房间，孤独和恐惧像空气一样蔓延开来，到处都是。我开始尝试用种种办法逃避黑暗和孤独，这些方法包括洗澡，抽烟，叫外卖，洗了一大堆衣服，削了一个苹果，还有在网上乱逛，可是都让我无功而返。好友栏里一片漆黑，有限的几个头像我不想跟他们说话。我甚至一度想把搁置已久的剧本飞速写完，可是打开文档就开始头疼，连看都看不进去。无奈之下我躺到床上，开始摆弄手机，里面存了很多从前樊斌发给我的短信，包括半年前我生日时的。他给我买了我渴望已久的一个老船木茶几，可我坚持跟韩文静和王媛一起过，他在家边吃盒饭边骂我缺心少肺，不知好歹，放在古代应该被凌迟处死，放在现在也应该自绝于人民。我看着那些短信，忍不住哭出声来。我想樊斌可能真的不会回来了，连他现在到底在哪儿我都不知道，万一他真是得了绝症，身边连个说话的人都没有。我想，要是现在樊斌出现在我面前，我肯定什么话都不问，哪怕他是骗我我都原谅他。我蜷缩在被子里，抱着胳膊，保持着两个人平时惯常的睡眠姿势，像个真正熟睡的婴儿，一动不动。从前我睡觉也是这样，他说我的姿势像一只翼龙，只不过翼龙的翅膀长在后面，我的长在前面，也就是说，我像一只畸形的翼龙。

第二天一早，我赶往火车东站，踏上了最早的一班列车，奔赴深圳。跟深圳比起来，广州是个悠闲得有点儿过分的城市，在广州待的时间长了，就哪儿都不想动，四年来，我只跟樊斌来过两次，两次都是接人，从火车站出来直奔码头，接上人就折返广州。在广州我就不认路，在深圳更是找不着北，出了车站就打了辆车，把樊斌名片递给司机，让他直接开去上面那个地址。

到了地方没怎么费劲就找到了樊斌他们公司，才九点多一点儿，我站在楼下仰望深圳的天空，心里那点儿慌张感一下子被发酵了，都有点儿气急败坏了，好像就要上楼捉奸的那种心情，又怕捉到又怕捉不到。是的，我很怕，怕万一樊斌在楼上，我无法面对那种尴尬。也怕他不在，我永远都找不到他。转念又一想，谈了八年恋爱，男朋友说死就死了连个招呼都不打，凭什么啊！身边好几个朋友都离两次了，我这想结一次都没机会。离了的都劝我，说结婚就跟炒股一样，没进入股市的时候都以为傻子都在那儿赚钱呢，当兴冲冲地闯进去后，才发现自己才是傻子。我想你们都傻过了，我他妈想冲都冲不进去，连傻子都不如啊！

我搜肠刮肚地寻找词汇，添油加醋地鼓励自己，就算是慷慨赴死也得有个人样儿，起码得像个客户，不能让人看出我是个千里寻夫的怨妇。不是西风压倒东风，就是东风压倒西风。这么一想，心里好受多了。我先去他们公司楼层的卫生间照了照镜子，洗了把脸。发现精神面貌是多么重要，先前的沮丧之气一扫而空，我已经基本恢复到从前宿醉上班的面貌，比一般正常人都精神。

我推门走进公司，前台正在专心致志地化妆，脸上的妆称称估计都够一两了，还往上加。从前韩文静经常化这种妆，我们都叫她“不是我不笑，一笑粉就掉”。

我走到她面前，说：“你好。”公司一般都规定上班时间不让化妆，我一叫把她吓了一跳，反问我说：“你找哪位？”“我想找一下樊斌。”

“哦，樊斌呀，他不是请假结婚去了吗？”

“那我现在怎么联系他呢？”

“那我就不知道了，你到里面问问吧。”她伸出手一点，我顺着那个方向望去，是个开放式的工作区。我绕过去，快走到头的时候看到一个空的工作台，隔壁一个戴着眼镜的男的抬头看了我一眼。我说：“你好。”

眼镜男说：“哦，你是来应聘的吧？”

“不好意思，我是来找人的。”

“找人？找谁？”

“我想找一下樊斌。”“哦！樊斌啊！他好几天没来上班了，听说休假了，你打他手机吧！”“打过了啊，他关机。你知道怎么能联系到他吗？”眼镜男上下打量了我一番：“你是……”

“我是他女朋友。”

眼镜男大吃一惊，音量顿时提高了：“你是他女朋友？”

周围的人纷纷看过来。“对啊，我是。怎么了？”眼镜男有点尴尬，说：“哦，哦，没什么没什么。他回广州休假了，走得还挺急的，很多工作都没交接呢。”

“那你能告诉我去哪儿能找到他吗？”眼镜男的眼睛越瞪越大，都快掉出来了：“他就是回去休婚假的啊！你是他女朋友你都不知道啊！”一句话问得我欲仙欲死，百口莫辩。周围人看我的眼神儿都开始不对劲了，不用出声我都能看懂，意思是你看那女的，不是二奶就是小三儿。就在我恨不能挖个地洞钻进去的时候，救星出现了。

李理走到我面前，假装什么事儿都没有，挺开心地说：“哎，小北，你怎么来了？”还没等我回答，他接着说，“来，我给大家介绍一下，这就是樊斌女朋友，周小北。”

同事一片哗然之声——噢！接着有人就起哄说要提前吃喜糖，我趁乱揪住李理，跌跌撞撞地逃出办公室，那个情形配上文字说明简直就是：有几个狼奔豕突的燕和赵，有几个狗屠驴贩的奴和盗。

_14.

和李理坐在他们公司楼下的咖啡店里，我开始后悔了。从小到大我在这一点上都不太老实，特别是嘴上，干了害人害己的事从来不说后悔，当然我所说的后悔只是一瞬间，我不知道那到底算不算后悔，或许那只是一种情绪，不是一种向自己认错的态度。也许那应该被称作——气急败坏。可是面对着李理那副哀其不幸、怒其不争的表情，我真有点儿后悔了。

我干巴巴地跟李理道谢："幸亏你来了。"李理就那么看着我，脸都憋红了，也不说话。估计是想骂我，又不好意思。过了半天，我说："李理，你有烟吗？"他掏出烟扔给我，头扭向一边儿，气呼呼的，看样儿都快憋疯了。"火机？"他又掏出火机扔过来。我抽出一根烟点上，他默默看着我抽完，敲敲桌子跟我说："小北，我就告诉你一句话，你记住了。水至清则无鱼。这世界上说不准的事儿多了去了，哪能样样都弄那么明白，你过好你自己的日子就得了。"

"李理，你要是这么说我就不同意了，一个人心里想什么我可以弄不明白，可一个人是死是活能不弄明白吗？这放在医学上叫医学事故，放在法律里叫悬疑案件。要是你女朋友这么走了，你能心甘情愿当她死了？"

李理又憋了半天，最终什么也没说，用拳头砸了两下桌子，起身走了。直觉告诉我李理有一肚子的话想跟我说。可是他不说我也没有必要问，我知道李理是个重信义的人，而且嘴比瓶盖儿都紧，要是能说他早说了。他那些劝我明白不明白的话，此刻对我来说丝毫没有意义，因为这件事我从头到尾都不明白。对一个不明白的人说这些，说什么都是不明白的。

我找了个地方住下，要了个大床房，进了房间连衣服都没脱就直接扑到床上，我想狠狠睡一觉。李理打了个电话给我，估计是想问我回广州了没有，我没接，按掉电话直接关机了。我不想在别人面前继续情不自禁地表现出自己的软弱，然后开始后悔。我已经不像从前那么勇敢和直白了，现在任何赤裸裸的表述都会让我觉得害羞和自卑，除了在王媛和韩文静面前。

接下来的两天，除了吃饭睡觉，其余白天的时间我都漫无目的地走在深圳陌生的街道上，走在疏密不定的人流中，像个处心积虑的便衣。我留意每个擦肩而过的路人，渴望在万分之一的偶然机会下遇到樊斌，迎面给他一个耳光。可是街上熙熙攘攘，一片歌舞升平的景象，人们匆匆忙忙，面无表情，不知奔向何方。到了晚上我流连于各大酒吧，“本色”“根据地”“自由人”，任何听樊斌提过名字的酒吧我都没放过，任何一个身高长相跟樊斌有点儿相似的人都能在我心里砍上一刀，两天下来我已经被砍得不成人形，血肉模糊。喝酒的时候我暗自发笑，与其说人生仿佛一个舞台，还不如说人生好像一个吧台，醉了之后的快乐和烦恼不像清醒时那么明显，喝酒变成单纯的喝酒。单纯多好啊，我跟樊斌也有过，那时我们真的很单纯，好像还说过很多热情幼稚的话，干过很多热情幼稚的事。不记得了。

我所幻想的偶然终究没有发生。与此同时，另一个让人避之唯恐不及的偶然倏然而至。

_15.

韩文静在电话里火速召我回广州，她说：“周小北，你还在深圳等着给樊斌收尸呢，赶紧回来吧，王媛这边麻烦了。”

一下火车，踏上广州的土地，我心里就舒服了。广州是这样一个城市，空气不好，人多路窄，龙蛇混杂，可是我喜欢它，因为它能让我放松。我连家都没回，从车站出来直接去了韩文静指定的饭店，我到的时候她还没到，我给她打了个电话，她飞快地接了，说刚从机场接完一批画回来，要先把它们放到画廊，马上就到。韩文静奔赴饭局的气质和素质都是无人能及的，有次我在城郊开会，住在一个偏僻的农庄里，半夜睡不着发短信过去逗她，问她要不要过来吃夜宵。结果她就打了将近两百块的出租车不远万里杀到我住的地方，然后在饭馆里找好位置等我去埋不到一百块的单。

几天不见，韩文静气色很好，光彩照人，笑容可掬，屁股还没坐稳就问我："找到樊斌啦？"我摇了摇头，她接着问："什么收获也没有？"

我说："收获倒是有一个，就是他们公司的人听说我是他女朋友都很吃惊。"韩文静说："你看，外边儿有人了吧？还不知道带了多少到公司去过呢。"我不置可否地笑笑，不知该怎么回答。文静胸有成竹地总结："我早就知道你找不到，之所以没劝你是因为你这人一向不见黄河心不死，用脚趾头想想就知道了，他要是真想躲起来不让你找到，怎么可能还去上班？像他这种情况，也就只有一种办法可以试试了……"说完，她凑到我面前，神神秘秘地说，"喂，请个私家侦探吧？"

我笑了："你当拍特务片儿呢，还私家侦探呢，上哪儿找啊？"

"这有什么难找的，现成儿的，刘炎就是干这个的。"韩文静提起刘炎的那个样儿，就好像提起多年老朋友似的，一下子把我弄愣了。我正在脑子里翻江倒海地转呢，刘炎是谁？韩文静一脸甜蜜充满期望地提醒我说："刘炎啊！刘炎！你忘啦？"

我把所有认识的可能跟侦探这个行业靠上边儿的奇人异士全过了一遍，还是茫然地摇了摇头。

韩文静说："那天晚上在饭店门口碰上的那个开牧马人的，胖子请客那天，记得？""哦，他呀。"

韩文静有点不好意思地笑了：“对，就他。”我心想不对啊，太不正常了，真吓人，韩文静什么时候也能发出这种羞涩的表情了，仔细研究了一会儿之后我恍然大悟：“文静，你跟他好上了吧！”韩文静羞答答地说：“哪儿啊，八字还没一撇呢。”

“你真行啊，一夜情都搞出感情了！”“放屁！谁他妈还搞一夜情啊？你看见了？那天我俩什么都没干，就在他家喝酒看碟聊天了。”听到她还能骂人我就放心了，尽管孤男寡女深夜聊天不是她一贯的风格。骂完人她自己也自在多了，又变回了从前的样子，严肃地说：“别说我了说正事儿吧，王媛这次真的惹麻烦了。”

我问：“是不是她弟弟又出什么事了？”

韩文静神色凛然：“比那个严重多了。”

我心里一沉，说：“不会吧？难道王媛她妈……”

韩文静打断我说：“你看这是什么。”说完，扔了个东西到我面前，等它滚到我杯子边停下来的时候，我看清楚那是一只耳环。我把它拿起来看了看，问文静：“这好像是王媛的吧？”文静喝了口水，点点头，用新闻联播主持人的语调和语速对我宣布：“告诉你吧，彭永辉的老婆昨天到刘炎他们那个私家侦探社花钱找人开始调查彭永辉婚外情了。”

_16.

事情是这样的。韩文静那天跟刘炎走了之后，刘炎提议找个咖啡厅坐坐，或者吃点消夜，被文静拒绝了。

韩文静是个爽快人啊，说：“还装什么呀装，咱们直奔主题吧，去你家方便吗？”

驱车到了刘炎家，文静被震住了，刘炎是个电影发烧友，家里别的没有，漫山遍野的碟子，一流音响，顶级影院设备，而且房间装修用的都是吸音材料，特别符合韩文静一直追求的能在家里坐着看《指环王》的梦想。她大叫一声，扑向沙发，命令刘炎放张碟片让她感受下效果。刘炎挑来挑去，还真拿了张《指环王》过来，文静激动得快晕过去了，终于找到知音，二人一拍即合，相见恨晚，敞开心扉互相倾诉平时生活中喜欢《指环王》却不被理解的痛苦，席地而坐，把酒言欢，找出《指环王》三部无删减版，边看边聊，聊了一个通宵，把此行的目的抛诸脑后。经过一晚上的切磋，两人彼此增进了理解，加深了感情，讨论的全都是艺术圈的话题，谁都不好意思再提睡觉的事儿了。刘炎对韩文静蠢蠢欲动，文静对他也有点儿好感，这几天一有机会就往人家“工作室”跑。

昨天下午，文静过去的时候刘炎刚好有事，让韩文静帮忙照看一下，他去楼上取个东西。文静穷极无聊，左转右转，突然发现桌上扔着一只耳环，捡起来一看，跟王媛平时戴的那对儿怎么那么像啊！王媛的耳环是我和文静去尼泊尔旅游专门给她定做的，有特殊意义，一只是抽象的J形，一只是抽象的B形，分别代表我俩名字最后一个字的首字母，从右往左意思还好，BJ，除了Blow Job之外还可以让人联想到北京，可是左往右读就变成JB了，这么有特点的东西绝对不会弄错。文静当时的心理活动是，不会那么倒霉吧泡到自己好朋友的地下情人了，她想继续寻找点蛛丝马迹，发现桌子角落里两本杂志下面压着一个档案袋，都快掉了，一看就是急忙塞的，韩文静翻出来一看，倒抽一口冷气，里面赫然装着彭永辉的照片、简历。文静心想：完了！这人连情敌的资料都搞到了，一定是势必得到王媛不可了。再转念一想，刘炎接近自己的目的就变得十分可疑，说不定想把自己当成肉票，作为要挟王媛屈从的交换条件，万一王媛不答应他就撕票……就在韩文静疑窦丛生，拼命吓唬自己的时候，刘炎回来了。

韩文静手里握着资料，一本正经地问道："你跟王媛什么关系？"刘炎被问傻了，说："你拿我资料干什么，谁叫王媛？"韩文静又拎起耳环，说："你别装了，这就是我给王媛买的，说吧，怎么在你这儿？"刘炎愣了一下，随后笑了，说："你确定这耳环是王媛的？"韩文静说："那当然了，这耳环是我亲自设计的。"刘炎哈哈大笑说："那可太好了，你可帮了我大忙了，这下我连查都不用查了。"在韩文静的穷追猛打下，刘炎不得已告诉她自己开的是一家私人侦探社，由于这个行业在国内没有合法化，所以他对一般朋友都说他开的是摄影工作室。韩文静听完更纳闷儿了，说："那你怎么会有彭永辉的资料？"刘炎反说："这人你很熟吗？"

"对，很熟。"

刘炎叽叽歪歪很为难地说："这个……不能泄露客户的个人隐私啊。"文静急火攻心："他的个人隐私还用你跟我泄露？你干的就是侵犯个人隐私的事儿，还跟我谈泄露个人隐私？你赶紧告诉我这份儿资料哪儿来的。"刘炎没有办法，只能告诉她："下午来了一个女的，说老公有外遇了，说她生日那天老公给她买了一条项链，晚上她无意中发现一张发票，一看上面明明写着买了两条，之后又在老公的车里发现了一只耳环……"

听到这儿我就完全明白了，说："彭永辉脑子有病吧，买礼物非得买一模一样的，这下两边儿全现了。"

文静说："你这么说都是抬举他了，说人脑子有病的前提是有脑子，彭永辉他长这个吗？"

我说："彭永辉他老婆脑子也有病吧，竟然找私家侦探调查自己的男人。""别怨人家了，说到底这一切还不是王媛自己造成的吗？长个包子样就别怨狗跟着。"我感叹世风日下，人心不古，回头想想最近真是倒霉，这种百年不遇的奇观都赶在我们几个身上了。我问文静："那现在怎么办？能不能跟刘炎说说让他别查了？"韩文静说："你傻呢，那是人家的工作。再说了，就算他不查别人也会查，还不如让他查呢，我们还能随时把握一点动向。"

"那要不要先给王媛提个醒儿？"

文静想了半天，说："暂时不要，她烦心事够多的了。"我拿着那只耳环，充满担心："早晚得告诉吧，不然要是真查出来怎么办？""来之前我就想好了。真查出来了也别告诉她，实在不行到时候我就顶上。"我脑袋"嗡"的一下，以为自己听错了："你顶上？你是说，你冒充王媛？"韩文静一脸大义凛然的表情："她不就是想找到心目中的狐狸精出口恶气吗？没关系，我去。正好我也想看看到底什么样的女的才能干出找私家侦探这种事儿，彭永辉不错嘛，相当于娶了个中国的福尔摩斯啊。"

_17.

吃完饭，韩文静要回画廊，问我怎么办，我本来想让她把我送回家。文静说："算了，回到家也是一个人待着发狠，再待出忧郁症来，陪我到画廊坐会儿，晚上找王媛一起出来吃饭。据说她在彭永辉那边工作也不太顺。”

韩文静的画廊最近生意不错，好几个顾客都是刘炎介绍来的。我以前常揶揄她：三年不开张，开张吃三年。为了逃避回家，我决定跟韩文静去画廊。

一路上都很塞车，好不容易上了内环，情况没有丝毫起色，广州这几年越来越堵车，严重的时候连外环都塞得跟停车场似的，堵着堵着都习惯了，赶上哪天不堵心里还觉得有点儿空虚，好像少了点儿什么似的。还有人开玩笑恶搞，要求设立新的交通法规，超过三天以上的堵车允许家属到路段探望，但配偶晚二十二时以后探望需持结婚证上车过夜，要坚决杜绝“三陪”活动借此商机泛滥，对广州市形象造成不良影响。超过五天的堵车允许司机回家探亲，但必须在二十四小时之内返回，以备交通疏散后及时离开现场。终于等到车流缓慢移动，侧后方有个小“现代”左冲右突想要突破防线插进来，韩文静骂道：“赶着投胎呢，连个缝儿都没有了往哪儿插。”说完方向盘一打把它别到后面去了。小“现代”贼心不死，一个劲儿地狂按喇叭，气焰十分嚣张。韩文静笑了笑，故意慢腾腾地走了几步，跟前面的车空出一段距离，油门一加晃了过去。小“现代”果然屁颠屁颠跟过来了，跟得差不多了文静突然一刹车，小“现代”措手不及，猛的一个急刹车，头差点儿撞到挡风玻璃上。这时刚好路开始通了，我们走出去很远回头望望，它还停在那儿没动，估计吓出一身冷汗。

韩文静的这一招我早就见过了，人不犯我，我不犯人，人若犯我，我就灭了你。上大学的时候，有次我跟韩文静一起在车站等公交车，她不小心踩了一个男的一脚，连忙对那男的道歉说：“对不起，对不起，不是有意的。”那男的就是那种四五十岁的大叔，得理不饶人型的，不依不饶地骂韩文静：“你没长眼啊，你妈怎么教你的……”文静道了两次歉，不吭声了，那男的以为遇到苦主了，还在那儿不停地说，大约说了有两分钟吧。文静怒了，直接转身给了他一巴掌，那男的当时就闭嘴了。打完以后韩文静看都没看他，继续在那儿等车，仿佛什么都没有发生过。

到的时候小丽一个人在看店，刚把韩文静从机场拿回来的画挂完，正好有几个人进来看，两个男的一个女的，女的包着头巾，手里拎着一大兜菜，三人目不斜视饶有兴致地流连在各幅画前，连有人进来都没看见。我们正往里走着，那个稍微年轻点儿的男的突然兴奋地大喊：“哥！快看！光屁股的！”

韩文静吓得不轻，径直走到他们三个面前：“三位，实在不好意思，我们这儿今天临时盘点，暂时不营业，马上就关门了，请你们改天再过来吧！”

当哥的一瞪眼：“凭啥？你又没写！我们还没看完！”说完扭过头去继续津津有味地看。

韩文静转身朝小丽使了个眼色，小丽走过去，好声好气劝了半天，才给劝走了。三个人走的时候还满脸不高兴，嘴里嘟囔着：“就许你们光屁股，不许我们看。”

韩文静叹了口气：“唉，这年头儿真是什么人都有。”接着把小丽叫到面前说：“小丽，以后你多点儿眼色，再碰到这种人，别让他们进来。对了，在门口儿那竖一个牌子——衣冠不整者不得入内。”

刚说完，门口一个人影晃了一下，说：“哎呀，那我得回去换件衣服再来。”韩文静循声望去，立刻多云转晴，笑得跟花儿一样：

“刘炎，赶紧进来！”刘炎穿了条大短裤笑着站在门口：“衣冠不整啊我，不敢进。”韩文静走过去说：“那好办，多买几幅画吧，就当罚款了。”刘炎走进来，我跟他打了个招呼，文静走过来介绍说：“这是周小北，我最好的朋友。这是刘炎。”

刘炎点了点头说：“我记得你，那天晚上咱们在路边见过。”我说：“怪不得是搞特工的，记忆力超群。”刘炎瞅了眼韩文静：“哟，全世界都知道了。”韩文静转过去说：“小丽，今天没什么事儿了，你提前下班吧。”小丽欢呼一声，跑到里面收拾东西去了。画廊挂了不少新作品，刘炎在画廊转了一圈，韩文静一直陪在旁边，边走边介绍。我听见她说：“你猜猜，都哪几个是我画的，要是猜中了我就送你一幅。要是猜错了，你就买几幅。”韩文静同我们一样不是搞艺术的，属于野路子出身，凭着小时候那两年绘画功底再加上用色大胆，活生生在艺术圈杀出一条血路，前几年她爹掌权的时候，韩文静的作品也随之水涨船高，登堂入室，各大酒楼重要场合的冷光灯下随处可见。刘炎在专心致志看着那些极度抽象的颜料，韩文静则专心致志地看着刘炎，脉脉含情，似笑非笑。我看得鸡皮疙瘩都快起来了，顿时觉得自己像一个400W的大红灯笼，高高挂在画廊上空。好不容易等到小丽出来，我拎上东西喊了一句：“文静，你们先聊，我刚好和小丽一块儿走。”

文静听到我要走，赶紧跑过来，在我耳边说：“傻啊你，往哪儿走，我特意让小丽先回去的。”说完抢过我手里的东西，招呼刘炎说：“刘炎，你别看了，过来坐啊，咱们聊聊天。”我说：“我就不在这儿给你当灯泡了吧。”韩文静理都不理扯着我走到沙发那儿就坐下了。

店里的设计经过名师指点，一招一式都有讲究，沙发是酒红全真皮，触感细腻，质地柔软，一眼望去便知价值不菲。刘炎走过来坐下，大家寒暄了几句，韩文静话题一转，直捣黄龙："刘炎，周小北她男朋友丢了，你能给想想办法吗？"

_18.

韩文静声色并茂地演绎着我跟樊斌的传奇故事，从我们如何认识的、怎么上床的、一直讲到樊斌人间蒸发。刘炎很配合，其间不时辅以惊讶、感动、赞同、发自内心的同情等各种表情。我坐在一旁如坐针毡，对文静提到的种种情况感到十分陌生，心想她说的那些毫不靠谱的傻×情节真的就是我的生活吗？为什么我从来都没有用置身事外的眼光来看一看我的生活呢？从樊斌走了之后，我第一次开始反思，也许真的是我们两个之间早就出了什么问题，而我的责任是，连点儿蛛丝马迹也没发觉。

演说终于完了，刘炎皱着眉头想了半天，说："这件事的意思还得看周小北。"韩文静说："当然是生要见人死要见尸啊！"

刘炎说："我是问她又没问你。"

韩文静说："哦，我的意见就是她的意见。"

刘炎看了我一眼，我没说话。韩文静接着说："你对这件事怎么看的？以一个……嗯，男人的角度？"刘炎想了想，转过身来对我说："要是我照实说了，你不介意吧？"我摇了摇头说："算了吧，别说我那点事儿了，省得影响大家的情绪。"韩文静沉默了一会儿，说："那现在怎么办？"刘炎说："你要是想下定决心找一个人呢，其实没什么困难的，单凭技术手段就可以解决了……”韩文静不耐烦地打断他：“那就行了，你把樊斌给找出来，只要知道他现在在哪儿就行了，剩下的事儿不用你管了。我倒要看看他是真死还是装死。这样行吧，小北？”韩文静转向我，我半晌没回答。韩文静催促道：“想什么呢小北，行不行你给句话啊。”我实在坐不住了，从包里抽出一支烟，对韩文静说：“你有火儿吗？”她愣了一下，马上明白过来。这是我们之间的暗语，实在想撤又不好发作的时候才拿出来用，对方就会明白。再说这个时候她也不敢不明白：在她这儿干什么都行，就是怕火，不能抽烟。

韩文静调整了一下表情，一副恍然大悟的样儿，夸张地冲我喊：“哎呀，对了！小北，咱俩还约了人哪，我全给忘干净了。”

我一看表说：“可不是嘛，都快迟到了。赶紧走吧！现在过去还来得及。”韩文静急急忙忙地说：“走走走，赶紧。刘炎，不好意思啊，我跟小北今天还有事儿。”刘炎也是个明白人，当时就站起来说：“没事没事，你们忙吧，本来我就是路过，顺便进来看看，那我先走了啊，咱们改天聊。”韩文静把刘炎送到门口，临走还不忘叮嘱一句：“那事儿，别忘了跟我汇报啊。”说完一脸不解地走回来问我，“小北，你怎么了？多好的机会，不用白不用。”

“我不想找他了。”

韩文静莫名惊诧：“什么！你不想找樊斌了？”

我点了点头，不想多说。韩文静绕着我转了两圈，跟不认识似的：“到底怎么了，周小北？你把自己都折腾成这样了，不就为了找着樊斌问个清楚吗？你不想知道他在哪儿了？”我说：“没怎么，我就是突然不想找他了。”我顿了一下，“再说，找到了有什么用，我们俩的事儿用私家侦探可能也解决不了。”韩文静还想说点什么，被我堵回去了，“文静，这事儿再别提了，权当他死了。我现在脑子可乱了，就想静一静。”

韩文静憋了半天，终于把想说的话咽进去了，说：“那，咱给王媛打个电话通知她晚上出来吃饭？”

我点了点头，表示同意。恍惚间我突然觉得不知从什么时候起生活里就剩下吃饭了，我对过往残留的记忆除了酒桌就是饭桌，还有电脑桌。我在电脑桌前完成日常的工作，能不出门坚决不出门，出门就直奔饭店或者酒吧，到达一个又一个的酒桌。怪不得马雅可夫斯基说，“活着就是宴席连着宴席”；米兰昆德拉也说，“活着就是从一个酒杯到另一个酒杯”。

我说：“文静，咱们除了吃饭就不能干点儿别的吗？”文静正在找电话，听我这么说思索了一下说：“也是啊。可是你说还能干什么呢？”我想了半天说：“要不我们去游泳吧？”韩文静一听就欢呼起来：“好啊好啊！我最爱跟王媛一块儿游泳了！”还没乐完呢，她就露出一副忧国忧民的表情，“可是……就算去游泳也得先吃饭吧？”文静最近是异常地爱吃，而且能吃。我们对饭局都是阶段性地厌倦，唯独她不是，她是持之以恒地热爱，而且有愈演愈烈的趋势。她好像总是处在饥饿中，如果说人活着只是为了一顿饭，那么对于韩文静来说，活着就是为了一顿饱饭。我理解她为什么爱跟王媛一起游泳，因为王媛有一双不可多得的美腿，往游泳池边上一站，一池子人的目光齐刷刷地移过来，并且再也不舍得离开，特别是帅哥。韩文静跟卢川就是这么认识的。

Chapter 2

苦恋的开始，那些心事，先说给你们听

_1.

到了韩文静家小区里的泳池，我和王媛先去更衣室换衣服，韩文静又把车开走了，说没吃饱，要去旁边的7-11买鱼丸。来之前我们先接上王媛，说好随便在她楼下的肯德基吃点儿东西，其间韩文静又想点全家桶，被我俩异口同声地阻止了，后来每人买了一个汉堡在路上啃。韩文静一路都不开心，说她现在就对吃的有感情，一时半会儿不吃东西心里就发慌。

我换好衣服拿着手机在外面等王媛，远远看着她走过来。王媛不算高，不过比例特别好，腿很直很长，皮肤也白，特别是穿着泳衣，那双腿更是长得无穷无尽。文静刚好买完鱼丸和谁跑过来，看到王媛尖叫一声："哇！你们等等我。"说完冲进更衣室。我跟王媛走在池边，刚想夸她两句，电话就响了，接起来是胖子。

我说："胖子啊，有事吗？"

"小北，你回来了？"胖子语气小心翼翼的。

我说："是啊，怎么了？"

胖子说："那个，我听说樊斌……"

“你怎么知道的？”

王媛在一边平静地说：“我告诉他的。”我心想胖子怎么还跟王媛私下有联系啊，不由得感觉处处有八卦，遍地是奸情。我说：“胖子，我的事儿你就别管了，你什么时候走，我找个机会给你饯行。”胖子说：“我就是跟你说这个事儿的，我决定不走了，过两天回去把工作交接完了就彻底回国了。”我有点吃惊，刚想问他原因，话还没出口看到一边站着的王媛，心里顿时明白了几分。我说：“那好，等你回来那天好好替你接风洗尘，庆祝你逃离非洲　重返伟大的社会主义祖国。”

挂了电话我问王媛：“胖子是在追你吧？”

王媛瞪大眼睛说：“不会吧，不过他对我挺好的。”

“那你怎么想的？”

王媛想了想说：“没感觉。”我心想人家为了你工作都不要了，千里迢迢地跑回来安营扎寨，你还在这儿没感觉。我说：“那胖子知道你和彭永辉……”王媛打断我说：“知道，我全都告诉他了。”

我暗自叹息，又一场苦恋即将开始了。

我和王媛在外面等了很久，都不见韩文静出来，喊了几次也没动静，于是走进去找她。进去一看，韩文静坐在更衣室的凳子上，穿了一半，又羞又恼，看我们来了如获至宝，说：“快快快，我泳衣穿不上了，快来帮我穿。”

我和王媛忙了半天，也没能把肩带给她拉到肩膀以上，再仔细一看，一起哈哈大笑起来。

韩文静大叫：“笑什么啊！不就是胖了一点嘛！快帮我穿上

啊！”我俩憋着笑，喊“一二三，用力”，好不容易把带子拉上，再一看泳衣都快爆炸了。韩文静属于娇小型身材，骨架小，身上挺有肉的，最近一通胡吃海喝，胖了十斤不止，仗着先天条件好平时藏在衣服里看不出来。

韩文静站起来，披着条浴巾跟我们出去了，死活不肯下水。估计动作幅度稍微大一点泳衣都会立刻瓦解，四分五裂，那样可就比王媛的大腿诱惑多了。文静泳衣是镂空的，后腰上有个文身，是以前瘦的时候文的一条藤蔓，现在看上去叶子也大了许多。我想起一个笑话，说有个男的年轻的时候胳膊上文了只蜘蛛，中年发福之后有一天去做按摩，小姐边按边夸：老板，您真有个性，别人文身都文什么龙啊虎啊，你文一只大闸蟹，太酷啦！想起这个我哈哈大笑，韩文静知道我在笑她，冲过来要跟我拼命，在她到达之前我跃入水中，朝远处游去。

刚游了一会儿，就看到韩文静和王媛在那边拼命冲我打手势，我游回去，她们告诉我手机响了。我一看号码是我妈的，爬到岸上给她打回去。

我妈问我：“这么多天没给家里打电话是不是有什么事？”我说：“没有啊，挺好的，我跟王媛韩文静在外面游泳呢。”我妈又问：“樊斌回来了没有？怎么没个动静。”我顿了一下，说：“哦，回来了，又走了，他们公司最近特别忙。”我妈咬牙切齿地说：“全世界就他一个人忙，告诉他忙完了赶紧到我们家负荆请罪，上次的账我还没跟他算呢。”我妈嘴上骂着，语气里却透着一股我女儿马上就要嫁人了，对女婿还挺满意的幸福劲儿。我妈早就说过，广州天气太湿热，不适合老年人居住，等我和樊斌结了婚，他们就回北方颐养天年，刚好把房子空出来给我们，省得我们在外面租房子。挂了电话我有种难以抑制的心酸和想哭的冲动，我再次跃入水中，我想把体力耗尽，用疲劳对抗胡思乱想给我带来的痛苦，我假装不在意，在水中来来去去一气狂游，眼泪还是不知不觉地掉了下来。我心想樊斌你伤害我就得了，你还顺带着伤害我妈。

王媛和韩文静始终没下水，一直在上面看我游。文静是因为不敢动，王媛纯粹是过来陪我的。我一言不发，只顾埋头苦游，想把我和樊斌的一切过往溺毙在水中。不知道游了多久，也不知道游了多少个来回，只知道我走上岸的时候天都黑了，人也散得差不多了，我在池子边坐了一会儿，缓解一下小腿抽筋带来的疼痛，然后站起来，对一直等着我的王媛和韩文静说了一句："走，咱们回家吧。"

那天大家出奇地沉默，一路上谁都没再说话。先送我到家，我下了车，跟她们打了声招呼，一瘸一拐地回家了。我像以往一样打开门，等待电梯，上了六楼。我走出电梯，隐约看到门口儿有一个人的影子。我顿了一下，没敢相信自己的眼睛。我壮着胆子一步一步走过去，近一点，再近一点，终于看清楚——没错，是狗日的樊斌。

_2.

我们面对面站着，很久都没有说话。我没有表现出任何吃惊，仿佛我早就知道他会回来一样，只是，这种平静其实是一种冷酷。我想这还是从前跟我好过的那个樊斌吗？眼前的他，老了不少，胡子没刮，脸色蜡黄，不知道几天没睡了，演癌症晚期病人都不用化妆。从前的樊斌气宇轩昂，颇招各个年龄段的女人喜欢。那时候，这个狗日的亲我一下我就高兴。他要是亲我左脸，我就把右脸也送过去。站了半天，小腿又有点要抽筋的感觉，我刚想开口，樊斌熬不住了，他说：“小北，我……没带钥匙。”

我放下东西，翻出钥匙开了门，径直走了进去，樊斌拎了包，随后跟了进来，有点小心翼翼，好像他没在这儿住过似的。我没理他，直接走到卧室，把门反锁，一头扎到床上，觉得疲倦无比。我跟樊斌果然是前世有仇，我的订婚仪式被他搅黄了，接下来我什么念头都没有了，只是一门心思想找到他，毫无疑问，这也被搅黄了。现在连自己都绝望了，唯一的希望是想好好睡一觉，现在他又突然蹦出来，连这一觉也差点儿给我搅黄了。

我关了手机，昏天黑地地睡了过去，睡了一天一夜。其间樊斌在外面敲了几次门，很轻很轻，但还是把我吵醒了。醒了之后我只是睁了睁眼睛，又接着睡去。

彻底醒来的时候已经是第二天傍晚，我走出房间，樊斌坐在沙发上，好像没动过地方。看到我出来，他缓缓站起来，语调低沉，我见犹怜。他说：“小北，你听我从头跟你说……”

我做了个手势阻止他继续说下去，因为我什么都不想听。他抬起头看着我，可怜巴巴的，不知道我到底想要干什么。我努力平静了一下语调，让自己听上去比较真诚：“樊斌，我就要你一句话，咱这婚还结不结了？”

樊斌本来是垂着眼睛的，听到这话眼睛越瞪越大，我发现他一瞪眼还是挺精神的。他本来已经准备好了我出来是要跟他大干一仗的，没想到我走的这个战术，一时间愣了，不知该作何反应。

等了半天我不耐烦了，我说：“不结也行，权当我没说。”他这才反应过来我是说真的，连忙说："结！当然结！我回来就是跟你结婚的！""好，那咱吃饭去吧，我饿了。"说完拿了包准备出门。樊斌转忧为喜，赶紧跟了过来，慌乱之下居然很不合时宜地说了一句："我也饿了。"其实我不是打算跟他和好的，可是我从卧室出来看到他的一瞬间就立刻决定改变策略。

这个婚我是一定要结的，哪怕按小时花钱雇一个人当新郎也得结，那放着眼前现成的免费的干吗不用？至于他为什么消失了之后又自动回来，我想我早晚都会知道的。昔日寒山问拾得曰：世间谤我、欺我、辱我、笑我、轻我、贱我、恶我、骗我，如何处治乎？拾得不是说嘛：只是忍他、让他、由他、避他、耐他、敬他、不要理他，再待几年你且看他。

吃饭的时候樊斌表现得像个犯了错误的小学生，点的全是我爱吃的，还不停地给我夹菜。我表现得很和平，好像什么事情都没有发生过一样。

快吃完了的时候樊斌说："小北，过几天我就跟公司申请调回广州来，我们再也不分开了。"

我以一副洞悉奸情的口吻装作毫不在乎地调侃他："樊斌，你都得绝症了你们公司还要你啊？"

他有点不好意思，像被人打了一巴掌似的脸都红了，小声地说："那是误诊。"

我心想真是倒霉催的，让你跟我结婚比让你去死都难受，那我怎么着也得让你难受一把。随之心里唯一担心的一个疑团彻底解除。我妈想我结婚都想疯了是真的，可要是我告诉她我得嫁个绝症病人，估计她也开心不到哪儿去，万一再被我气出个心脏病什么的，那就亏大了。

我俩就这么和好了，边吃饭边连结婚的日子都定了，我说：“在广州就不摆酒了吧，让我妈他们回老家摆就行了，反正我在这边也没什么亲戚，你跟你父母就说咱们旅行结婚。”

樊斌如释重负，一个劲儿地说：“好，什么都听你的，先别想这些了，你多吃点啊！你看你最近都瘦了。”

我喝着滚烫的排骨汤，在心里安排各种结婚细节，并努力说服自己不就是为了结个婚吗，追究那么多干什么。谎言重复一千次就是真实的，这种自我催眠的方法果然很有用，我在心里默念了半个小时之后，果然释然了很多：我已经可以冲他微笑了。

其实，在心底我清醒地知道，还有一个连我自己都不愿面对的重要原因，它说服我不要拆穿樊斌拙劣的谎言，并且告诉我该怎样结束这场闹剧。那就是：我还爱他，不愿意轻易失去他。

当天晚上，樊斌表现得流氓大胆，激情似火，我索性高潮迭起，以意乱情迷与之相配。

要是旁边能有个摄像机，就会发现我们看上去就如同一对真正无所顾忌的完美情侣。

_3.

第二天一早，樊斌结束休假回公司去了，说要回去打申请往回调，要是公司不批他就辞职不干了。我睡到日上三竿，爬起来给文静打了个电话，约她一起吃午饭。

她又高兴又挣扎："行啊，周小北，你也会主动找我吃饭了啊，该不会存心吧！看我胖成这样你高兴，是吧，落井下石呀？"

我安慰她说："你还年轻，几顿不吃就瘦回来了。"

"少来，我可不是十八、二十二了。这样吧，给你个机会，我知道一家素食餐厅，味道还不错，我们去那儿试试吧，又好吃又减肥。"

我们开车去往越秀公园，在路上我问她："刘炎那事儿调查得怎么样了？"

韩文静说："调查到什么程度那还不是我一句话的事儿，我让他到什么程度，就到什么程度。"

我连忙夸她说："行啊，看来关系进展得挺快。"我心想真黑啊，连私家侦探都有幕后黑手了。

韩文静含笑不语，一脸得意。看她情绪还不错，我赶紧坦白："樊斌回来了。"她吓得明显恍惚了一下，方向盘都差点儿没抓稳。她拍了拍胸口压压惊，瞥了我一眼，有点担心："就这么回来了？看着像有病了吗？"

"没病，挺正常的。"

韩文静雄心万丈地说："那就好！往死里干！干到他有病！""我们没打，和好了。"韩文静一脸不解，等着我继续往下说，"下个礼拜我跟他结婚。"韩文静猛的一脚刹车停在路边，用研究的目光看着我，说："你没事儿吧？"我说："算了吧，就当什么都没发生过吧，反正都得结婚，跟谁结不是结。"韩文静盯了我老半天，问我："你决定了？"我刚一点头，韩文静劈头盖脸地把我一顿骂，"周小北，我看你真是脑子不好了！没想到你会干出这么贱的事儿来，你有时间真应该到精神病院检查一下了。是樊斌给你下了迷药了，还是你离了他不能活？”

韩文静骂了大概有五分钟，后来都上升到民族尊严和妇女权益的高度了。我等她骂完了停下来，说：“文静咱们接着走吧。”

韩文静沉默了一下，转过头来气呼呼地对我说：“走什么走！往哪儿走！你给我下车。”我说：“那咱不吃饭啦？”“我现在心情不好，什么都不想吃，你吃得下自己打车吃去吧！”我无可奈何地打开车门，走下车。韩文静看着我，表情严肃，目光深邃，她说：“周小北，你要是就这样跟樊斌结婚，我就跟你绝交。”说完猛踩油门，绝尘而去，连车门都没关好。我站在马路边上，突然感到强烈的羞愧与内疚。我们不是第一次绝交了，可文静还是第一次被我气成这样，连饭都不想吃了。文静从前经常牛逼哄哄地把一句话挂在嘴边：谈什么感情呀，真正的感情就像鬼，相信的人多，遇见的人少；这个世界上唯一真正关心你并且不会背叛你的只有父母和兜里的钱。可我知道她对我有感情，她关心我，就像父母和兜里的钱一样，那么关心我。如果有人伤害我，就跟踩了她的尾巴是一样。这么一想我都快哭了，早知道会让文静这么生气还不如把樊斌干到有病呢，万般无奈之下我掏出手机给王媛打了个电话。

王媛从楼上下来的时候我已经点好了菜，有她最爱吃的手撕包菜。她急急忙忙地坐下，看了看表说：“我中午只有一个小时的休息时间，现在还剩半小时，什么事这么急啊？”

我哭丧着脸说：“文静跟我绝交了。”

王媛松了口气：“我还以为什么大事儿呢，服务员，给我来碗米饭！”转过头来问我，“又怎么了？这次是因为什么？”

我说：“因为我要跟樊斌结婚。”

王媛愣了一下，笑了，说：“我看你真是想结婚想疯了。樊斌连人都找不着了，你上哪儿结？”

我继续哭丧着脸说：“这不是回来了嘛。”

王媛大吃一惊：“回来了？”

我点点头。

“昨天？”

我又点点头。

王媛沉思了一小会儿，说：“那他……”

我打断她说：“没病。”

王媛放心地说：“那就好。”刚说完一想不对，眉头又皱了起来，“既然没病，那就摆明了是骗你的。那他怎么说的？”

我说：“他什么都没说，我也没问。”

王媛的眉头皱得更紧了：“那你不打算问了？这件事就这么过去了？”

我叹了口气：“问清楚了又能怎样，有些事情知道了还不如不知道，李理告诉我‘水至清则无鱼’。”

王媛不无担忧地说：“你想清楚了？结婚可是一辈子的事儿。”

我说：“哪能想一辈子那么远。我只知道我跟樊斌在一起七年多了，也该有个结果了。既然分不开那就结婚吧，也算给老人一个交代。”

王媛笑了：“那倒是，你妈一天到晚就盼着你结婚。”默默地吃了一会儿，我突然想起来王媛在彭永辉公司已经一个多礼拜了，就问：“在彭永辉那儿怎么样？”

王媛苦笑着摇头。“哪方面不顺？是不是彭永辉拼命给你任务让你创造利润？现在资本家都这样，恨不能把女人当男人用，把男人当牲口用。”

王媛摇头说：“工作方面还好，就是有点累。”

“那是怎么了？”“主要是人际关系方面。刚才下楼之前在卫生间门口我还听到里面两个人议论我呢，一个说，咱们新来的业务总监——王媛，都给咱公司拉过什么业务呀？有什么业绩呀？凭什么一来就当总监？刚走一个不清不楚的，又来一个不明不白的。另一个说，看咱们彭总挺重视她的。没办法呀，谁让你没人家漂亮，咱们做业务靠手腕儿，人家做业务靠大腿就行了。”

王媛学得惟妙惟肖，我也乐了，开玩笑说：“你那双腿要是拿来做业务没准还真比手好用，当作秘密武器，到时候实在不行就亮出来。”

“别瞎说了。”王媛正色道，“你打算什么时候结？”

“不摆酒了，打算下礼拜去领个证。”

“那小范围总得意思一下吧？”“小范围也没心情，文静生我的气，还不知道以后理不理我呢。”王媛安慰我：“文静就那性格你又不是不知道，估计明天她就全忘了。这样吧，等你领了证，我们三个出来好好玩一顿，庆祝你告别单身。”我吃完最后一口饭，喝了口水，壮着胆子说：“王媛，你跟彭永辉在一块儿时间也不短了，有没有想过要有个结果？”王媛顾盼左右，最后目光落在表上：“哎呀！我要迟到了。”说完飞快地扔下我一个人上楼了。

_4.

我回到家中，樊斌还没回来，我躺在床上，打开音响，听着张楚。是的，我喜欢张楚，正如我当初喜欢郑智化。在我孤独的时候，他们的歌声给了我更大的孤独，在我痛苦的时候，他们的歌声给了我更大的痛苦。我心想韩文静现在肯定在心里骂我呢，有异性没人性的东西。我站在韩文静的角度，深刻剖析了一下为什么我会这么轻易，甚至是带着点儿逃避情绪原谅樊斌，结果毫无头绪。要说我跟樊斌从前也舍命地干过仗，哪次都得伤筋动骨，把对方伤得不行才和好。我一直坚信作用在任何物体上的力和反作用力都是大小相等，并且方向相反。在这件事上，我不知道樊斌在躲避我的过程中，心里是不是也有跟我一样的，那么多受折磨和克服折磨的过程。韩文静和王媛她们看到的都是樊斌的不对，可平时我偶尔胡搅蛮缠起来比樊斌还过分。刚跟樊斌在一起那几年，还不适应同居生活，逮着空就撒泼耍赖，翻着跟头儿抒发自己的感情，什么时候折腾舒服了什么时候罢手，不达目的誓不罢休。樊斌总是让着我，有时还会很大度很潇洒地揽我入怀，说："我他妈算栽在你手里了，我怎么觉得你发脾气也那么可爱啊。"记得有一段正是樊斌的事业上升期，他们公司要给他配一名助理，其实说白了也就是小秘。我坚决不许他招女的，我说招女的也可以，必须是四十岁以上性取向还得是同性的。樊斌说，你以为公司给我招保姆呢。后来，樊斌还真的跟公司要求了一个男的助理，我心里都乐开花了。公司同职位的部门领导的助理全是女的，就他一个的是男的，后来带出去吃饭都不好意思介绍，都说是他表弟。当时我一跟樊斌吵架，李理就跟我说："周小北，你就知足吧，樊斌要是不喜欢你，他这样对你为的什么？谁家还缺个奶奶啊？"

现在回想起来，凡事都有报应。从前我那样对樊斌，樊斌忍了。所以今天他这样对我，我也没脾气。我把这一切归咎于命运，这让我可以逃避许多原本应该冥思苦想的问题。想想樊斌从前说的那句话真是有道理，是啊，该死该活鸟朝上。面对我前面的人群，我得穿过而且潇洒，明天会怎样明天再说吧。

王媛说得不错，第二天一早，韩文静就把生气的事儿忘了，给我打电话，在电话里杀猪一样叫："周小北！我有眼袋了啊！啊！啊！我有眼袋了！早上起床一照镜子发现我竟然有眼袋了！像俩耐克标志一样挂在脸上，怎么办啊！啊！啊！"

"你不是跟我绝交了吗？"

她一下子又想起来了，顿了一下，很淡定地说："对呀，我靠，算我打错了。"说完把电话挂了。

半小时以后，王媛通知我，韩文静要去做祛眼袋手术，很前卫很时尚的内切。文静一向走在潮流前端，小到穿着打扮吃吃喝喝，大到丰胸美容生活习惯，一有什么新的她都好奇，在这一点上我很欣赏她。她勇于创新甚至勇于尝试，为了美和舒服可以把自己当实验室的小白鼠，我相信哪怕有一天出了孜然味的安全套，她也会毫不犹豫地亲身试验。

可是，80后不是还处于让人根本看不上眼的嫩茬子阶段吗？怎么还没经历过社会中坚力量的部分呢，就直接一下子过渡到中老年阶段了。

我问王媛："我们真的老了吗？都需要祛眼袋了？"

王媛说："你的思维还停留在刚毕业那会儿呢，现在彭永辉公司搞业务的都是90后了，今年还不到二十岁，都有人叫我阿姨了。再说1981年跟1989年能一样吗？我认识不少80后，婚都离两次了，有些起步早的孩子都上小学了。"

挂了电话我赶紧往脸上铺了张面膜，坐在电脑面前赶剧本，心想既然不能留住青春那得赶紧想办法留点钱。算一算自己都二十八了，眼看就要奔三张儿了，回头看看那些让人称羡的房子车子银子一样没有，好不容易维系了一个男朋友，还差点儿以“莫须有”的罪名死了，更别提孩子了。想到这儿我深深地以自己现阶段还作为一个未婚大龄青年感到悲哀，可是面对比物价涨得还快的离婚率，我们到底应该继续持观望态度还是豁出去赌一把呢？

王媛说的离婚的朋友我也认识，现如今离婚也不是什么新鲜事儿了，对于1980年以后出生的人来说，离婚是从小看到大的，就跟吃饭喝水那么平常。让人觉得新鲜的是离婚的理由，我们有个学妹，刚结婚两个礼拜就离了，据说离婚的原因是受不了她老公睡觉总打呼噜。我说这个可以治的啊，没必要为了这个离婚吧？学妹琢磨了一下，觉得我应该可以信得过，又告诉我一个难以启齿的隐秘理由：自从摆了喜酒入了洞房，新郎就不能人道了，第一天她还以为是喝多了酒没太在意，接下来就越来越不对劲，再后来为了逃避夫妻生活，新郎干脆趁她睡着溜出去打麻将，等天快亮了再偷偷溜回来躺在床上。新娘每每午夜梦回，惊奇地夜半醒来，发现身边竟然没有人，一时间脑子里时空错乱以为自己穿越了呢。连续几天终于受不了了，跟新郎认真谈了一次，新郎说，其实他根本没做好结婚和当一家之主的准备，生怕婚后老婆干扰自己打麻将，觉得生活压力很大，情急之下就干脆不举了。新娘大怒之下跟他提出离婚，哪知新郎大喜之下立刻就同意了，一段姻缘至此了结。

这还算好的。更多人摆明了不承担任何责任和义务，坚决执行三不政策：不主动、不拒绝、不负责。打着单身名义出去乱搞的也是大有人在，一夜风流睡醒了直接问身边人：你贵姓？可以留个联系方式吗？……所谓安慰疗法就是找到一个比你还惨的例子横向对比，可以在最短时间内显著见效，自信心瞬间猛增，感觉自己有如野猪一样所向披靡、天下无敌。果然一想到这些我噤若寒蝉，龟缩一团，顿时觉得樊斌简直英明神武，人间少有，像我这么一个容貌一般、波平如镜的女的能挑到这样的就算不错了。为了防止夜长梦多，我决定赶紧跟樊斌结婚。

Chapter 3

伤着伤着就透了

_1.

广州是个有千万人口的城市，混乱拥挤，到处流淌着污浊的空气，一个我深深敬爱的朋友曾经总结，其他城市盛产虚伪自私的名流、爱慕虚荣的穷光蛋、苗而不秀的思想家，还有苦大仇深的风尘女子，而广州恰好相反，在这里名流如同穷光蛋和风尘女子一样真实诚恳、安居乐业，唯独缺少装×的思想家。在各大城市物价像打了鸡血一样飞速上涨的时候，在广州仍然可以吃到两块五一碗的美味鱼蛋粉，里面有炸酥了的鱼皮和弹牙的鱼丸。这里的公交车上湖南话、东北话、西南官话、客家话此起彼伏，街边儿上湘菜、川菜、东北菜、粤菜、客家菜随处可见，环市中路一带走几步便可以看到一个黑人或巴基斯坦人，无论大商场还是小餐厅逢人必称呼靓仔靓女，就连一碗白粥都煲得恰到好处，打个电话就有人把烟和酒送到楼上，直到深夜两点大排档依然人声鼎沸。我喜爱这里的一切。我打算跟樊斌在这里结婚，如果情况乐观的话即使终其一生我也意见不大。

老天真给面子，知道我跟樊斌今天要领证了于是风和日丽，晴空万里。到了民政局才知道，不光结婚证和离婚证是在同一个地方办理，就连结婚证和离婚证都统一了颜色——庄重高贵的紫红色，这个意思估计是结婚是庄重的，离婚是高贵的。领证的过程乏善可陈，我俩都有点儿心不在焉，当时我心里莫名其妙涌动着鲁迅的一句话：真的勇士，敢于直面惨淡的人生，敢于正视淋漓的鲜血。唯一让我觉得新鲜的是领完以后碰上一对来办离婚的，俩人打情骂俏，十分开心，明显比我和樊斌看上去要喜庆。

办完手续，樊斌被公司火速召回深圳，临走之前问我："这就算结啦？"有点儿意犹未尽的感觉，好比埋单的时候被人暗中打了五折，惊呼怎么这么便宜！我说："你还想怎么样？"樊斌一撇嘴说："靠，连个红包都没有。"说完急匆匆地打车离去。对呀！连个红包都没有！要不怎么说我没看错人呢，还是樊斌会算账，嗯，会过日子。

这么些年来同学朋友结婚、生子、离婚、乔迁，怎么也封了小几万的红包出去了，再加上樊斌的，算下来一笔巨款啊。幸亏我结婚了。可是结婚不摆酒也是白费啊，谁给你包红包啊！总不能开个账号，跟捐款似的，告诉大家，我结婚啦，请把礼金打到这个账号，再提供一个汇款凭证呀。怪不得前段时间曾黎递上喜帖的时候笑嘻嘻地跟我说："我们只摆酒，不领证。"有城府！我还以为自己挺聪明的，果然是再狡猾的狐狸也斗不过好猎手。

直到我把结婚证扔到王媛和韩文静面前，我脑子里还在苦苦思索这个问题：怎么能把送出去的钱都弄回来呢？

韩文静本来还想装装矜持，报报上次的仇，见着我就说："什么事儿这么急啊，在电话里说都不行，非得大中午的把人叫出来？你们家樊斌又得绝症了？"看到我变戏法似的扔出个小本儿吓了一跳，"这什么！"

王媛拿起来看了看，问：“你结婚了？”

我点点头。韩文静把结婚证一把抢过去，猛烈地翻了两下又扔回桌子上，站起来叫：“不会吧！太可怕了！我回家了！”

王媛把她拉到凳子上，看着我：“什么时候办的？”

“就刚才。”

王媛笑了，说：“你们领结婚证怎么跟买菜似的，一点儿都不当回事儿。”我说：“比买菜还便宜，才九块钱。”韩文静翻了翻眼睛：“比猪肉都便宜，怪不得现在婚姻那么不值钱。”王媛说：“行了，文静，早晚你也有那一天。”

韩文静慢悠悠地说：“我可不急。我虽然比你们大一岁，可我看着比你们青春可人啊。哎，你们是不是特羡慕我？你看从前咱们同学，比我年轻的多了，比你们年轻的也多了，可是看起来就是没我年轻漂亮，现在到外面走还总有人说我是大学生呢。”

我说：“哟，你们大学生现在是不是都特流行切眼袋啊？”文静瞪了我一眼，转向王媛：“你呢？你跟彭永辉呢？他什么时候娶你？”王媛一谈起这个话题脸就变了：“谁说我要嫁给他了？”韩文静突然给我使了个眼色：“小北，你去不去卫生间？”

_2.

在卫生间洗手的时候，文静低声跟我说：“小北，那个事儿恐怕瞒不住了。”我一头雾水说：“什么事儿？”文静急了：“就是那个福尔摩斯呀，彭永辉他老婆找刘炎调查他的那个……”我恍然大悟："瞒不住了？！你不是说让他进行到什么程度就进行到什么程度吗？"文静说："咳，你听我说完行不行啊，刘炎也是收了钱给人办事儿的，不可能卷了钱人就消失了吧？我让刘炎伪造了一份通话清单，还有别的乱七八糟的你就别管了，给她答复了　就说查到了。"

我急忙问："那清单上是谁的电话？"

文静瞥了我一眼，意思是怎么那么沉不住气啊，接着从兜里掏出一部手机，说："我又买了部手机，办了张卡，二十四小时待机。听福尔摩斯那意思，是想把人约出来当面谈谈，看来是不想离婚。我现在就等她给我电话。"

我感动得眼圈都红了，我说："文静，你真打算以身饲虎了？"韩文静拍了我一巴掌说："想什么呢你！你以为我真去给她当出气筒啊？"我说："那你总得有个立场啊？总不能去掐架吧？"文静流利地说："那就得看她要钱还是要人了。她要是要钱好办，我给她提供彭永辉作为过错方的证据，让法庭判去。她要是要人那我更高兴了，那按常理就破财消灾呗，正好趁这机会把王媛和那老头儿搅黄了，说不定王媛还能借机少奋斗两年。"

我顿时心生敬佩，觉得文静思维太缜密了，像个女超人，不过还是隐隐有些担心，我说："咱们这么干，王媛能同意吗？"

韩文静开始不耐烦了，大手一挥："不这么干还能怎么的？总比被那个福尔摩斯捉奸在床好吧？再说了，你就愿意看着王媛这么一辈子跟着彭永辉？不说了，走！"

坐下以后，王媛皱着眉头问："你们俩怎么去了这么久？是不是说我坏话啦？"我说："我们俩在厕所讨论了半天结婚证跟生产许可证有什么区别。"王媛肯定不信："啊，说你们讨论出什么结果了？"韩文静很有默契，接过去说："这俩东西的区别啊，就是结婚证不需要时刻挂在墙上。"我们笑了一会儿，韩文静颓废地趴到桌子上，试图转移话题，要死不活地问："小北，结婚到底有什么意思啊？你现在什么感觉啊？"我说："没什么感觉。就像守着法式大餐又点了份盒饭。"王媛说："不过你妈肯定特开心。""那倒是，我爸我妈都高兴坏了，总算把我托付出去了。"韩文静一听，真颓废了，叹了口气，说："你算是交差了，我妈前阵子一听你要订婚了又跟我急了，又物色了好几个有为青年，打算安排我相亲呢，我都快烦死了。"

这倒是真的，听说他们家老太太最近经常去小区里头的婚姻介绍所溜达，一有条件相符的就用小本记下来带回家分析，慢慢开始趋于专业化，连称呼我们都用代名词，没结婚的男的一律叫未男，没结婚的女的一律叫未女。

韩文静尚且如此，别人更情何以堪。王媛曾经总结过，说80后跟70后相比，普遍性格软弱又没主见，容易糊弄，对父母的依赖性又大，很多人经济上是无法独立的，靠父母出钱买房买车，表面上的狠全是假的，父母一逼婚根本扛不住，连点爱情基础都没有，所以大部分不幸福。其实我觉得也不尽然，80后经济独立比70后晚那是肯定的，关键是70后大部分不是独生子女，被逼婚的压力没有那么大，到80后开始计划生育了，家里就一个，不盯着你盯着谁啊？现在动辄万人相亲大会，很多父母拿着子女的照片资料甚至存款在公园像对暗号似的给晚辈们相亲，组织各种相亲大本营，亲戚总动员……70后适婚年龄的时候哪见过这阵仗啊。每每看到这种场面，不禁长叹一声，婚姻又倒退回父母之命媒妁之言的旧社会了。

结婚其实多少是带一点儿赌博性质的，我这人又天生不喜欢赌。

一个人自负盈亏怎么都行，加上一个樊斌就麻烦多了，再说樊斌也没结过婚，也没有经验，两个没经验的人凑在一块儿能干出什么好事儿呢？想到这儿我心情就不好，想到彭永辉，王媛心情也不好，韩文静是想到这一切心情更不好。我们三个对望了一眼，不约而同地脱口而出："好想喝酒啊。"话音刚落气氛就热烈起来了，我说："对对对，樊斌回深圳了，还不知道什么时候回来呢，今晚咱找个地方好好喝一顿吧？"韩文静和王媛立刻精神抖擞，积极响应。经过激烈的磋商，最终把喝酒的地点定在王媛家。

我回了趟家，带了两瓶酒就想走，一想不对啊，今天是我结婚啊，总得表示一下吧！于是仔细打扫了一下卫生，甚至去楼下买了两朵向日葵，插在已经空了很久的花瓶里，然后开始翻箱倒柜地找便利贴，找了半天在地板上放遥控器的一个筐里发现了，再一看，旁边还有樊斌的一堆资料，全都是工作证明啊什么的，原本打算结婚用，后来发现根本不需要。我随手一翻，发现一份单位体检书，拿起来看也没看顺便往包里一塞就出门了，关门之前我回头望了一眼，房间干净明亮，向日葵活泼可爱，有点儿家的样子。我在门上给樊斌留了个纸条，说我去王媛家了，让他回来给我打电话。

事实证明很多倒霉都是自找的，我拿那份简历的本意只是想向她们证明樊斌没病，结果没想到一场噩梦正等着我。

_3.

进了门，王媛正在厨房做菜，韩文静已经等不及开始喝了，也不知道她是有酒瘾还是怎么的，两小杯白酒下去整个人就变了，小脸上满是兽欲得到强烈满足的神情。空气中弥漫着一股醇香，闻着就像好酒，走过去拿起瓶子一看，果然，陈年的特供茅台，都是她从家里偷出来的，刚想跟她打探一下年份，她手机响了，拿着手机就往阳台上跑。

我拎着茅台瓶子感慨万千，怪不得韩文静坚决不要孩子，他爸养她就等于养了只耗子。她们家老爷子存了那么多年的好酒，陆陆续续让她给偷得差不多了。实在不敢动的，馋得厉害了就倒一点出来喝，瓶子再原封不动放回去，怎么撒谎都想好了，一旦被发现了就说是时间太久都自动蒸发了。老爷子最近几年修身养性，不大喜欢杯中之物，现在生活习惯非常好，仍然保持着年轻时在机关里爱学习的劲头，每天都把报纸上关于健康的所有信息剪下来贴到一个大本儿上。有一次我去文静家看她画画，老头正坐在阳台上剪报，我走过去一看，大本儿的一边贴着鸡蛋应该生吃对人才有营养还容易消化，一边贴着鸡蛋如果不煮熟会有细菌对身体伤害很大。

老爷子问我："小北，你觉得哪种说法比较科学啊？"

我考量了半天，琢磨着跟领导说话得审慎哪，于是中和了一下二者的意见，谦虚地说："要么就煮个五分熟吧，既可以杀死一部分细菌，也比较容易消化。"

老爷子一听笑了："哈哈，你这孩子，跟文静一样，就喜欢胡说八道，这又不是牛排，怎么可以煮五分熟呢？"

我说："我看这报纸上才是胡说八道，今天告诉我们要这样，明天指挥我们要那样，整天编造假新闻吸引眼球，跟周老虎一样，什么是对的什么是错的连他们自己也分不清。"

老爷子点了点头："嗯，你说得也有一点道理。不过科学总是在日新月异地发展，在发展过程中总会遇到一些争论的嘛，错误的和陈旧的东西早晚要被社会淘汰。你们这些小年轻要相信科学不要搞厚黑学的那一套。"

老爷子思维敏锐，头脑清醒，作风硬朗，丝毫不输年轻人，但就是没发现家中的酒自动蒸发了不少，有的连瓶子都蒸发了。

我去厨房看了看王媛，王媛正皱着眉头在油烟中挥舞着锅铲子，跟那些大鱼大肉斗智斗勇，简直像一名硝烟中的女战士。在我们三个里面王媛是唯一上得厅堂入得厨房的，文静从前总说，也不知彭永辉他们家坟头上长了哪根蒿子，让他找到王媛这么好的小情人，话虽糙了点儿不过在理，一般人找个情人都得千方百计哄着，王媛却一直在想方设法帮他。王媛这人我太了解了，她需要钱不错，但那是幌子，以她的工作经验稍微花点儿时间找个比彭永辉这里工资高的工作不是什么难事儿，关键是她觉得彭永辉需要她，她必须得及时出手相助才过得了自己这一关。有的时候我觉得王媛其实挺江湖的。

我正在厨房帮王媛打下手，韩文静在外面狂喊："周小北，你给我出来！"

我出来一看，韩文静一脸兴奋，神神秘秘地把我叫到阳台："你猜刚才谁给我打电话了？"

我说："你别神经兮兮的，赶紧说吧。"韩文静兴奋劲儿还没过："侦探哪，福尔摩斯啊！"我也激动了，又想知道又怕王媛听见，只能把声音压到最低拖到最长："她打的啊？"

文静用同样的口吻回应道："是啊！她约我见面啦！"我俩用这

种近乎狂喊的夸张表情和几乎听不见的气音交流了半天，估计武林中失传已久的传音入密也不过如此了。我们两个都快喊缺氧了，总算把事情说清楚了，原来刚才那电话是彭永辉他老婆打的，约韩文静明天中午见面。我还想问点什么，王嫒已经端着菜从厨房出来了，满脸疑惑："你俩干吗呢？怎么跑阳台上去了？"

王嫒的几个菜遍及川、鲁、粤，干净利落，都很下酒，辣子鸡、干煸四季豆、糖醋鱼段、清炒芥蓝，还有一碟花生米。韩文静心里跟藏着惊天大秘密似的，坐在那儿什么话都不说，表情高深，看着我们拈花微笑，一仰头一小杯，一仰头一小杯，很快就有反应了，拈花微笑变成拈花傻笑，再后来也没有过渡了，直接一下子就变成大笑了。我跟王嫒也没怎么吃菜，看着韩文静就够下酒的了，一会儿工夫一瓶茅台就见底儿了。

韩文静扯着嗓子嚷嚷："再开一瓶，再开一瓶！我带了两瓶来呢，喝完我家还有！"王嫒看了看我，说："有点儿快了吧？咱慢点儿吧！"我估计喝完两瓶茅台韩文静也不会消停，指不定又像从前那样先吐一顿，又叫着要喝别的，一激动再把福尔摩斯的事儿给抖出来。我拍了拍文静："别糟蹋那茅台了，喝了跟没喝一样，早晚被你吐出来，我还带了两支红酒，先开了吧？"

王嫒拦着我说："文静，等下你不开车吧？不开就让你喝，开就别喝了。"韩文静连脑子都没过："我不开我不开，喝！"

我到旁边儿拿酒，打开包才发现还带着樊斌的体检表呢，我把它抽出来往韩文静手里一塞，说："看看，铁的证据啊。"

说完转身跟王嫒去找东西开酒，韩文静一人坐在那儿笑着说："这么健康一人，生把自己给捏造成绝症了，这世界多不可信哪！

听着啊，我给你们念念……姓名，樊斌，性别，男，29岁，血型，A型……”

韩文静在那儿自顾自念着，我跟王媛边找东西边聊别的。王媛说：“干吗取消婚检啊？买个车还得做个检测试试性能呢。”

我说：“买个车可以开好几年，结个婚说不定几个月就报废了，检它干吗？”文静在那念得挺起劲的，边翻页边说：“够全面的啊，还好几页呢……呀！这什么啊！”听到韩文静一声惊叫，我跟王媛回过头，循声望去，发现一张小纸片从体检表的内页掉出来，缓缓飘落在地上。

_4.

王媛没在意，转身拿杯子去了，我也没当回事儿，边开酒边笑着说：“什么呀，还粉红色的呢。”

韩文静低头捡起来，继续用刚刚一本正经的语调饱含感情地朗读：“樊斌，当你看到这封信的时候，我应该已经不在国内了。请原谅我没有事先告诉你，我知道你对我很好，可我们之间是不可能的，谢谢你陪我度过的那些疯狂又甜蜜的夜晚，我……”韩文静的声儿越来越小，到最后干脆没了。

我们仨面面相觑，俩俩相望，一时间场面竟然非常喜感。

我狠狠地转着开瓶器，估计是下意识地把它当成樊斌的头了。我心想：天杀的老天爷！你就玩我吧！订婚喜宴就吃得跟喜丧差不多，结婚当天又弄得跟离婚似的，造的什么孽啊，都快赶超我学妹的记录了，都快赶上“艳照门”了。这什么季节啊也有圣诞老人，突如其来地给我个惊喜，我说：“怎么不念啦，别停，把它念完！”

韩文静酒也醒了，第一个反应过来，想要毁尸灭迹，站起来把纸片折了就往兜里塞，一边装傻一边嘴里还嘟囔着：“你说什么呀？别闹了，明天还有事儿呢，我先走了。”

王媛情急之下也口不择言，连瞎话都懒得编了，一转眼就护送着韩文静到门口儿了，说：“对，对，文静明天还上班呢，早点儿回去吧。”

我一听都气笑了：“韩文静，你行啊，平时都不上班，周末你还干上兼职了，什么工作，卖淫啊？”

按着开瓶器的手有点抖，我一用力，瓶塞应声而起——是我最爱听的声音。我努力平静了一下，想摆出一副满不在乎的表情，可是失败了。我看着她俩，霎时间语无伦次了：“今天可是我结婚啊，上午刚领的证儿……樊斌糊弄我，你们也糊弄我，我像是那么好糊弄的吗……”

可能是我的表情过于无助了，连韩文静都觉得可怜，思考了一下决定改变策略，当机立断地跟王媛说：“走什么走！她早晚不都得知道吗？”

说完瞬间就移回了桌子前，身手相当敏捷，一点儿都不像喝了酒的人。我一激动把另外那瓶茅台也给开了。韩文静接着刚才的话像机关枪似的飞快把剩下的部分念完了，“谢谢你陪我度过的那些疯狂又甜蜜的夜晚，我会把它们藏在心里的。我走了，我会想你的，就像你会想我一样。对不起，别怪我，吻你。落款，蕊蕊。靠！起的什么名儿啊，六个心。”

听她读完我倒轻松了，我把酒倒好，心想，这什么情况？樊斌让人给甩了？我走过去拿起纸条看了看，字写得跟狗啃的似的，日期是一个礼拜前。我算了一下，刚好是两家老人见面的前一天。

王媛劝我，说：“小北，不会是什么人的恶作剧吧？要真是樊斌的，他怎么会把它带回家还让你看到？再说……”王媛拿起纸条看了看，“这上面也没什么迹象表明他们真的……”

“上床？都他妈疯狂了还没上床谁信哪，王媛你别那么幼稚了！我又仔细看了看纸条，还很新，几乎没什么折痕，不像是有什么人动过。”韩文静一本正经地分析了半天，总结道，‘这件事可能是这样的，樊斌到深圳后就认识了这个蕊蕊，俩狗男女一拍即合，狼狈为奸。樊斌正跟人好着呢，可没想到人家是把他当按摩棒使了，打着谈恋爱的幌子混混日子，最后留了封信，拍拍屁股走人了，樊斌指不定现在都不知道人出国了呢。”

要么说近朱者赤近墨者黑呢，文静跟刘炎在一块儿混了几天大有进步，思考问题已经开始注重逻辑了。我想了想应该也是这样的，樊斌还不知道自己的体检表里夹着这么一封短小精悍的告别信，以为现在结婚还需要健康证明呢，就顺便一起给带回家了。这么一想，我都有点同病相怜的感觉了。可能樊斌这个蠢货现在还在那儿满世界找人呢，就像我当初找他一样。

我把酒瓶子拿到桌上，把杯子全都倒满，她俩都惊恐地望着我，没一个人敢喝。“喝酒呀，愣着干什么，你们帮我分析下，樊斌现在是怎么想的？”我一仰头干了。王媛无奈之下也陪了我一杯。韩文静还真在那儿帮我分析上了，用胳膊撑着脸，一副认真劲儿：“呀！你们说，樊斌会不会以为人家知道他要结婚的消息特痛苦，一声不响地退隐江湖了啊？”

我说："很有这个可能，说不定还以为人家用情太深，为他咬舌自尽了呢。"

我突然想起来，上午在民政局领证的时候樊斌接了一个电话，挺紧张的，对着电话跟三孙子似的："麻烦你了，再帮我找找ta，真的挺急的，哎……哎……我这儿有事，回头打给你。"我当时还问："谁啊？"樊斌说："哦，一个客户。"全世界的语言里可能也就汉字在第三人称的发音上分不清性别，男的"他"和女的"她"读起来都一样，现在想想应该都是勤劳智慧的老祖先们为了偷情方便而发明的。

王媛看我不出声，以为我伤心过度，在一边劝我："小北，其实樊斌那段时间消失就已经包含了很多可能，你应该都仔细想过了，其中也包括这种可能。既然选择原谅他，什么都不问，还跟他结婚了，那现在就更不该追究了。反正事情都过去了，就当……"

我打断王媛，咬牙切齿地说："放心吧，我不但不追究，还打算帮他一把。"

王媛大惊失色："你怎么帮？"

我说："我帮他把这人找出来！"

_5.

韩文静听我这么说，半天没出声，估计是在那儿思考呢。不一会儿果然想出一个好办法，自己激动得不行："对了！小北，咱这样。他不是找不到人难受吗？那就干脆让他更难受，难受死算了。"

我说："找不到人的感觉就已经够难受了，心里总是吊着的。我当初找樊斌就是这感觉，还不如直接给我一刀来得痛快。”

韩文静得意扬扬地说：“那就直接给他一刀。”王媛吓了一跳：“文静你不是要找人砍他吧？”韩文静鄙视地看了王媛一眼：“怎么能砍人啊？打打杀杀的多血腥啊，杀人不见血知道吗？咱这样……”韩文静像地下党一样神秘地勾了勾手指，等我和王媛凑近了，“……咱找人模仿这个蕊蕊的字体，再给他写封信，改几个字就行了：把已经在国外了改成我已经不在这个世界了，原封不动给他放回去。然后我再找个做网站的朋友，让他给我上篇新闻，就上头条，想看不见都不行：珠江下游惊现浮尸，妙龄女子疑为情自杀。”

王媛大惊：“没死亡证明不能给你上吧？”

韩文静越说越得意，又把茅台倒上了，边喝边说：“要什么死亡证明呀，再说又不登真名，就随便编一个，比方说‘唐蕊蕊’吧，后面注上是化名，再配张图片，嗯……随便吧，越模糊越好。”

我一下子就乐了，能想出这么绝的点子，都快超出她智力范围了：“这招狠哪，想一想都觉得解恨。”

王媛在旁边愁眉苦脸地说：“这也太缺德了吧？樊斌要真以为她死了，一辈子都得背着心灵的枷锁，一条人命啊。”

韩文静坐不住了，说：“他爱背就让他背吧，他也不想想当初他一声不吭地消失，咱小北的心灵就没有枷锁啦？这叫什么？报应！小北，就等你一句话，你要觉得行我打电话找人了啊？”

说着电话都拿起来了，我高兴劲儿过去了，一股寒意涌上心头，我一抬手，像革命党人一样高呼一声：“慢着！”

韩文静说：“又怎么了啊？”

我把这些事在脑子里飞快地过了一遍，觉得不能这么干，就像王媛说的，太缺德了。这对樊斌得多大的打击啊，连随便想想都这么过瘾了，要是真干了就太刺激了，估计樊斌还没崩溃呢我自己就崩溃了。

我沮丧地说："不行啊，文静，要是真让樊斌以为她死了，那他就变成一个杀人犯心理了，天天晚上身边躺一个杀人犯，你不害怕啊？再说，万一他一激动殉情了，我这辈子也就完了，结婚第一天人就死了，多克夫啊，估计我以后也嫁不出去了。"

王媛很欣慰我没跟着韩文静起哄，赶紧趁热打铁地劝我："对对对，不能这样，太吓人了。你让他背着条人命，变成迫害狂，没准哪天心理变态就把小北杀了，装冰箱里……"

韩文静听得毛骨悚然，说："得了吧你们，就开个玩笑至于吗？周小北，你别找那么多借口了，都不是我笑话你，你是根本就不舍得让樊斌难受！"

今天这酒真是好酒，都把韩文静给喝聪明了，总能一语中的。我痛恨自己没出息，不过王媛说得也对，樊斌当初玩消失我就已经预着这一手了。既然我一狠心决定把这段无视了，当时选择不闻不问，硬是要跟人结婚，凭什么现在再来追究呢？其实我早就知道樊斌的失踪包含了这种可能，可是没想到这么沉不住气，紧赶慢赶地让我知道了，就像刀郎歌里唱的一样"它来得那么快来得那么直接"。人家都说男人偷腥时的智商仅次于爱因斯坦，就算稍微差点儿也会在事后吃干抹净不留痕迹，怎么我就找了这么个蠢货呢？还是认命吧。一提到命我就彻底颓废了。

我说："算了，我还打算跟他在一块儿好好过日子呢。咱喝酒吧。"

那天晚上我和文静都没回家。后来王媛和文静都醉了，我很想也跟着醉过去，可无论怎么灌总是清醒，上床之前还把那张纸条原封不动地夹了回去，放进包里。我不知道樊斌后来有没有打过我的电话，因为我很早就关机了。在关机的一刹那，有一种尖锐的东西瞬间洞穿了我的心。

_6.

第二天韩文静一反常态，很早就醒了，爬起来在卫生间一边刷牙一边喊：“小北，你快起来都快十点了！我先把你送回家，我中午还有事呢！”

我一下子想起来中午福尔摩斯约了韩文静见面的事儿，急忙起床随便洗了把脸，拿了东西准备跟韩文静走。

王媛人醒了酒还没醒，从房间里走出来迷迷糊糊地说：“这么早你们俩干吗呢？”

韩文静也顾不上解释，丢下一句“回头我再跟你说”，急急忙忙拉着我下楼了。在车上我问文静：“福尔摩斯听上去什么口气？不是打电话来兴师问罪的吧？”韩文静说：“哪儿能啊，大家都成年人了。”说完跟我学了一遍她俩打电话的场景。文静在电话里表现得有礼有节，亲切可人，当来电者说出她的身份时，则表现出了适当的惊讶，接着礼貌地反问：请问您是怎么知道我电话号码的呢？我都听笑了，赞赏地拍了拍她：“行，有前途，下个剧本就找你演了。”韩文静贱兮兮地朝我抛了个媚眼儿：“老师，我床戏更厉害。”到了楼下，韩文静停了车，我死赖着不走，在车上没话找话：“文静，一定要慎重啊，把你平时那套收一收，人家保卫自己的家庭没什么不对，千万别给人家庭再造成什么不良影响。”

韩文静说：“我知道了，还有什么啊，一起交代吧。”

我想了想：“衣服也得换一件儿。”

“我这就赶着回去换呢，还有什么啊？”

我矜持地低下头：“我再想想啊。”韩文静一眼就把我看穿了：“行了，你不就是不想回家吗？要不咱俩一块儿过去？”我连忙解开安全带准备下车，实在不能想象我和文静一起出现在福尔摩斯面前将会是一个什么场面，一个就够头疼了，一下出现两个，看起来关系还挺好，再福尔摩斯也得变成马加爵了。我批评文静没有生活经验，不了解民间疾苦，别看我结婚没多长时间，可是婚姻不幸的痛苦我可是深有体会啊！

韩文静装作恍然大悟的样儿：“对啊，走、走，咱俩一起去。你过去跟她现身说法，动之以情晓之以理，就说，你看，我老公也出轨了，我也是刚刚知道，可是我说什么了吗？我不是一声不吭忍了吗？让她跟你学习。”

我长叹一声，感慨婚姻生活扑朔迷离，韩文静挤对我说：“我看你也该考虑考虑你的婚姻问题了，还没到二十四小时呢，你赶紧去民政局问问结婚证能不能退了？”

我朝车门踹了一脚，韩文静尖叫一声，猛踩油门一溜烟儿跑了。

时隔一天，我真挺怕回这个家的。进了电梯，到了六楼，门上的便利贴一动没动，樊斌还没回来。我望了那个纸条半天，恍惚间它竟然变成了粉红色。我开门走进去，房间依然干净明亮，向日葵依然活泼可爱，我找出体检表，默默地放了回去，心里的某样东西轰然倒塌，不复存在。我站起身来，看都不愿再看它一眼，心想以后在家里走路都得绕着道儿了。

刚洗完澡，樊斌来了个电话："小北，一个好消息一个坏消息，先听哪个？"语气兴冲冲的，听上去还挺激动。

我精神有点恍惚，差点儿就顺口说出"都奸情败露了自己还不知道在那儿瞎激动个屁啊"之类的真心话，镇定了一下，我无所谓地说："你就按顺序来吧。"

其实我也真是无所谓，还能有什么好消息？除非他告诉我找到了可以让时光倒流的机器，那我就陪他穿越一把，回到过去，在他刚开始追我的时候甩他两巴掌走人。

樊斌还是很兴奋："那我说了啊，你听了肯定觉得过瘾。这次回来跟公司说我想调回去，结果公司不放人，本来我心想辞职走人算了，后来我跟李理一说，李理去找领导了，说我俩要一起调回去，不批的话我俩就一起不干了。"

我问："那你们领导同意了？"

"那肯定没说的，要是我跟李理都走了，公司损失就大了，李理真够意思。小北，我怎么觉得你好像不太开心啊？"

我随便说了点什么糊弄过去，刚好那边有人叫他，他急急忙忙跟我说了句"办好交接我就回去等着啊"，就挂了电话。

我坐在电脑面前赶剧本，是个关于结婚七年之痒的戏，刚写到丈夫发现妻子出轨，气冲冲地问：你说吧，这些年你到底给我戴了多少顶绿帽子？妻子有点不好意思地低着头回答：没数。写着写着我自己都不好意思了，觉得有点假，还按之前那套糊弄观众呢，现在的婚姻要是想痒哪用得着七年啊？七个月就够了，七天就够了。想想自己就更害臊了，从领证到痒，还不到七个小时。婚姻简单地说分三种，有缘定三生的，有不痛不痒搭伙过日子的，还有上辈子造了孽的。我属于最后一种。

我正合计呢，是继续埋头苦写蒙骗观众，还是换个路子干脆走小学妹的路线把情节改成七天之痒，这时外面开始砸门，还伴随着用脚踢。我跑过去打开门一看，果然，韩文静回来了。

我也很紧张，试探着问："……凯旋了？"

韩文静小脸通红，猛拍了两下胸口给自己压惊，接着开始通报战情，发表获胜感言。她是这么说的："果然是福尔摩斯啊！幸亏我心理素质好，要是一般人就让她吓死了，首先从气势上就被打败了！"

_7.

看到文静回来我异常高兴，因为从她走了之后我就有点隐隐担心：之前我们谁都没有接触过福尔摩斯本人，只是大概知道年龄和性别，甚至连职业、性格、处事风格和生活经历这些基本信息都一无所知。万一福尔摩斯走的是侠胆母狮路线，直接把韩文静约到一个偏僻的地方卸掉一只手，再绑起来石沉大海，或者话不投机干脆直接抱成一团同归于尽……

我说："文静，福尔摩斯约你在哪儿见的面？不会是什么旧仓库之类的吧？"

韩文静正在喝水，鄙视地瞥了我一眼，"想什么呢，写剧本写傻了吧，就在路边一个小破茶楼，开了个包间。"

我暗生敬佩：果然是民间高手，深知最危险的地方就是最安全的地方。再看看文静，特地回家换了身套装，浅粉色，十分得体，颈间随意扎了条丝巾，既显得青春逼人，又不失端庄稳重。韩文静深谙穿衣之道，这身衣服看上去亲切妩媚，又没什么距离感，不知道的很容易误会此人从事的是空姐或者教师这类，让人徒增信任感和亲切感的行业。我赶紧追问见面过程。

韩文静心有余悸："别提了，刚开始真吓我一跳。我一进去吧，她已经在那儿了……"我打断她说："长得什么样？"韩文静回忆了一下，说："怎么说呢，有点胖，说话办事都慢半拍儿，穿着打扮就别提了，好像不是这个时代的人似的，要是不戴那条大金链子吧，走在人堆儿里认不出来，戴了吧，也认不出来……"

没有茅台，韩文静的总结能力又恢复到正常水平，估计再让她形容一天一夜，我也不知道福尔摩斯到底什么样儿。

我直接问："你就打个比方，她长得像谁？"

韩文静憋了半天："那个，丁嘉丽！老年丁嘉丽，丁嘉丽你知道是谁吗？就跟你们家孙红雷传绯闻那个，对了，忘告诉你了，知道吧，前段时间左小青也跟你们家孙红雷传过绯闻，本来嘛，左小青是跟陈道明……"

韩文静对各大明星八卦绯闻了如指掌，说起这个话题往往举一反三，旁征博引。我赶紧打断她，催促她继续往下讲。

据说当时是这样的：从韩文静一进门儿，福尔摩斯就开始盯着她打量，似笑非笑的，也不说话，看着看着还自己在那儿点头，跟相亲似的，盯得韩文静直发毛。但是韩文静今天是个随和的人啊，就很客气地坐那儿让她看，过了一会儿，福尔摩斯突然往前猛地一蹿，一下子就到韩文静面前了，动作敏捷迅速，不啻动物世界。韩文静以为她要动手呢，格斗状态都摆出来了，谁知道福尔摩斯只是瞪着眼睛端详了一下，紧接着说了句让文静大出所料的话，她说：“你不是我要找的人！”韩文静大惊失色，心想肯定是刘炎这个狗日的把她给出卖了，都打算转移战场找刘炎算账了，又觉得不甘心，怀着绝望的心情问了一句：“怎么了？有什么地方不对吗？”福尔摩斯诡异地一笑，说：“你没有耳洞！”韩文静一听，松了口气，心想这块老姜还挺辣的呢，连这么小的细节都注意到了。原来福尔摩斯心里一直惦记着王媛丢的那只耳环呢。

韩文静的耳洞是大学时跟王媛一起扎的，后来不知怎么愈合了一个，另外一个常年戴一只很小的钻石耳钉，又时常被头发遮住，不仔细看还真看不出来。福尔摩斯凑到面前，只看到愈合了的那只，没想到还有另外一只。韩文静定下心来，冲她妩媚地一笑，把头发一撩，细声细气地说：“哦，我还以为您找什么呢，耳洞呀，在这儿呢。”福尔摩斯一看，愣了一下，过了一会儿有点尴尬地笑了，给自己找台阶下，边笑边说：“哈哈，这样啊，我还以为认错人了呢，不好意思啊，没吓着你吧？”

接下来，福尔摩斯重新落座，开始声泪俱下地讲述这些年来她跟彭永辉的感情历程、生活历程以及创业历程，其间有欢笑也有泪水，有悲伤也有喜悦，摆事实，讲道理，小到各种感人至深的生活小片段，大到为家庭牺牲个人事业甘居幕后的大道理，发人深省、令人感动。福尔摩斯哭哭笑笑说了有半个小时，本以为应该会闻者流泪，见者伤心，可是抬头一看，韩文静坐在对面跟没事儿人一样，根本不为所动，既不肯定也不否定，既没有表现出任何羡慕，也没见流露出任何同情。福尔摩斯一看这条战术在韩文静那儿行不通，把眼泪一抹，立刻跟变了一个人儿似的，比韩文静还冷静。福尔摩斯坚定不移地看着韩文静，铿锵有力地说："实话告诉你吧，想让我跟永辉离婚，那是不可能的，除非我死了。"韩文静看了看她，没说话。福尔摩斯一看，不接招，好，那就直给，于是居高临下地对韩文静说："今天约你来，就是做一个了断。要不你说吧，要怎么样你才能别缠着彭永辉？"谁知韩文静看了看她，还是不说话。

又过了挺长一会儿，福尔摩斯看韩文静不表态，根本没把她当对手嘛，急了，拍案而起，冲韩文静喊道："你怎么不说话！你是哑巴啊！"谁知韩文静冲她笑了笑，柔声细语地说："我听着呢。"福尔摩斯本来已经做好了一番唇枪舌剑的准备，兵来将挡，水来土掩，不管你说什么，理在我这儿呢，我总有办法制服你。可是韩文静这种非暴力不合作政策，彻底把她弄蒙了，心下暗叫一声：不好！她肯定是打定主意破坏我家庭来了，吃定彭永辉了！这么一想，彻底急了，福尔摩斯真变侠胆母狮了，说话都有点儿语无伦次了，估计没经大脑就直接喊出来了："你们这些人我见多了！口口声声谈感情，说到底不就是冲我们家的钱吗！告诉你，以后别缠着彭永辉！算我倒霉，破财消灾，不就是钱吗？我给你二十万够不够？你要是聪明点儿就趁早拿钱走人，要不然……"还没等她说完，韩文静直接把一张纸条拍在桌子上，站起来特有礼貌地对她说："这是我银行的卡号，请在下午五点之前把钱打到我卡里。"说完转身就走了。剩下侠胆母狮一个人在包间，拔剑四顾心茫然。

听到这儿我都蒙了，再看韩文静，满脸得意地在那儿说："幸好我早有准备，我就备着她要给钱这一招呢，这下看她怎么办。"

我一头雾水地说："文静，你这走的什么套路啊？"

“我就没套路，见招拆招。”

“那她要是不打怎么办？”“那还不好办，她要是不打啊，就得把这口气生生咽回去，自己忍了，永远别去找王媛麻烦。”“那她要是打了呢？”

韩文静愁眉苦脸地说：“唉，那就有点儿麻烦。我们得把钱取出来，给王媛送去，还得跟她解释一下，再顺便劝劝她……”

_8.

我和文静针对福尔摩斯到底要人还是要钱的问题讨论了半天，最后也没讨论出什么结果来。以前我们听王媛说过关于彭永辉的一个笑话，说彭永辉白手起家那阵儿，特别仇富，看谁都觉得不顺眼，把所有稍微比他有钱的人都叫作资本家，把比较有钱的统统叫作令人作呕的资本家，把特别有钱的干脆直接叫作畜生。

我跟文静说：“像他们这种家庭，钱也不是天上飞来的，都是自己辛苦赚来的，应该没那么容易就拿出来给人吧？”

韩文静满不在乎地说：“我也觉得她不会给，可谁让她说了呢？现在想也没有用，五点前去银行看看不就知道了嘛。”

“要是打了还真有点麻烦，王媛也不是那么好劝的。”

文静也有点急了：“那你说怎么办！现在人家老婆都快找上门了，总不好意思还这么不管不顾地跟着彭永辉吧？要么就自动退出，你问她能做得到吗？”

我叹息一声，说：“要是能那样也不至于走到今天了。”

“那不就得了。再说了，人是他老婆主动找出来的，钱是他老婆主动给的，凭什么不要？就这点儿钱我还嫌少了呢！”

“你又不是不知道王媛，只谈感情不谈钱的主儿。”

“那就看彭永辉的了，都这么多年了也该轮到他做个取舍了，总不能什么好事儿都他一人占着吧！哎，你觉得他能离婚吗？”

我前后思量了一下，这样也未必不是一个好结果。到了这个地步，谈钱就伤感情，谈感情就伤钱，就像韩文静说的，哪儿能什么好事儿都他一人占着啊。一旦王媛知道今天的事儿，肯定很难过。如果换了王媛自己被福尔摩斯约出去，还指不定会怎么样呢，王媛那么好面子，那就不光是难过的事儿了。哪怕只是为了这一点，我们这么干也值了。

韩文静在房间里审查了一圈儿，说：“你这婚结的吧……樊斌还没回来？”

我一下子想起中午樊斌的电话，跟她说：“哦，他说跟公司申请调回广州了，应该过两天就彻底回来了。”

韩文静皱着眉头想了半天，一脸同情：“这是好事儿吗？”

我还在想怎么跟王媛解释呢，文静已经跑到电脑前，打开自己的博客，疯狂回复粉丝的留言。自从认识了刘炎，文静的博客风格一变，改走黄色小说路线，通篇意淫，还往上贴照片，都是经过PS看不到任何一丝细纹，包括唇纹，更别说什么眼袋和黑眼圈之类罪大恶极的东西了。各大流氓蜂拥而至，点击量猛增。据称，她的本意是想吸引到一个真正懂得她风骚有度的伯乐，过来跟她说一句：我不喜欢你那些PS过的照片，我就爱你这张饱受摧残的脸。

韩文静一边回复一边问我：“你博客怎么不写了啊？很久没看你

更新了，你把这段时间发生的事儿在博客上一写，又一个剧本就出来了。干吗不写啊？”

她说得对，虽然我一直都觉得把自己的情绪袒露给人看是件可耻的事，可还是不以为耻反以为荣地这么干。从前我也写博客，而且写得不比韩文静矜持多少，什么跟樊斌吵架了、今天喝酒了，等等，鸡毛蒜皮的小事儿全往里写。后来渐渐矜持了，因为有些情绪不能表达，就觉得写博客也是一种麻烦，一方面对自己即将消失的记忆进行暗示，另一方面也怕暗示太多被流氓也知道了所有的细节。

这是个比较沉重的问题，我正冥思苦想怎么回答韩文静，她思路早就转了，从椅子上回过头来跟我说：“你知不知道广州做眼袋内切术哪家最好？中山大学还是南方医院？”

好不容易熬到五点，韩文静大手一挥，神色毅然，仿佛即将奔赴沙场，跟我说：“走，咱们看看去。”

我笑了，说：“至于吗？跟领兵打仗似的。”

韩文静嫣然一笑：“你懂什么啊？卡里有钱，就等于心中有千军万马。不过这点儿钱，唉！顶多也就算一个连吧。”

站在楼下的提款机面前，韩文静笑得花枝乱颤，看样子估计一个连的兵力已经被她纳入麾下了。她把卡抽出来，笑眯眯地说：“走，咱先给王媛送去。”

坐在车里，我俩都有点儿紧张，商量了半天该怎么跟王媛讲，我们前后推敲，反复琢磨，设想得非常周密、细致，连见面第一句话怎么说都想好了，要面带微笑，感情真挚，就说：“王媛，人生在世，草木一秋，你说什么最重要啊？”王媛肯定说：“应该是……感情吧，你们突然问这干吗？”我们就可以接着说：“错！感情分很多种呢，爱情算个屁啊！告诉你吧，只有亲情、友情和金钱最重要。”王媛一向懒得跟我们争论这种问题，肯定随口答应着表示赞同。这样一来就好办了，我们兵分两路，分头进攻，一路谈感情：痛诉彭永辉不是人，这么多年也不给你名分，青春在他身上消耗殆尽不说，还落得满地伤心；一路谈现实：你看现在大环境，经济危机了吧，物价飞涨了吧，再说一切理想到头来都得兑换成房子车子银子吧，以此来衬托金钱在这个社会的重要性。先从感情上击垮她，让她对彭永辉彻底绝望，然后再从人生观上引导她，让她心安理得地收下这笔钱。商量得差不多了，我俩一致认为，此举十分周全，万无一失，肯定是攻无不克，战无不胜。于是满怀信心地驱车往王媛家驶去。

到了王媛家楼下，我心脏开始狂跳。韩文静用胳膊碰了碰我：“行动开始了啊，一定密切配合啊。”

我这人，一向怕孤单，只要看到别人比我还紧张就觉得舒服多了。我把心一横，指挥韩文静：“应该没问题！上！”

_9.

到了门口儿，韩文静一改往日野蛮作风，文质彬彬地按门铃。门一开，还没看见王媛人影儿，我俩就赶紧摆出一副微笑的脸，就跟上门推销似的，笑得十分专业。王媛一看见我俩 有点儿吃惊，笑着说：“你俩怎么又回来了？”

我俩讪讪笑着，走进房间坐下，拘谨得很，像是第一次到领导家做客的小科员，手脚都不知道往哪儿放，只是嘿嘿假笑。

王媛关了门，回头看见我俩，既好奇又好笑："你们俩怎么了？出去一趟变成这样了。"王媛走过来，在沙发上坐下，饶有兴致地看着我和文静，觉得很稀奇："到底怎么了？快说啊！"

我面不改色，一边朝王媛笑着一边用胳膊偷偷碰韩文静，谁知她看都不看我，跟我一样坐在那儿傻笑，趁王媛不注意冷不防给我一拳，差点儿把我弄到地上。我俩互相催促着，谁也不愿意先开腔，王媛开始还觉得好笑，后来就意识到不对劲了，眼看着马上就要不耐烦了，就在这时，王媛手机响了，我和韩文静对望一眼，松了口气。

王媛走到旁边接电话的当口儿，我和韩文静用眼神和口型开始对骂，隐约听到王媛在说："没啊，怎么了？什么事儿？"

韩文静瞪我一眼，意思是：怎么了？我原封不动瞪回去，意思是：我怎么知道怎么了！

王媛接完电话，神色黯然地坐回沙发，满腹心事。

我关切地问："谁的电话？"

王媛说："彭永辉打的。"

韩文静慌里慌张地插了句："怎么了？发生什么事儿了？"王媛思索良久，摇摇头，叹了口气，说："彭永辉可能还有一个女朋友。"这下我和韩文静全愣了，顿时怒从心头起，恶向胆边生。韩文静冷冷一笑："我就知道他不是什么好东西，看吧，狐狸尾巴露出来了吧？"我赶紧劝王媛："王媛，你也别生气了，这不刚好吗……不是，到底怎么回事？"王媛低下头说："彭永辉刚才在电话里说，他老婆发现他有女朋友了。"韩文静接过去说："好！发现得好！活该啊他，这下认清他本质了吧，就你爱搭理他，跟这种人在一块儿你能得着什么啊！行啊彭永辉，没发现他花花肠子还挺多的呢……"韩文静正在那儿义愤填膺地数落呢，我突然觉得怎么有点儿不对劲啊！天底下哪儿有那么巧的事儿，就算她是福尔摩斯吧，也不可能有这么高的效率，中午刚见过韩文静，下午就又发现一个新的奸情。“王媛，彭永辉他老婆发现他有女朋友，他打电话给你干吗？”王媛心里都不知什么滋味儿，估计正翻江倒海呢，强忍着难受跟我说：“他问我，今天他老婆是不是找过我，我说怎么可能，他就随便答应了一声，说，哦，那可能搞错了。我再问，他就说没事，挂了。”

王媛明显已经开始纠结这通电话，悲伤之情溢于言表，那个可怜的小样儿让我看了都觉得心疼。

可是我一想，不对啊，彭永辉是怎么知道的呢，没理由啊，总不可能他们家一共就二十几万，让福尔摩斯这下全给嘚瑟出来，倾家荡产了吧？要不，难不成是“无间道”，彭永辉也安插了私家侦探直接把福尔摩斯给反间了？

在我拼命分析因果的时候，韩文静也反应过来了，跳起来痛斥手下败将阴险毒辣：“妈的！这福尔摩斯怎么这样啊！没看出来啊，还是个两面三刀挑拨离间的角色！”

我也站起来了，事情急转直下啊，离预期效果反差太大了。不过我的观点跟韩文静不一样：“不对吧！没有任何迹象表明她会这样做啊！”

韩文静认定是福尔摩斯把我们出卖了：“狗屁！种种迹象表明，就是她干的！”我继续重申：“那你说她为什么要这样做？也许是彭永辉自己发现的呢！”韩文静不甘示弱：“周小北，你傻啊？彭永辉要是能发现这个，早就阻止她了，怎么可能还让她跟我见面！”我还是觉得逻辑上说不过去，继续质问：“可是她这么干对自己有什么好处？损人不利己……”韩文静不耐烦了：“反正就是她的问题，连自己老公都糊弄不了还出来糊弄人呢，连这点儿章程都没有还出来捉奸呢！”说到这里，我俩突然意识到旁边还有一个王媛，赶紧收声，回头望去，王媛呆立在那里，彻底蒙了，脸色比刚才接完彭永辉的电话还难看。她看着我俩，脸色苍白，摇摇欲坠，我俩也呆了，争论了半天，竟然把王媛给忘了。

看了半天，王媛开口了，声音颤抖：“你们……说什么呢，你们……认识……早就知道……”她到底没能完整地说完一句话，两行泪水瞬间夺眶而出，飞流直下。

_10.

我一看王媛哭了，就彻底沮丧了，心里堵得慌。因为我知道王媛对彭永辉是很有感情的，有一次我不知打哪儿看到一句话，觉得挺有意思的，就转述给王媛和韩文静听。王媛听完当时眼睛就红了。那句话是：我有老婆了，你还缠着我。一两年是作风问题，三五年是道德问题，十年八年，那就是爱情了。

韩文静比我冷静多了，一看王媛哭了，她倒不激动了，还有点儿吃惊，意思是怎么哭了啊？她给我使了个眼色，把王媛拉到沙发上坐好，从头到尾细述一番事情的前因后果，包括她跟卢川是哪天上床的都讲了。末了加一句：“还好是我去了，像你这种逆来顺受的主儿，脾气又好，本身还理亏，过去不得被她欺负死啊？”

文静这句话说得倒有点儿道理，我们三个里面也就数王媛脾气最好，我几乎就没见她发过什么火儿。我表面上看起来也还凑合，比较能忍，一般不轻易发作，不过一旦发作起来就是大的。有一次樊斌喝了点儿酒，借酒装疯地跟我吵架，非得把一件跟我毫无关系的事儿栽赃到我头上。本来我不爱跟喝了酒的人过事儿，特别是那些酒品不好酒后无德的，心想由他去吧。后来他借着酒劲儿愈演愈烈，终于把我惹火了，跟他吵了起来，到后来辩解已经没用了，吵架内容已经完全脱离事件本身变成人身攻击，他还在那上蹿下跳，指着我的鼻子教训我。我去了趟厨房，把煤气拧开，没事儿人似的回来待了一会儿，继续听他在那儿说，十分钟以后，我把樊斌直接拉到厨房，心平气和地说："樊斌，咱俩同归于尽吧。"同时点着了手里的打火机。据目击者称，当时窗口呼地飞出一团绚丽的火光，很美很强大，原来我忘了关窗，开的是纱窗。也幸亏我那天忘了关窗，才没引起一场骇人听闻的爆炸事件。不过唯一让我安慰的一点是，火一起来，樊斌第一时间把我拽到胸前了，用胳膊护着我的头，导致我只是烧了一点儿头发，他就比较惨了，脸和脖子半个月都不敢碰。从此以后他留下心理阴影，一看到我心情不好，就赶紧跑过去把窗户都打开，我一问"你干吗"，他就装作毫不在乎地甩着胳膊走开，嘴里说："透透气，透透气。"

王媛听韩文静讲完，沉默了很长时间，没说话。我以为她肯定会陷入愁苦和惆怅之中，很长时间走不出来，没想到她彻底平静了。

她擦干眼泪，缓缓地说："文静，谢谢你了。"

韩文静吓了一跳，赶紧劝道："王媛，你别傻了，他根本不值得你这么操心，你要是为了这个难受可就……"

王媛平静地打断她，语调还是很慢："没什么，这样也好。纸包不住火，早晚有一天要知道，忍了这么多年我也够了。"

我和文静看到王媛这样都不知道怎么接了，王媛努力笑了笑，问："钱你收了？"韩文静点点头，嘟囔了一句："白给的凭什么不要？"王媛说话像叹息："这不是白给的，是我这么多年的青春卖出来的。把钱给我吧。"韩文静赶紧翻包把卡掏出来递到王媛手上。我看她神色不对，忙问："王媛，你想干什么？"王媛惨笑了一下："不干什么，我把钱还给他，顺便问问，我跟了他这么多年，他开价多少，是按夜算，还是包年。"

我知道，王媛是被伤透了。直到后来，我们才知道那天下午彭永辉家里的情况。本来福尔摩斯恨不能韩文静收了钱，离她老公远一点，怕的是她不要钱。按照她的设想，既然你收了钱，就代表你低了头，不管是向钱还是向人，这一低头也就相当于赔礼道歉了，那她之前受的委屈起码可以借此烟消云散一小半吧？可没想到由于韩文静当天的表现过于完美，把她的心理防线彻底打垮了，凭什么你拿钱的还这么桀骜不驯盛气凌人啊！倒成我给钱的比较被动了。韩文静前脚刚走，她后脚就去银行把钱打了，一腔情绪没抒发出来，回到家看什么都不顺眼，刚好彭永辉跟她吵了两句，这下点了导火索，从日常琐事引申到生活态度，再牵扯到夫妻感情，一般都没什么好结果，于是战争升级，互不相让，双方唇枪舌剑，专挑最刺耳的直捅对方心窝子。福尔摩斯一怒之下丧失理智，说："你以为你找了个什么好东西，还不是二十万让我打发了吗？你还以为人家对你有感情吧？我告诉你彭永辉，要是没有钱，你狗屁不是！"于是，彭永辉一个电话打给了王媛。

当天晚上回到家，我躺在床上辗转反侧，深知这样一来对王媛的打击不啻跟福尔摩斯亲自会面，王媛的冷静其实是一种绝望：你本来相信爱情，爱情伤了你的心。你本来相信朋友，但朋友伤了你的心。你后来什么也不相信了，结果自己伤了自己的心。

Chapter 4

爱情使我们不寂寞，却没说会幸福多久

_1.

第二天一早，文静打电话给我，说她想找彭永辉谈谈。文静在电话里表现得很激烈："今天不谈明天不谈，那到底什么时候谈？我听彭永辉说离婚都说了五年了，这样下去永远离不了！我老家楼下住的那对儿，据说从结婚开始就闹，到现在大概七十岁了，分居了起码四十年了吧，就是不离婚，法院估计都气坏了。"

我明白她的心情，同样看不得王媛受委屈。我说："既然王媛都没能让他离婚，那你谈就更没用了。"

"可是不说出来我心里不痛快！王媛就是太惯着他了！从来都逆来顺受忍气吞声，跟个小媳妇似的，宁愿为难自己都不为难别人，你说她怎么这么能忍啊？我一个哥们儿，闹离婚闹得自己都心惊胆战的，每天回家第一件事看看老婆在不在家，要是四处检查了还不在，就立即冲向窗口看有没有跳楼。"

我笑了，说："男人都这样，离婚说起来容易，做起来比登天还难。你想王媛跟她一样啊？"

韩文静停顿片刻，长叹一声："唉，算了，跟你无法沟通。你自己找的也不是什么好货。”说完把电话挂了。

快到中午的时候，我正写剧本呢，樊斌回来了，一进门就摆出一副特开心特满足的样儿，就差敞开怀抱向我奔跑过来了。

“小北，我终于回来啦！”

我把文档点了保存，回头看了他一眼，说：“回来啦？什么时候有空儿，去我妈那儿吃个饭。”

樊斌站在门口那儿，鞋都没脱，手里还拎着一堆东西，愣了一下：“哦，对……”但很快就显得更加高兴，“那肯定得去，走啊！现在就去！”

到了我妈那儿刚好是饭点儿，之前我给我妈打了个电话，说我跟樊斌回家吃饭，我妈听了可高兴了，当时就在电话里指挥我爸，说：“赶紧的，你再下楼去买点儿菜，樊斌爱吃红烧肉。”

我们在楼下买了点儿水果拎上去，我妈爱吃苹果，我爸爱吃香蕉。苹果拎在手里挺沉的，上楼的时候我瞥了樊斌一眼，他一点儿都不心领神会，自顾自地提着那点儿香蕉往上走。记得樊斌刚认识我那时候，革命形象跟现在比天差地别。那时候我爸我妈还没来广州，家里也没电梯，他第一次到我家拜访，我跟他说我哥爱喝啤酒，他二话不说一手拎一箱啤酒噌噌地就蹿上了七楼，健步如飞，我小跑都跟不上。一进门他左右环顾了一下，问我：你哥呢？我哈哈大笑，说我哥还没生下来呢。他也不计较，傻呵呵那么一笑，点头哈腰地跟我爸我妈套近乎。那个时候我真是爱他啊。现在回忆往事，总觉得恋爱的跟结婚的根本不是同一个人。

我妈虽然因为上次的事儿对樊斌有点意见，不过依旧很热情，我爸我妈平时不太吃辣，桌上的菜都是樊斌爱吃的，一桌子辣菜，都是从前樊斌来我们家必做的。樊斌嗜辣，一吃就不可收拾，不吃到浑身燥热，大便不畅，热泪横流绝不停口。为此，我刚跟樊斌交往不久，韩文静就断下结论说：樊斌这么喜欢吃辣椒，性欲一定很强。

吃饭的时候气氛很热烈，我爸一坐下就跟樊斌聊上了，聊索罗斯，聊经济危机物价飞涨，还有珠三角失业民工何去何从。我好不容易等着个空儿插了一句，说："爸，这都是政府考虑的事儿，你们操什么心哪？"再抬头看我爸根本没听见，继续跟樊斌在那儿聊得热火朝天。我在桌上巡视一周，提不起什么兴致，于是谄媚地冲我妈笑，讨好地说："妈，我想吃水蒸蛋。"我妈根本就不理我，看了我一眼，问："你还想吃点儿什么啊？"还没等我回答呢就转头继续听他们聊天去了。

快吃完饭的时候终于谈到我了，我妈说："樊斌，小北，你们俩年纪也不小了，该考虑该打算的得早点儿打算啊。樊斌，你也是，以后看着她点儿，别让小北抽烟，对身体不好不说，一个女孩子，在外面抽烟像什么话。"

樊斌看了我一眼，愣了一下，有点吃惊："哦，我还不知道小北抽烟。"

我妈乐了，以为我平时当着樊斌的面儿都不敢，就背地里自己偷偷抽，怎么样，现在谎言被揭穿了吧？殊不知我跟樊斌这半年聚少离多，发生了太多事对方都无从得知。别说抽烟了，我就是吸毒估计他也看不出来。

我爸说："你就向着她。她抽烟你能不知道？年轻人在一块儿嘛，互相尊重互相谦让是正确的，但该批评还是得批评，不能由着她任性。"

看到我爸我妈这么喜欢樊斌，我心里也不知道是该安慰还是该悲哀。结婚前他们就把樊斌当半个儿子，现在我俩领了证，他们干脆把樊斌当自己亲儿子了。其实在樊斌之前我还有过一个男朋友，叫张君，我爸我妈都不喜欢。后来我妈还对比过，她说，我跟樊斌在各个方面都无比般配，包括性格和感情。当然，她这么说的前一句话是，我跟张君在各个方面都驴唇不对马嘴，除了在性格上比较般配。对于这句话，我不以为然。

_2.

吃完饭在我家坐了一会儿，看着我爸我妈那股儿开心劲儿，我实在坐不住了，跟樊斌提议说："好不容易轮到个周末，要不去你家也坐会儿吧？"

樊斌估计也是面对我爸妈心中有愧，快消受不了了，马上兴高采烈地回应："好啊！"

我爸还没高兴够呢，一听这话，沉吟了一会儿还是决定顾全大局，夸我说："嗯，不错，能这样想是对的。虽然你们不摆酒，不过领过结婚证后回去跟平时回去意义是不一样的。还有啊，现在过去就该改口了，不能再叫阿姨了，赶快去吧！"

于是从我家里出来，我们又打车辗转到他家，同样买了一堆水果，他爸他妈比较喜欢我，见到我们也挺开心的，从表面上看，这是一对儿多么和谐的小夫妻啊！樊斌催着我叫人，我在这方面有心理障碍，觉得爸和妈这世界上只有一个，不像樊斌，第二年去我家就直接跟着我叫妈了，我妈当时吓了一跳，后来也习惯了。

我憋了半天，最后从牙齿缝里好不容易蹦出一句："公公……婆婆……"樊斌他妈哈哈大笑，说："没关系没关系，叫什么都一样，以后习惯就好了。"今天也不知怎么了，可能还在担心王媛，在哪儿待着都觉得浑身不自在，我在客厅坐了一会儿，起身去厨房洗水果，刚好韩文静来了个电话，说："重大好消息！我马上到你家！"

我压低声音说："我没在家呢，不过我马上回去！"韩文静说："怎么了啊？跟鬼子来了似的。"我说："樊斌回来了，我们刚从我妈家出来，现在还在他们家呢，不过马上就走了。"

韩文静一听就知道今晚有事儿干了："他回来啦？正好，你让他在家等着，别跑啊，我得会会他。"

我洗好水果，刚想端进去，听到樊斌他爸在客厅压低了声音教育樊斌呢。

"……我告诉你，小北是个好女孩。结婚过日子就得找这样的。爱得死去活来的有什么用？我是过来人，再轰轰烈烈的恋爱，过个三五年也就烟消云散了。婚姻就是找个踏实的，两个人一起过日子，这才是真的……"

我顺着一个隐蔽的角度望过去，樊斌他爸和他妈分坐两边，把樊斌夹在中间，樊斌低着头，苦大仇深，不住地表示赞同，跟开批判会似的。我在厨房站了一会儿，估计形势稳定了，才走出去。吃了两口水果，趁着人家还没留吃饭，先下手为强，我跟樊斌说："文静去咱家了，都快到楼下了。"

樊斌说："哦，那咱赶紧回去吧。"樊斌他爸他妈很惊讶，说："怎么？你们不在家吃饭？"我赶紧道歉，说今天家里来了个朋友，找我有点急事儿，并满怀歉意地表示下次一定早点儿过来，晚点儿回去。之后，在樊斌的配合下顺利脱身。路上樊斌问我："文静找你真有急事儿啊？"我懒得跟他解释王媛的事，就说 "嗯……我也不知道她什么事，听上去挺急的。"樊斌有点儿怵文静，他俩是死对头，见面就掐，一开始是文静进攻，樊斌抵挡，后来由于实力相差比较悬殊，樊斌基本也放弃反抗了。一看见文静还什么都没说呢，他就事先露出谄媚的表情讨好人家，任由文静鱼肉。

到了地方韩文静打电话来催，说她已经在楼上了，让我赶紧上去开门。我挂了电话打发樊斌先去旁边一个湘菜馆炒几个菜打包回来，樊斌说："这么麻烦，在家吃啊？不如叫她一块儿在外面吃算了。"

我说："赶紧去吧，文静喜欢在家吃。"

樊斌欣然领命。其实在哪儿吃都一样，关键是我清楚文静的性格，今晚估计不会轻饶了他，多少都会给他几句，去饭店的话，万一文静心情不好再加上酒精上头，气不过当场把蕊蕊的事抖出来，我以后在这附近就不用混了，吃个饭都得跑市中心去。我暗暗赞赏自己深谋远虑：我得给自己留后路啊！

一看见我，韩文静就问："哎？樊斌呢，又跑啦？"

我说他在楼下做自我心理调整和辅导呢，就像高考一样，鼓足勇气消除紧张感才能进考场，文静得意地笑了。

我怀疑韩文静已经被刘炎同化了，一进门就像老学究一样背着手四处溜达到处观察，跟猎犬似的。路过樊斌的箱子，停下来点了点头，自言自语在那儿分析："嗯，看来这次是真打算回来了。"又抬头问我，"中午回你妈那儿啦？"我答应了一声，走去阳台晾衣服，文静继续观察着，边溜达边说："嗯，怎么样，快进入无性婚姻阶段了吧？"

我吓了一跳，手里的衣服差点儿掉地上，试探着回答："你是说……我爸跟我妈？"韩文静回过头，鄙视地看着我："疯了？我说你跟樊斌！"我安下心来，要是她真问我关于二老的这个问题，我还真不知道该怎么回答。不过这个问题即使对于我来说也够难的，我随口说了句："性了这么多年，也该差不多了吧。"没想到韩文静仔细思索了一下，竟然很赞同。她站在那儿，通过思考恍然大悟："也是啊！你说得太有道理了。"然后转而问了一个我同样无法给出准确答案的问题，"你怎么能一门心思跟同一个人性了这么多年，你不腻吗？"

_3.

樊斌回来的时候我正在厨房清洗那些半年没用过的盘子，韩文静过去开的门。文静见到樊斌表现得很吃惊也很热情，跟老朋友一样笑着表示欢迎："哎？你怎么来啦？过来串门儿啊？快进来快进来。"

樊斌干脆顺着她："是啊是啊，好久不见，来看看你，越来越漂亮了啊。"

韩文静接过他手里打包的菜，跟他客气："你看你，来就来嘛，还带什么东西啊。我们小北什么都不缺，就是这半年一个人有点儿孤独，你身边有合适的没有，给介绍个男朋友啊。"

这下樊斌老实了，顺不下去了，嘿嘿笑着进门到沙发上一坐，真跟客人似的。韩文静把菜拿到厨房，回去接着看杂志。

樊斌这个不知道死的，坐得好好的又凑过去，说："哟，看什么呢，瑜伽减肥。千万别相信杂志这一套，整天就教人怎么瘦，把女人都瘦得跟竹竿儿似的。我告诉你啊，男人其实不喜欢太瘦的。”

韩文静饶有兴致地抬起头：“哦，是吗？那男人喜欢什么样的？”

樊斌措了半天辞，谨慎地说：“男人喜欢那种，看起来瘦瘦的，摸起来肉肉的。嗯……对！就像你这种。”

韩文静钻研地看着樊斌：“你的意思是说——我胖啦？”

樊斌连连摆手：“不是，哪儿啊，你一点儿都不胖，你就现在这样刚好——哎？我怎么觉得你比从前还瘦了？”

韩文静满意了一些，继续翻杂志，边翻边说：“噢，是吗？原来你喜欢这种，可是我怎么觉得你从前找的那些，都是看起来肉肉的，摸起来瘦瘦的？”

我赶紧喊樊斌帮我端菜，顺便帮他解围。樊斌如获大赦，飞快地就来了，从来没见过他干活这么痛快。

都坐好了，我问文静：“喝点儿酒吧？”文静突然一拍桌子：“哎呀！差点儿把正事儿忘了！”樊斌一脸紧张，以为韩文静又要对他下手，文静瞥了他一眼，“别紧张，不是针对你的。”说完转向我，“小北，你忘啦，我说有重要的事儿得跟你说。”

我想起文静下午在电话里那句天大的好消息：“是跟……王媛有关的？”文静点了点头：“嗯！”短暂的沉默之后，樊斌反应过来，识趣地说：“是不是需要我回避？”韩文静点点头表示赞赏：“你最好回避。”樊斌赶忙站起来：“行，那……要不你们吃吧，我就不陪你们了，出去转转。”韩文静说：“不用啦，怎么说这也是你家，这样吧，你去卧室待一会儿，等我跟小北说完了再出来，哎——不许偷听啊！”文静说：“今天早上，大概就在我俩打电话的那会儿，王媛给彭永辉打了个电话，约他出来见面。见到之后，直接把银行卡递给他……”说到这儿她故意停了停吊我的胃口，我也有点儿着急：“怎么说的？”

文静说：“一句话没说。”

我有点小失望：“这算什么好消息。”韩文静接着说：“你听我说啊。王媛刚想走，福尔摩斯居然杀过来了。原来彭永辉跟王媛打电话的时候福尔摩斯就盯上了，一看彭永辉神神秘秘地接了个电话要出门，就跟他吵了一架，彭永辉没理她，摔门就走了，她就偷偷在后面跟着……”

我啧啧称叹，真不愧福尔摩斯这个称号。

“……本来打算去捉奸的，到了一看，疯了，‘怎么换人了？这不是跟我见面的那个啊’！福尔摩斯冲上前去，指着王媛质问，你是谁！你想怎么样！你猜咱王媛怎么干的？”

我急得要命，生怕王媛吃了亏，我说：“你就别卖关子了，赶紧说吧，到目前为止我还没发现任何天大好消息的迹象。”

韩文静得意地说：“告诉你吧，咱王媛轻蔑地看了她一眼，说，你就是那个福尔摩斯吧？我跟彭永辉之间怎么样，还轮不到你来决定。”

“然后？”韩文静说完坐下开始倒酒：“然后就走了呗。”

我大失所望，心想这有什么好值得高兴的？逞逞口舌之利谁都会，不过说完了谁心里难受谁自己知道。

韩文静偷偷看了我一眼，看到我沮丧的样子更得意了：“我还没说完呢。”我乐了，知道好戏在后面呢。韩文静喝了口酒，摇头晃脑地说：“后来啊，王媛是挽着胖子的胳膊，一步一步消失在彭永辉和福尔摩斯的视线里，连头也没回……”我惊叫一声：“胖子回来啦？”我有点儿不信，“得了吧，你怎么知道的？”韩文静不屑地说：“我刚从刘炎那儿回来的，福尔摩斯看到王媛，就知道有问题了，后来看到王媛跟胖子在一块儿，更是觉得自己二十万白花了，直接杀到刘炎那儿，把他大骂一顿，还砸了东西，好不容易才让刘炎给安抚了，这一切都是她自己告诉刘炎的。至于我怎么知道那个男的是胖子的——我打电话问过王媛了。”

这个畜生啊，重色轻友这个词在他身上真是应验了，回来了连我都不告诉，直接给人当替身去了。不过怎么说这都算一件好事，哪怕王媛是用胖子来气彭永辉的都很过瘾。我亲自给文静倒了杯酒，我说：“文静，这事倒得好好谢谢刘炎，这个任务就交给你了啊。”

文静平静地说：“那倒不用了。我们俩今天分手了。”

他妈的这个大喜大悲也太快了，我实在受不了她说话的这个风格。我说：“你还有多少事儿没告诉我？赶紧一次说完行吧？你跟刘炎又怎么了？”

“谁让你着急啦？我的故事还没说完哪！我从他那儿出来的时候，手机不知道放哪儿了，就用他电话打了一下我手机。一打，你猜这个禽兽把我的名字存的什么？——搞定！”文静一脸无所谓。

我强忍了一下没忍住，哈哈大笑起来。韩文静愤怒地瞥了我一眼，朝里面喊：“那个得了绝症的，可以出来吃饭啦！”

喊了半天没动静，我走进卧室一看，樊斌已经不知道什么时候睡着了。

_4.

送走了韩文静已经差不多十二点了，我躺在床上，怎么也睡不着。樊斌醒了一下，迷迷糊糊地问："文静要告诉你什么天大的好事儿啊？"我说："没什么，她跟男朋友分手了。"樊斌说："她怎么这么没心没肺啊，这能算好消息吗？还天大的。"说完翻了个身，继续睡去。我改变了惯常那个畸形翼龙的姿势，伸展了一下胳膊，把它们统统暴露到被子外面。夜凉如水。就着窗外透过来的一丝亮光，能看到浅色被套上面透出的暗色条纹，类似花岗岩。想到我正盖了一床花岗岩，便不由自主地打了个冷战。现在城市的夜空跟从前已经完全不同了。这种不同甚至让我觉得这个世界上已经没有夜这个东西了。小时候躺在乡下夜晚的后山上，小风溜着，小歌哼着，小腿架着，往上看漆黑一片，往左右看漆黑一片，环顾四周漆黑一片，当时觉得自己就是全世界最牛×的人，可惜那时候词库里还没有牛×这个词。可是现在的夜空，泛着红，那不是一种自然光，也不像人造光。走在这种光影底下，人都是虚的。我和樊斌就是在这些无数个虚头巴脑的夜当中认识的。

那天大家在文静租的房子里吃饭，早在大学的时候，文静思想作风就比我们开放，属于经济上最先富起来的，一生下来就比我们富，肉体最先高潮起来的，精神最先小资起来的。文静带了两个男的过来，我都不认识。其中一个唯唯诺诺，说话声音小，走路溜着边儿，像鲫鱼。另一个就是樊斌。当时盘子里有各式各样难吃的食物。我也忘了为什么心情不好，一直矫情地皱着眉头，不吃东西也不说话。看了我那样儿，樊斌问我："你爱吃青椒吗？"我摇摇头，他就把青椒挑出去吃了。过一会儿他又问我："你爱吃土豆吗？"我摇摇头，他把土豆也挑出去吃了。又过一会儿，他问我："这些你都爱吃吗？"我继续摇头，于是他干脆把我的盘子挪走，给我拿了个新的。文静好不容易找到借口可以改变一下吃饭的沉闷局面，见状立刻假装生气，站起来说："你看这两个狗男女干什么呢，连盘子都换啦！"说完愤怒地走进卧室，鲫鱼理所当然地跟进房间，俩人跑床上生气去了。剩下我和樊斌两个人相对无言。过了一会儿卧室里传来他们生气的声音，在寂静的房间里显得十分怪异，我认为文静生气的声音还是很好听的，那是一种狂风吹过沙漠的呼啸，既空荡又狂野。樊斌当然也听到了，不过他的捡色不太好看。沉默了一会儿他问我："你叫什么名字。"我说："周小北。""是东西南北的北吗？"我笑了笑，说："我该走了。"这就是我俩认识的全过程。过了一会儿，韩文静发短信给我说她到家了，于是我放下电话安心闭上眼睛准备睡去。

这是我们三个不成文的习惯，每次深夜作鸟兽散之后，都发个短信告诉对方"我到家了"，不管这个家是自己的家还是野男人的。这个习惯持续多年，几乎成了条件反射，再怎么喝断章儿都不会忘。不过，不会忘是不会忘，酒后手指不灵活发错地方的情况也是常有的，比如有一次我就发给我爸了，韩文静更厉害，她群发了。

我很想告诉樊斌，韩文静并不是没心没肺。其实我心里明镜似的，并不是她不知道难受，而是她最有良心——她甚至可以因为王媛的一争气，冲淡了自己失恋所带来的伤心。我也想告诉他，我知道他并没有真的睡着，因为没有任何一次他睡着之后的呼吸是如此沉稳、如此安静。

_5.

我起床的时候樊斌已经上班去了，今天是他调回广州第一天报到，我看了看时间，才刚刚九点，于是打了个电话给胖子。

我热情洋溢地说："郑远东啊，听说你回来啦？"

胖子深知自己罪孽深重，在电话里嘿嘿笑着说："小北，别叫我大名儿，我知道错了，走走走，我请你喝早茶，江湾还是稻香？"

我跟慈禧太后似的坐在稻香大堂里点菜，胖子就在我对面，我客气地问："平时你都喜欢吃什么啊？"

胖子挥舞着大胳膊说："点！你先点你爱吃的！别管我，多点一些！"看那架势好像是他家开的一样。

我冲他重重地点了点头："那我就不客气了啊。"接着我不紧不慢、抑扬顿挫地让服务员写菜，"豉汁蒸排骨三份、豉汁蒸凤爪三份、潮式蒸粉果三份、虾饺三份、清蒸牛肉球三份，对了帮我剪开啊……"

说完一个我就看一眼胖子，还没点完招牌菜呢他就开始坐不住了，一头的汗啊，问我："小北……那个，咱还有人来啊？"

我惊奇地说："有啊！"

胖子问："谁呀？"

我说："王媛啊！还有文静。"

胖子眼睛立刻就亮了，满脸放光："她们等一下也来啦？"我说："哦，不来，家乡咸水角三份……"胖子又把我打断了，赔着笑脸，小声问我："那……咱们点这么多，吃得完呀？"我说："哦，是这样的，我跟你解释一下，我这个人呀，别的毛病没有，就是重朋友，王媛没来没关系，那我也得时刻想着她啊，我得给她点上。哦，我跟你吃饭，就把她忘啦，那不是重色轻友吗？"

胖子这才琢磨过来，扭捏了半天："在这儿等着我呢，小北，我知道错了……"我说："那你自己说说，你错在哪儿了？"胖子不好意思地低下头，跟蚊子似的哼哼了一句："重色轻友。"我不满意："大点儿声！我听不见！"胖子也豁出去了，对着我跟喊口号似的大喊一句："我重色轻友！"旁边吃饭的客人都朝这儿看，连点菜的服务员都乐了。我也笑了："得了，别嚷嚷了，丢不丢人。"聊了一会儿，才知道胖子昨天早上刚从上海回来。他在非洲递交了辞职报告以后，从前一个朋友听说他要回国发展，立马就在上海给他介绍了一份不错的工作，职位和年薪都很高，胖子推辞不过，只能答应去看看，于是不得已去了趟上海。浮光掠影地看了一圈儿，推说工作不满意，飞速回到广州。

我知道他是心里挂着王媛呢，故意说："据说上海女人挺漂亮啊。"胖子夹了一只虾饺，心不在焉："是吗？还行吧。"我说："当然了，有个专家说，中国的美女大部分都集中在长江流域，其中皮肤最好的又在上海。"

胖子说："屁专家，我觉得湖南的也不错。四川的也不错。你也不错啊！"肯定湖南的好嘛，湖南在胖子心目中就是王媛嘛。我继续说："嗯，四川妹子皮肤也不错，不过性格就不如湖南的温柔啊，你看王媛，性格多好。"

胖子一丝羞赧浮上脸庞，点了点头。我心里暗骂，又不是夸你，你害羞个屁啊！还没等我开骂，胖子先骂上了。他说："对对，我觉得上海女人我不太适应。你不知道，我到上海那写字楼里，刚开始放眼望去，还挺赏心悦目的，仔细一看就觉得有点不对啊，说不清哪里不对，就是不舒服。"我说："是不是……一个个都在那装冷艳哪？"胖子琢磨了一下，点点头说："对对，就是装冷艳，美的装冷艳，丑的也装冷艳。""那你知道人家干吗对你冷艳呀？"胖子又无所谓了，心不在焉地说："不知道……嗯，也不想知道。"我猛地一拍桌子，大喝一声："郑远东！"他吓了一跳，抬头惊恐地看着我，手里的勺一哆嗦，差点儿掉地上。我说："死胖子！鬼迷心窍了吧你？我发现怎么现在跟你说什么你都提不起精神，除了王媛。你还有点儿出息吧你？我问你，你刚一从非洲回来的，凭什么人家都得哄着你冲你笑啊？"

胖子明显愣了一下，突然开窍了似的："哎——对呀，我突然知道为什么上海女人都对我装冷艳了，我从前听同事说过一句话：上海女人，塔利班男人。你知道共同特点都是什么？"

我也忘了生气了，眼巴巴地看着他等他往下说。胖子牛×起来了，学我一拍桌子，铿锵有力地说："那就是——决不放过美国人！"我被胖子逗得哈哈大笑，还没笑够呢，电话就响了，一看号码，是王媛的。我笑着跟胖子说："真是说曹操，曹操到啊。"胖子听出是王媛打的，嘴都快乐得合不拢了，暗示我赶紧接，让王媛过来。我笑着拿起电话，刚一接通就听见王媛在电话里跟我说："小北，你快来，文静出车祸了……"

_6.

我撇下胖子往楼下跑，好不容易打了一辆车，路上一颗心都快蹦出来了。那种心情平时体会不到，除了担心好像还有愤怒，恨不能跟谁拼了。急忙赶到医院，在走廊里碰到王媛，我把她喊住，问她出了什么事，撞成什么样了，王媛说她也不知道，是接了文静电话才来的。我俩匆忙向病房赶去，还没到门口儿呢就听到病房里七嘴八舌的，一片乱七八糟的声音。

“轻微骨折加软组织挫伤。”这个好像是医生。接着听到一声惊叫，是个男的：“那怎么办啊！怎么样可以最快治好？”“情况不是很严重，我建议住院观察两天，如果实在不想住院，就开点儿药，打上石膏，回家去，定期复查。”

“那是不是回家休养对病人恢复更快一点儿……”还没等那男的说完，紧接着听到韩文静说话了，不耐烦地打断刚才那个男声：“你给我闭嘴！大夫别听他的，我要住院！我坚决要求住院！正好这两天我不想回家。哎，对了，你们这儿有好点儿的病房吗？”我和王媛相视一笑，放下心来。

进去一看，韩文静躺在床上，牛逼哄哄的，一点儿也不像被车撞了，之前说话那男的竟然是刘炎。我对他点了点头，走过去跟韩文静说：“韩搞定你怎么样了？怎么搞的，这么不小心，一天到晚你就像个定时炸弹一样。”自从上次文静告诉我们她跟刘炎分手之后，我们私下都叫她韩搞定。王媛不认识刘炎，一下子没忍住“扑哧”笑了，还不知道面前站着的就是典故的来源。

文静抬了抬下巴指向刘炎："你问他。"

刘炎一脸歉意地站着，手脚都不知道往哪儿放。王媛一头雾水，不知道来者何人，所为何事。

韩文静看大家都不说话，又开始批判刘炎："刘炎，你怎么不说话啦？——对了，王媛，你还不认识吧，来，我给你介绍，这位就是刘炎，你的耳环就是他给我的，私家侦探啊，负责调查你的，快认识一下。"

刘炎的脸刷地红了，又不好发作，握着拳头恨不能想揍她，估计牙都咬碎了，最后跟文静说："今天的事儿我有责任，对不起了，文静。你好好养伤吧，我改天再来看你。"

韩文静不让劲儿了："什么叫好好养伤，你这样我能好吗？要不是你我能弄成这样吗？我跟你说了多少遍了，啊？你自己数数，我们两个不可能！不光这辈子不可能，下辈子也不可能！"

几句话把刘炎骂得待不下去了，跟我点了下头铁青着脸走出病房，连头也没回。跟文静聊了半天，才知道原来是刘炎后悔了。跟文静分手以后，刘炎突然发觉原来被搞定的是自己，莫名其妙他就被韩文静搞定了，而且搞得很彻底，回忆起来韩文静浑身上下哪儿都是优点，怎么割舍也割舍不下，终于决定放下屠刀立地成佛，一改往日花花公子做派，亲自登门跟韩文静赔礼道歉，渴求得到佳人原谅，重续往日温柔情怀。谁知到了画廊，韩文静看见他一脸腻味，一个劲儿叫他滚。刘炎当然不滚啦，慷慨陈词表明心迹，希望文静能给他一个机会，两人重新开始。文静实在受不了了，说："你不滚是吧，我滚。"于是韩文静从画廊滚出来，刘炎抬脚追出来，韩文静像被鬼追了似的看见刘炎就跑，结果过马路的时候一辆车迎面冲过来，韩文静一躲，被旁边一辆车擦了一下，摔在路边。刘炎吓死了，当机立断把韩文静抱起来，连跑了四五条街，到了医院胳膊都快残废了。即使这样韩文静也没原谅他。文静说："再给他一次机会干吗？让他再搞定我一次？"

_7.

估计刘炎走远了，王媛苦笑着说："你刚才那样介绍刘炎，人家多尴尬。"韩文静满不在乎地嘟嘴："尴尬什么呀。"王媛说："怎么人家也帮过你吧？你就不能好好说话。"我也帮腔说："就是啊，什么大不了的事儿啊，弄得这么激烈，跟屠杀似的。"韩文静还生气呢："我是真怕了，从他身上我算弄明白一个词儿——阴魂不散。一条小命差点儿搭在他身上，扯平了！"我对医院有恐惧感，刚在外面听医生说那几句，估计没什么大事儿，就劝她赶紧检查一下回家待着，话还没说完就听韩文静大叫一声："我不回家！"隔壁床一个老太太吓得不轻，盯着韩文静直喘。我说："你看，在这儿待着也不行啊，危害其他病人生命安全。"

王媛也让她吓一跳："怎么了你就不肯回家？"韩文静磨蹭了半天才说明白原委——他爸逼着她去相亲。说是有一个老战友的儿子，不知从哪个鸟不拉屎的国家刚刚留学回来，打算回国创业，人又老实又聪明，就是没女朋友。老两口见过一次，都觉得特别满意，恨不能把他俩直接洞房了，现在就等着两位当事人见面。我跟王媛取笑她，说要是搁古代，韩大员外肯定就给她建个绣楼，让她一天到晚在里面绣花，差不多时候就出来抛绣球。韩文静也乐了，说如果那样的话她就一天到晚在小手绢上绣脏话。

陪她打完石膏差不多中午，王媛上班去了，刚出门口文静突然想起来什么似的，问我："对了，王媛现在怎么还上班啊！还去彭永辉那儿上班？"

我一想也对啊，都这地步了能做到像普通同事一样吗，在单位怎么混？本来想打个电话给她问问，又一想算了，估计她也不爱说。

我跟韩文静凑合着吃了点外卖，实在难以下咽，我说："那你也不能总待在医院里啊，到处都是病人就算你舒服我都懒得来看你，不闷吗？再说你爸你妈该着急了。"

韩文静根本没往心里去："再说吧——哎，小北，我想上厕所。"

我把韩文静扶到厕所门口，开始她都是蹦着走，我说地上挺滑的你小心另外一条腿也摔成废腿，她才开始一瘸一拐地走。我本来想把她送进去，她坚决反对，说自己能行。我在长椅上等她，老半天才看见她出来，扭头在门口看了一眼，又瘸着折回去了。

过会儿她总算走出来了，我说："怎么这么久啊，成功了吗？成功了吗？"

韩文静得意地说："当然成功了，身残志坚啊。你得理解我，我现在是残疾人，身手还这么灵活，这个速度不错了。走，咱回去。"

一路上跟我描述她上厕所的奇遇，原来，她上完厕所出来洗手，看一个背影在小便池那儿小便，像是个男的，走过去一看，果然是个男的，于是决定羞辱他一下。韩文静站在人旁边儿，说了句：喂，麻烦你下次看清楚点儿，这是女厕所。那男的听到女人的声音，受了大惊，扭过头找，只看到韩文静一瘸一拐的背影。韩文静走出门口一看，呀，原来自己错了，刚才去的是男厕所。于是折回去，又走到人面前，认真地说了一句："不好意思，刚才是我看错了。"结果把人家又吓一跳。

我说："人家上个厕所容易吗？你这一惊一乍的，本来就是病人这下再被你吓出尿道炎来。错了就错了，你还折回去干什么？"

文静满脸神秘："你不懂，我可是什么都看见了……真帅啊……"

直到回了房间躺到床上，她还是一副沉醉不知归处的模样，也不知她到底看见什么了美成这样。我刚想问呢，门口响起一个声音："17床，叫……韩文静是吧？"原来是医生查房。

韩文静一看，乐坏了，满脸放光："哎呀，是你啊！"

医生抬头看了一眼她，也笑了，边写边说："对，是我。我姓李，对面办公室。现在没什么感觉吧？"

人家刚想走，耳边响起韩文静贱兮兮的声音："哎——有感觉！"我听了立刻打了个冷战。医生转过头来，韩文静继续描述："这里嘛，打石膏这里，疼。"声音都不对了，跟A片似的，实在让人受不了，我看一眼隔壁床那老太太，又开始喘了。我狠狠掐了她一把，心想干脆让她真疼算了，要不隔壁的病人早晚得让她祸害死，结果她一呻吟，弄得我都开始喘了。

医生转过头来，看了看病例还是什么，跟她说："轻微骨折在恢复的过程中都会有一点儿疼，这是正常的。疼痛程度是依照骨折的部位、移位的程度、骨折的稳定性，像你这种挺一挺就过去了。实在受不了的话我就给你吃一点儿镇痛片。"说完带着护士去隔壁床了。

我问："你们认识？"

韩文静悄悄凑到我耳朵边上："就刚才在男厕所那个。哎，你看，我就喜欢这个类型的，长得特像我初恋。好看吧，酷。"

我说："你就喜欢好看的。你初恋是什么时候的，小学吧。"

韩文静一本正经反驳我："我说真的！这男人吧，好看跟好看还不一样呢。就像你们家樊斌，也挺好看的，可惜身上少了那么一股劲儿。你看这男的多冷静啊，这叫气质。哎，你走吧走吧，赶紧走吧。你在这儿碍事儿，我都不好意思找他聊天了。"

我说："我走了等下你要上厕所怎么办？总不能让男医生陪你去吧？""操什么心哪，有护士呢。赶紧回去吧。"我知道说什么都没用了，上完这个厕所更加坚定了她住院的信心。我走出病房的时候她看都没看我，转着眼球又不知在那儿想什么幺蛾子。我暗自感慨遇人不淑，交友不慎：这都交了些什么人哪？胖子回国了都不跟我说一声，这个小骚货更过分了，为了勾引男医生连朋友都不要了，把我往外赶，这年头儿，连女的都开始玩制服诱惑了。

我心里正骂着，手机响了。我一看，竟然是——李理。

_8.

我站在医院大门口，望着行色匆匆的人流和来来往往的车流，犹豫了一下，把电话摁了。算起来我跟李理也很久没见了，自从上次在深圳见了一面就再也没联系，连我跟樊斌结婚他也没动静，回广州这还是他第一次给我打电话。我沿着回家的方向漫无目的地走着，回想起李理告诉我樊斌得了绝症，当时心里那种复杂的感觉，恨不能咬谁一口，咬出血来。走了一会儿电话又响了，再拿起来一看还是他，我再摁断他再打，又摁，又打。最后实在不耐烦了，我接了，他在电话里劈头盖脸地跟我说："周小北，我知道你恨我……"义正词严，不容侵犯。我一激动又给挂了，电话再响我干脆关机了。我继续往前走，边走边想：你们他妈的凭什么啊，高兴了就合起伙来骗我，骗完了还理直气壮教训我。我边气边走，冷不丁又被对面过来的人狠狠撞了一下，我刚想骂"你这个不长眼的东西"，抬起头才发现，人要是倒起霉来喝凉水都塞牙——撞我的那个人正是李理。就近找了咖啡店坐下，我搅着面前难喝的咖啡就是不说话，不管他说什么我都假装没听着，也不看他，目光一律只看向窗外。李理看了我半天，没辙，气笑了，说："周小北，咱别这样吧，你不觉得你这么坐着跟我生气看起来挺暧昧的？不知道的还以为咱们什么关系呢。"我想了一下，觉得自己的行为的确有点幼稚，于是也不好意思地笑了。李理看到我这样，他倒严肃了，一本正经地看着我，可诚恳了，说："还记恨我呢？"我摇摇头，直奔主题："算啦。这次找我又有什么事？""小北，其实我早想约你出来谈谈了，上次的事儿……"我懒得跟他扯这些恩怨情仇，干脆直截了当地说："李理，我都明白。毕竟你是樊斌的兄弟不是我的兄弟，凭什么指望你关键时刻帮着我。我不恨你，真的。我连樊斌都不恨了怎么可能恨你？"

李理听了，沉思了一下，点点头："那就好，咱不说这个了。我今天找你，是真有点急事儿想请你帮忙，实在没别人了。"

听他叙述了一下我知道了个大概。原来他手底下负责的项目请了个合作伙伴的头目过来，是个法国老头，要来中国考察，顺便参加他们的一个酒会，为期一个礼拜，除了广州，还要去珠海、深圳、东莞几个地方。原来他们公司配备的那名翻译嫁了法国领事撂挑子不干了，老头号称也会说英语，可是一开口没人听得懂，英语单词全按照法语发音来的。现在急需一名随同翻译，突然想起来我大学时候学的法语专业，于是找到我了。

真是隔行如隔山啊，就这点破事儿就把他为难成这样。

我很慷慨地指了条明路给他："李理你傻了吧？这事儿还不好办吗？广外法语系的学生一抓一大把，你随便找一个不就行了？"

李理说："要真这么容易我就不找你了。之前找了个学生，没社会经验临阵怯场就不说了，关键是行业相关术语一窍不通。这事儿代表公司形象，一丝差错都不能出。我想来想去，也就你最合适了。"

这倒是真的。我刚从学校出来那会儿也不会这些专有名词，也不会骂人，只会几个简单的诸如"王八蛋""狗屁"之类没有杀伤力的用语。后来樊斌干了这行，一有机会就让我帮他翻译资料，半年下来竟然死记了上百个跟我毫无关系的陌生词汇，比在学校读书背得还快，为了发泄毕业还得背单词的沮丧情绪自然也学会了怎样骂人。一年之后，不仅可以在樊斌从事的工程设备领域冒充行内人，还可以独立出一本极为实用的专业手册——《法语骂人300句》。

我正满腹惆怅地追忆往事，李理有点急了："周小北，能不能给句痛快的，别老玩深沉。"

我看了他一眼，继续回忆——那时樊斌工作刚开始有点成绩，少年得志，得意得不行，李理跟樊斌是搭档，相比之下老成得多。我总问李理怎么还没女朋友，并一度想把文静介绍给他，他总是推，逼急了就说自己脾气不好，人嫌狗不待见，不适合找女朋友。有次我偷偷问樊斌，我说李理是不是gay啊，还没问完呢就被樊斌笑话一通，樊斌说："就算全世界的男的都是gay，李理也不是，他是直人，直人你懂吗？哈哈哈。"那时候我还在广告公司上班，下了班我们经常一块儿喝酒，谁都会醉就李理不醉，因为根本不是一个段位的。我跟樊斌号称是白酒七八两、啤酒到天亮，可李理是白酒七八两之后还能啤酒到天亮。我很努力地想回忆上次我们一块儿喝酒是在什么时候，结果脑海里一片空白——不记得了。

李理实在坐不住了，决定破釜沉舟："周小北，我知道上次的事你心里一直给我记着呢，我也不解释了，是我错，我认了。至于今天这件事，确实是我求你帮忙，不过你帮也好，不帮也好，都是次要的了。咱也别在心里憋着，你要有什么难听的话，就全冲我来。过了今天，你要是还认我这个朋友，咱们接着处，要是不认也没关系，我以后肯定不打扰你。"

说完又蠢蠢欲动，想走。他这人就这点不好，一有点什么事站起来就走，把别人一个人扔那儿一傻傻半天，上次在深圳我就被他扔酒吧里了。

我看了他一会儿，说："李理，你知道我最生气在什么地方吗？"可能是我淡定柔和的语气把他吓着了，他睁大眼睛，有点错愕地摇了摇头，"我气就气在你从来不解释。这样吧，你说的那个事我考虑一下，回头给你答复。"说完我站起来，款款走出咖啡厅。我算是想明白了，与其被人晾在那儿，不如主动晾别人。

回到家猛赶一通剧本，腰酸背痛口渴难耐。喝了点水，起来转一圈，无意间瞥到装着樊斌体检表的篮子。我轻手轻脚地走过去，像是怕惊醒一个灵魂。我走过去，打开那一页，那个粉红色的小纸条已经不见了，就像它从来没存在过。我蹲在那里，拿着那份犯了窝藏罪的表格，突然觉得我跟樊斌生活的房子就像一个监狱，而我就是一个囚犯。当我被关进去的那一天起，我就告诉自己应该等待。我等待宣判的那一天。也许一年，也许五年，也许十年，也许无期徒刑，也许死刑。我在幽黑幽黑的监牢里，等啊等，一天就是一年。一年过去了，我想我被判的应该是五年。五年过去了，我想我犯的罪也许是十年。十年过去了，我想这是无期徒刑了。二十年过去了，我开始盼望死刑。等到我终于能动的时候，我拿出手机给李理发了条短信：我去。

不光是我想逃离这个房子，还有另外一个谁也不知道的原因，包括李理。因为我很清楚地记得有一次，永远不醉的李理也醉了，他对我说了一句话：周小北，你以后别再问我怎么还不找女朋友了，我喜欢的是你。这辈子咱俩做男女朋友是不可能了，只要你有什么事儿用得着我的，你说话。说完他轰然倒地。

至于樊斌，随他去吧。我深深知道，痛苦是一把插在胸口的刀子，拔出来不光自己疼，还要溅别人一脸血。

Chapter 5

若我们都不曾做过那些蠢事

_1.

差不多半夜的时候，樊斌回来了，一身酒气，走路都晃，看见我张了张嘴，话没出来直接转身冲去厕所吐了。

这时候韩文静来了个电话，神神秘秘地说："喂，我打探清楚了。那医生姓成，叫成晓峰，医院有名的帅哥，年轻有为啊，有技术，人又好，特别正派，不过据说有女朋友了。"

我说："就是，这么好的人能剩下吗？知道自己没戏了吧，你还是老实去相亲吧。"

韩文静不乐意："那有什么，这不还没结婚嘛，公平竞争。哎，我连他女朋友什么类型都打探清楚了……"

我听到厕所传来呕吐声："文静，改天再说你那些医院艳情史吧，樊斌醉了，我看看去。"

文静说："哦，他怎么又喝高了……"

挂了电话我才反应过来：不对啊，樊斌最近经常喝高吗？还没来得及细想，樊斌那边又开始了，我过去一看，吐了一地。我最看不了别人吐，特别是看到一地花花绿绿的呕吐物，一下子没控制住，吐了他一身。

等收拾干净把樊斌弄上床，我已经累得不行了，洗了个澡，随便收拾了几件衣服，躺在床上看了看樊斌，这次是真睡了。樊斌不回来的时候还好，有个念想儿，总觉得我在深圳还有个男朋友，现在人一回来，男朋友消失了，多了个室友。我妈还总打电话问我什么时候要孩子，我都没好意思告诉她：巧妇难为无米之炊啊。我跟樊斌现在举案齐眉，相敬如宾，特别是结婚以后，都变矜持了，互相传递个东西都下意识地避免肢体接触，真要繁衍后代只能指望医学昌明之后进行克隆或者试管婴儿。

第二天我走的时候樊斌还没醒，我给他留了个条，直奔火车东站，到深圳去跟李理会合。坐在动车上，隔着防晕玻璃望着窗外飞驰的景物，百无聊赖地发信息。我：都给我起床！韩文静：用你叫？早起来了，我们家成医生今天早班。我：都你们家了，你跟刘炎彻底没戏了？韩文静：你不觉得他长得像个铅笔？我：什么？韩文静：哈哈，2B！我也忍不住笑了，继续发：成医生喜欢残疾人吗？韩文静：我要用实际行动感化他，看着吧，一个礼拜，从同情直接变成爱情！我：等你胜利的好消息。

过了一会儿王媛也回信了：困死了，你怎么起那么早？我还在车上。我：你去哪里？王媛：深圳。我乐了：王媛也去深圳？赶紧拿手机给她打过去——看时间可能就在一个车上！王媛还不知道我在哪儿呢，在电话里问：“你怎么起那么早？赶稿呢？”我随便胡说了几句挂了电话，起来满火车找她，才穿越了两节车厢，就看见王媛一个人孤孤单单坐在那儿，长发披肩，穿着打扮不醒目但是让人很舒服，毫无疑问的漂亮，漂亮得有点孤苦伶仃。之前我总取笑她，说她长得一副弱柳扶风、临水照花的可怜样儿，眼睛里一汪水，随时都要哭出来，看着就让人心疼，应该去演琼瑶戏。刚上学那会儿文静也说，王媛你是大小姐的脸、丫环的命，像你这样的搁古代就是正宗的姨太太。没想到一语成谶，王媛后来真的跟了彭永辉“那个老禽兽”(韩文静语)。我看着王媛的背影，想起多年前的我们，一时间竟有些令自己不好意思的悲凉情绪。其实我们一直在错，却只能将错就错地走下去。王媛的事要是搁别人身上，我肯定觉得她是活该，已婚男人本来就应该躲着走，紧躲慢躲还栽人手上自己本来就有责任，后来还无怨无悔跟着人家就是贱了。文静那种甩手派我也很不以为然，假圣洁无疑是可耻的，假淫荡也值得商榷，那需要有无比强大的内心在背后支持。但是当这两种行为发生在我朋友身上，我没有觉得她们有任何不对，相反，我觉得她们很完美，没别的，就因为她们是我的朋友。我向来护短，保护一小撮打击一大片的事儿我愿意干。更何况，我自己也不是什么好货，上赶着给自己安了桩要死不断气儿的婚姻。

有天偶然看到一段话，大概意思是，我们每个人，都曾经是父母手心里的宝贝、穿着花裙子跳舞的小公主，学校中有男生红着脸递过纸条，也曾经骄傲地仰着头从一段感情里离开。是什么时候，什么时候开始，放任一个男人这样伤害自己，是因为有了家庭，添了年纪，多了儿女，才这样委屈自己，牺牲自己？放任这样一个枕边最亲近、打算执子之手的男人，用无情的语言和行动，往心里扎了一刀又一刀。看了之后我觉得有点文艺腔，不过仔细想想是这个道理，不知道从什么时候开始，我们已经做不到像从前那样真正心狠手辣地转身，表面上的狠全是假的——或微笑或面瘫的表情下，心在滴血。

也许是我站的时间太久，王媛一转头发现了我，先是愣了一下，随后冲着我笑，笑得十分灿烂：“小北？”

_2.

时间还早，车厢很空。王媛也带着电脑，精心打扮过，还化了淡妆，我看一眼就知道她是出来帮彭永辉跑业务的。因为平时她根本不这么穿。我想起多年前的王媛，眉眼很正，条儿很顺，该有的全有，不该有的全没有，就是不爱打扮，穿的衣服一律很肥很大看不出任何线条那种，谁要是朝她胸部瞄一眼，她恨不能把人眼珠子都挖出来。这个习惯一直延续到如今，平时穿衣服她也是不显山不露水，尽量往清纯里打扮，今天特别反常。一问，果然是去深圳给一个客户做提案，晚上还要请他们公司的人吃饭。我都可以想象到她今晚在酒桌上的样子——白底黑图的半职业装，黑色八分裤，头发挽在脑后，眉毛细长，眼神妩媚，彬彬有礼，白酒一杯接一杯，标准交际花，为了拿下合同，左右逢源，十分勾人。为了彭永辉她算豁出去了，也只有他能让她心甘情愿地穿得这么不自在。我唏嘘万千，感叹世道不好，挣钱不容易，现在，连王媛这种一向坚信“只靠实力说话”的牛×分子也转变为实力和酒量并重，亲自出卖色相下单了。

我叹一口气，问：“你打算在他那儿长干下去？是彭永辉让你去的？”

王媛答非所问：“拿了他的薪水，总得出点成绩，不然我心里不舒服——哎，你去深圳干什么？”

“哦，一个老朋友，帮他做个翻译，可能要一个礼拜。”我避重就轻，说完自己都愣了，心里有点不好意思，不知道自己为什么要跟王媛撒谎，顺嘴就说出来了，无比自然，撒完之后心里竟然还有一点儿隐秘的快乐。

王媛没有继续问，只是简单地答应一声表示明白，我犹豫片刻，决定老老实实坦白，我说："是李理找我去给他帮忙。"

王媛笑了："就知道不是普通人，我还没想到哪个老朋友随随便便能叫得动你。怎么，又是跟樊斌有关的项目吧？"

我说不是，李理自己找我的。我简要地把李理找我的过程复述了一遍，王媛有点吃惊："他上次那样帮着樊斌骗你，现在还好意思找你帮忙？"

我一边安慰她，一边环顾左右而言他，很不仁义地把战火引到韩文静身上："没什么，都过去了。再说两国交战还不斩来使呢，我跟他计较多没意思，你先别跟文静说啊，说了她又该生气了，指不定怎么骂我呢。对了，你知道她干吗死赖着不肯出院吗——她看上个医生！"

从火车站出来，我跟王媛分头离去，我打了个车直奔李理之前指定的地方。到了之后李理看见我还是有点感动，一个劲儿跟周围的人介绍："看，救火的来了。"我客气了一圈，发现大家全都跟火上房子了似的，火烧火燎的，包括李理。

这么一来我心里都有点没底了，跟李理说："要不你把项目资料给我看看吧。"

李理随手扔给我一叠东西："对了，你提前看看也好，免得到时准备不周出什么纰漏。给，这是你房间的钥匙。"说完人就不见了。

我翻开资料，扫了两眼，当场就蒙了——不是我不明白，这世界变化快啊，才隔了几年，当初那些词儿全变了，没人跟我说这个啊！

我拨开人群好不容易找到李理，他正急赤白脸地训人，我把他拉到一边，问："那老头儿什么时候到？"

李理说："晚上十点下飞机，你得陪我去机场。怎么了？你可别这时候放我鸽子啊！"

我看了看表，还有差不多十二个小时，应该没问题。于是拍了他一把："行了，放心吧。出发前打电话，之前不用管我。"

到了房间我一头扎进去狂看资料，边看边骂——幸亏我带了字典，不然连骂人都快忘了。接下来一天没出门，除了上了几次厕所，就是坐在书桌前，跟小学生一样恶补跟这次活动有关的一切内容，不懂就给李理打电话，饿了就随便点了吃的，实在太累了就听段昆曲，《金山寺》，听白素贞唱：他他他、他点破了欲海潮。俺俺俺、俺恨妖僧谗口调刁。这这这、这痴心好意枉徒劳。是是是、是他负心自把恩情剿。苦苦苦、苦得咱两眼泪珠抛。

等到天黑透了，终于准备得差不多了，各种资料朗朗上口，稍微修饰一下能吹出花来，就连那法国老头结束考察回国前一天晚上习惯叫哪种类型的鸡都知道了，看了看表，已经快八点了。我刚收拾了一下准备给李理打电话，手机响了，里面传来王媛急促的喘息，好像刚吐完："小北，你快过来吧，我实在不能喝了。"

_3.

挂了电话我就开始在心里骂彭永辉，王媛从前工作有个原则——不在办公室以外的任何地方谈工作，特别是酒桌。王媛不怎么好酒，除了我们，别人劝酒一般都不喝，即使喝也很有节制，一般人占不到什么便宜。她一向反对业务酒，看别人喝就难受，更别提让她自己跟客户陪酒了，还喝成这样。这一点不像韩文静，不管环境多么艰苦，形势多么险恶，都能在第一时间奔赴革命现场，最后一个离开。我冷静了一下，心想王媛酒量本身不错，喝酒也有点策略，能把她喝到喊救命，对手肯定不简单，我单枪匹马贸然前去不但捞不出王媛，恐怕连自己都得搭上。找谁去啊？还不能找男的。我狂翻通讯录，眼前一亮——万婕！

我打过去语无伦次地说：“万婕你还在深圳吧？赶紧救命吧！带上你手下那两员猛将去帮我灌死他们，妈的那么多畜生欺负一女的还是人吗！”

万婕正吃饭呢：“你让门挤了啊，说话不能慢点儿啊，畜生就是畜生怎么能是人啊？”

万婕说话有个特点，说话经常以“啊”结尾，听起来十分呻吟，十分押韵，冷不丁听上去好像挺有逻辑挺押韵的，其实远不是那么回事儿。万婕没上过什么学，但平时出入的都是高级场合，我跟她是在酒桌上认识的，一见如故，再见倾心。万婕酒量超好，我称她为“三斤俱乐部”的，加上她手下两员猛将，随便一喝就是八九斤，最重要的是，她们喝一杯的同时，至少给你劝下去三杯，多难搞的客户到了她们手里都得缴械，是我心悦诚服的职场杀手。后来有一次我写个本子需要素材还找过她了解情况，她的感情经历也很传奇，先是喜欢上一个比自己小的男的，在一起待了好几年，后来小男孩背叛了她，对她伤害很大，从此不相信男人。从那以后万婕开始痛恨男人，她放弃了所有乱搞的机会，就连那段时间她的座右铭都变成了“热爱生命，拒绝男人”。我猜她是伤大了。后来，一个偶然机会下万婕碰到一个小拉拉，非常迷恋她，感动之下万婕以身相许，变成同性恋，一年之后，小拉拉不声不响撇下她嫁人了。万婕姐弟恋失败，姐妹恋也失败，一怒之下干脆下海了。在工作之余，万婕不爱男人也不爱女人，她把自己蓬勃的青春都奉献给了各种奇怪的器械。我到她的住处去过，在她的床上发现过橡胶棒、开成震动状态的手机、按摩器，甚至电动牙刷等可怜的物品。万婕分析说，这些东西都比人要好，又安全又卫生，还听话，没有生理不应期。但是它们又分别有各自的缺点：比如手机嘛，力度不够；比如电动牙刷吧，噪声太大。她最喜欢的还是那个本来用来治疗关节疼痛的按摩器，这种东西不仅无声无息，而且力度持久，是她的最爱。一个月后，我再去看那个按摩器的时候，这个可怜的机器已经被她用得七零八落，支离破碎。万婕说，爱情全是狗屁，她人生中最值得骄傲的一段经历，就是在短短一个月的时间里，实现了从初级坐台小姐到高级坐台小姐的转变，紧接着又用半年的时间实现了从高级坐台小姐到高级妈咪的转变。她跟我说——你不知道啊小北，太刺激了，就跟你们上学跳级一样！我当时还恭维她说，你这哪儿叫跳级啊，你这简直就是保送！

要不说万婕够意思呢，我把情况一说，万婕当机立断：“我当什么呢，就这事儿啊！交给我了，小妹，埋单！全跟我走！”

听了这话我心放下来一大半，不过还是有点担心，毕竟我跟万婕这么久没见了，她们行业又这么不稳定，万一她风格转变改走别的路线，把生意搞砸了；或者，她干脆接了别的生意卖淫去了，那帮禽兽再把王媛非礼了……我越想越可怕，觉得怎么着都得过去看一眼，于是抓起包就往外走，在走廊里刚好碰见李理。

李理看见我挺高兴的，说：“刚好，你还挺有时间观念的，走吧，吃点东西再去机场。还有时间你不用跑——哎——不对——周小北！站住！你他妈的去哪儿！”

我边走边喊：“你别管我，有点急事我出去一趟，等下我自己去机场！”

一路上李理气急败坏地一直打电话，一接电话就是骂，说我不仁义，在这个时候撂挑子。我说我真的有急事，等下一定到机场。他又骂我故意对他进行打击报复，解释了几遍我也不耐烦了，干脆把电话掐了不接。王媛吃饭的地方离我很远，一个南边，一个北边，路上花了不少时间，等我气喘吁吁地赶到包间，莽撞地推开门，发现万婕已经率领他们喝上了，气氛十分热烈，一片歌舞升平，弄得我都想过去喝两杯。除了我见过的两员猛将，还多了两个新面孔，一水儿如花似玉、莺歌燕舞地在那儿劝酒，端起杯来干脆利落，一看就是经过万婕军事化管理的。我大概那么一算，一个三斤，五个就是十五斤，就算一对二也把他们喝死了。一桌全中年人，哪儿见过这阵势，乐翻了，才这么一会儿就不知道第几轮下去了，都给灌得不轻，色迷迷地左拥右抱攀亲热，有一个手都不利索了，端着杯就往脖子里倒。再一找王媛，早给安排到旁边沙发上坐着醒酒了，面前放着一壶茶水。我放心了，冲万婕点了下头，意思是结束后把王媛送回去，万婕知道我去机场接人，心领神会，冲我使了个眼色，张嘴就骂：“不懂事的东西！现在才来！你以为你是谁，姑奶奶啊，一桌人等着你，滚吧，这里不用你了！”我心花怒放，领旨滚出去，关门时候看其中一个男的半死不活的，像坐滑梯一样，一下子就溜到桌子底下了。

下楼打上车，差不多九点了，时间应该还来得及，我乐呵呵地告诉司机去机场，用豹的速度，司机斜了我一眼，估计是以为遇上精神病了，一路上没敢跟我搭话。电话不接以后，李理开始发短信骂我，一直到我进了机场大门都没停，我真怀疑他哪儿来那么多精力。走到国际直达，看了眼航班信息，法航那一班十分钟以后落地。远远看见李理，一脸肃穆，还咬牙切齿在那儿发短信呢，非常愤怒，非常投入，连我走到他旁边站好了都没发现。后来还是我忍不住了，抱着胳膊微笑着跟他打招呼："来了啊？忙着哪？"

_4.

接到法国老头儿，一路上给他讲珠三角近年剧变，讨论全球经济危机，顺带温室效应，吃了消夜，确定明天日程，送回房间，我都快累死了。就这样李理还冤枉我，说我狡诈，故意耍他，我懒得搭理他，心想你骂也该骂够了，老虎没力气你当我是病猫呢。我权当没听见，跟他打了个招呼直接回房间给万婕打电话，万婕说已经把王媛送回去了，看她睡了才走。

我问："现场情况是不是非常惨烈。"万婕告诉我："那几个啊，全在昏迷状态下被虏获了，一个没剩全送去开房。""你没让你手下的姑娘拍点艳照留着，万一他们不签合同还可以拿出来用用。"万婕大惊小怪地说："那哪儿能啊，我们也讲究职业道德，要这样谁还做鸡啊，我也直接拉项目去了。对了，今儿点的可全是茅台啊，跟你汇报一声，都他们要的，浪费啊！畜生，全都吐了。"

我心想点得好，反正都彭永辉的钱，把王媛逼成这样，也该他出点血了。

我对万婕表示感谢，她在电话里义薄云天地跟我说："得了啊，你可别跟我客气了，你的朋友就是我的朋友！再说，我有酒喝，你有合同签，这在经济学里叫什么？双赢啊！以后有什么好事儿多想着我点儿就完了。"

我灵机一动，对啊！那法国老头儿不就好这口吗？赶紧问万婕："国际贸易你做不做？"

万婕还沉浸在经济学里呢，骂我："你就别糟蹋我了，我可做不来，本钱多大啊那个！金融风暴你不知道啊，我一个哥们儿，卖摇头丸的，他们总公司都亏了四千多万了，这哪儿是金融风暴啊，金融海啸啊这是！"

我都快疯了，直接问她："我这儿有个法国客户你们接不接！"

万婕马上转回来了："接！法国的能不接吗？火炬传递那事儿还没跟他们报仇呢，我跟你说，我有个姐们儿啊，就想嫁法国人，不过得有文化的——哎，他是教授吗？"

我赶紧糊弄几句把电话挂了，心想现在的隐性产业真是不得了，对经济形势把握得比我到位不说，连爱国情绪都比我强。怪不得人说，现在有情调的都是这帮人，连黑社会的挽联都才华横溢，催人泪下：不信美人终薄命，谁教英雄定早夭。

接下来一个礼拜我鞠躬尽瘁、死而后已，没日没夜地，估计比万婕她们还累。从姿势上说，她们忙起来是四脚朝天，我忙起来是五体投地，一进房间躺下就能睡着，睡着了就再也不想醒来。白天不光得陪着法国老头儿珠三角七日游，应付各种专业领域的疑难问题，还得回答法国人临时蹦出来的许多奇思妙想，除此之外还要为李理跟他的友好交流充当翻译。晚上还得参观夜景，吃点消夜，感受饮食文化。我给足李理面子，有组织有纪律，坚定不移地贯彻他的各项方针政策，让我干什么我就干什么，指东绝不打西，毫不废话。李理都不好意思了，经常偷偷劝说：“小北，别这样，差不多得了，戏太过了啊。”

其间王媛给我打了个电话报告好消息，说单子顺利拿下，够彭永辉吃半年的了，问我怎么感谢万婕她们。我说算了，她们帮你拉客户，我也帮她们拉了个客户。王媛笑了：“她们也是做业务的啊？我就说嘛，那天我酒醒了往桌上一看，多了一帮白领，我还吓了一跳，心想怎么还有人这么明目张胆地抢客户。”我强忍着笑说：“对，她们也做业务。”不过没告诉王媛到底是什么业务，怕她知道了真实情况心里承受不了。韩文静则打了无数个电话，威逼利诱都用了，中心思想是催我赶紧回去，说在医院待着快憋疯了，王媛也常去陪她。我说你要觉得闷就出院呗，她坚决不干，说成帅没搞定之前决不出院。我说那你也不能永远在医院躺着，你那点儿伤早晚得好吧？没想到啊，这帮没有原则的东西，一个比一个有境界。胖子也只是见色忘友而已，韩文静为了男色舍生取义了已经，在电话里说，逼急了她再去撞一次。我也不敢劝了，说你一定要挺住等我回去再撞。樊斌打过几个电话，都是急匆匆的，我说你着什么急，很忙吗？他说怕打扰我工作，给公司造成不良影响。

一个礼拜之后，考察结束，法国老头儿对于吃喝住行都非常满意，就差个姑娘了。当天晚上，我让万婕把那位想嫁法国教授的姑娘发给他了。第二天，老头儿很满意，估计是被姑娘的敬业精神深深感动，在机场握住李理的手，一个劲儿夸他，说：“你是我见过的最有前途的中方工作人员，以后有机会希望你能到我们公司发展。”

李理问我："他说什么呢？"我第一次做了与事实不符的翻译："他说——在你们中国，男的就是不如女的好，你和我就是个典型的例子。"法国老头儿还跷着大拇指一个劲儿配合我，把李理弄得一头雾水，如坠云里雾里，不知道临走了怎么来这么一句。直到人家过了闸口他还没反应过来，半信半疑地问："你不是耍我吧？"

_5.

当天晚上的庆功宴上，大家都喝了，一个多礼拜非人的生活宣告结束，第二天是周末，渴望借助在酒精的催眠下多睡一会儿。我回到房间，呈大字形摔在床上，刚躺下就接到李理电话。

李理说："出来坐坐，我单独请你喝杯酒。"我哀求道："领导，算了，刚刚不是都请过了吗？早点睡吧，明天还得回广州。"李理不干，在电话里再三威胁："我知道你是有家的人，有家就了不起吗？你有几个家这顿酒也得喝。不来就说明你心里还记恨我。"我从床上爬起来，浑身跟散了架似的，没有一个地方不疼的。什么世道！流氓全装得跟大爷一样。这样下去以后我也敢随便得罪人了，得罪完了让他给我卖命，还逼着他陪我喝酒，接受我的赔礼道歉。

还好他约的地方不远，就在楼下隔一条街的静吧，我路过几次但没进去过，从外面看装修得挺舒服。到了里面一看，李理已经坐在那儿了，神秘兮兮地冲我笑。无事献殷勤，非奸即盗。

"说吧，什么事？"我毫不客气地把烟拍在桌上，没给好脸，跟黑社会谈判似的。李理挺奇怪地看着我："你什么时候还抽上烟了？我怎么不知道？"我说："你不知道的事多了，我不知道的事也多了，这都很正常。有什么话赶紧说吧求你了，真的挺困的。"李理看了我一会儿，没吱声。过了一会儿，表情开始伤感，跟变了个人似的，开口缓缓地说："小北，我知道上次把你伤大了，现在不管说什么你肯定也不往心里去，觉得我在这装腔作势假道义。你应该知道我是个什么样的人，这件事我有责任，我的责任就是不该当初去找你，不过你要说让事情重来一次，我还是会去的。会跟你说那些话。这不是什么哥们儿义气，跟樊斌没关系，看你难受我也不舒服，我是觉得，我去说总比让别人去跟你说要好，起码看着你什么反应我放心……"

李理低着头，在那越说越诚恳，把我说得都有点不好意思了，觉得他当初帮着樊斌骗我实在是用心良苦，完全出于一番好意，我还误会人家，还生气，真是太不应该了。可能是因为太感动了，我眼圈通红，都快要哭了。

为了避免继续感动下去无法收场，我打断他，抬手叫服务生。我说："李理，我知道你对我挺关心的，我领情。这件事就这么过去吧，不管怎样我跟樊斌婚都结了，你还老挂心上也没什么意思。什么也别说了咱俩喝酒吧——两打青岛纯生，一打冰的一打不冰的。"

酒逢知己千杯少，你见过连骗你都是为了保护你的兄弟吗？不容易吧？这样的都被我碰到了不得舍命陪君子一醉方休啊！我逮住李理往死里灌，他喝多少我喝多少。开始李理还有点怵，不知道我究竟走的什么路线，不过这个过程很快被忽略掉了，连着十几杯下去他就不知道害怕了，估计是被挑衅得怒了，开始主动找我干。我一看他这架势干脆也豁出去了，不就是喝酒吗？反正很久没醉过了，万婕那种我是拼不过的，王媛和韩文静又拼不过我，一般都是她们清醒我也清醒，她们醉了我还清醒。这次好不容易棋逢对手不练白不练，说不定还能把他灌倒了借机雪耻，了结夙愿。开始还边喝边聊，后来干脆没话了，只剩下祝酒词。再后来祝酒词都没了，就是单纯的喝。李理这人酒品还不错，酒量估计也比我好，喝了半天也没挑出什么毛病，好不容易逮住一次他杯底剩了点儿，我大叫一声："违规！"站起来把剩下那点儿酒都倒他头上了，之后觉得不过瘾，干脆拿起一瓶满的接着倒，直到倒完。李理愣了一下，不但不反抗，竟然还哈哈大笑起来，一边笑一边跟我说："哈哈哈，周小北，我就知道你得报仇，可让你找着机会了，哈哈，从今以后我可不用提心吊胆防着了。"听他这么一说我也大笑起来，俩人笑成一团。

等我睁开眼睛的时候已经在床上了，时间是凌晨五点，后来怎么喝的，喝了多少，怎么回来的，一点儿都不记得了，脑子里就李理说的一句话在那转啊转，也不知道是做梦还是真事儿——周小北，我跟你说了这么些，作为樊斌的朋友我今天对不起他了。不过你记住一点，作为你来说，与其两个人痛苦，还不如让对方痛苦。

_6.

坐在和谐号上我头疼欲裂，闭上眼睛天旋地转，恨不能立刻倒地而死。好不容易挨完全程，看看时间才七点。我发短信告诉韩文静我回广州了在回家路上，韩大小姐命令我立刻折返医院接她，陪她吃早饭。我一想也好，反正樊斌现在也没起床，不如去医院考察下她战果如何，成医生对残疾人士的同情到底有没有转化成爱情。

短短一个礼拜，韩文静在医院里阅尽人间冷暖，对各位病友生活和病情的了解远远超过了医生和护士，并对生活和婚姻提炼出自己的一套独特见解。我一到她就开始嚷嚷：“周小北你这个没良心的东西！快陪我出去！”

说完就从病房里窜到走廊，腿上的石膏还没拆，蹦着领我各个病房巡视，就像医院是她家开的似的，边巡视边跟我讲解：“你看右边床那女的，看到了吧，什么癌我忘了，她老公年轻的时候吃喝嫖赌占全了，还总打她，吃的那些苦就别提了。但是！打从她病了，她老公天天在病床旁边转悠，赶都赶不走。一听说出了什么狗屁新药抗癌，就骑着自行车满大街找，一找到就立刻冲回病房，刷一下撕开，媳妇，吃！赶紧吃！”

我附和说：“嗯，不错，挺好的。不过就怕活不到他良心发现就给气死了。”

韩文静说：“别打岔，你以为你们家樊斌比人家强多少呢。你再看那个，2号床那女的，来医院两个礼拜他老公就有外遇了，连离婚协议都不敢自己送来……你看你看，那个，更惨了。”

我一看，空的，什么人都没有，还以为自己眼花了呢，问她：“哪个啊？”韩文静叹了口气：“唉，死啦。”我后背一阵凉意，连忙拉着韩文静往前走，韩文静边跳边说：“小北，我算看明白了，女人啊，一定要吃好玩好喝好睡好，关键对自己好，千万不能得病。一旦病了，就有别的女人花咱的钱，住咱的房子，睡咱的老公，泡咱的男朋友，还打咱的孩子。”

我笑了：“不得病你住医院干吗？这叫对自己好吗？”韩文静又

长叹一声："唉。我决定现在就对自己好。走吧，给你个机会请我吃燕窝粥！"出了医院才想起来，广东专门的燕鲍翅餐厅很少做早市，于是韩文静决定改为用燕窝酥皮蛋挞和生滚鱼片粥对自己好，一路上都在跟我吹嘘她知道一家喝早茶的地方，燕窝酥皮蛋挞有多么经典，到了点上来一看，确实不错，燕窝很通透，丝丝盛在金黄酥脆的蛋挞壳里，都是嫩黄嫩黄的，韩文静食指大动，捏了一个就往嘴里送，闭着眼睛感叹人间美好，一会儿夸燕窝甜蜜柔软，一会儿夸蛋挞粉香酥脆，都跟成医生一样，令她欲罢不能。我对这些点心不感兴趣，唯一热爱的是榴莲酥。

刚想打听一下她跟成医生的进展，她突然想起来什么了，瞅着我开始讨伐："好啊小北。我都差点儿给忘了，不够意思啊你，这么好的事儿不带我去。"

我以为王媛把我帮李理工作的事儿告诉她了，赶紧解释，我是去工作的。

韩文静说："别装了！王媛都告诉我了，有个叫万婕的是吧，那么能喝的女的你都没介绍给我认识。"

我说："哦，她呀。估计你们谈不来，人家做妈咪的。"韩文静不干了："做妈咪怎么啦，做妈咪我就不能高攀了？"

我简要讲述了一下万婕的情况，文静更感兴趣了，一直追问细节。不得已我只能从头到尾把我知道的那点儿关于万婕的资料统统灌输给她，听完之后她连燕窝酥皮蛋挞都忘了，像恋人一样对万婕本人心驰神往，觉得她无比传奇，酒量又好又够义气，宛如隐居在江湖深藏不露的资深女侠，绝世高手，恨不能立刻赶赴深圳，追随她而去。我打击她说，干万婕她们这一行，打了石膏的腿在工作中多有不便，等她养好伤我带她过去引荐，她才安下心来，对付面前的一堆茶点。我说："你打算为了成医生就这么以院当家一直住下去？"她摇摇头表示，成医生是一定要追的，不过住在医院里恐怕不行，她决定改变策略，当天出院，争取想办法早日把战火燃烧到医院以外。

回家路上发现钥匙没带，于是给樊斌打了个电话，本来以为这个点他还没起床，没想到他非常清醒，对于我出差回来表现得十分开心。到了家他很热情，一进门就把我抱起来转了好几个圈儿。我心想怎么这么奇怪啊，这几个圈绝对超出他智力范围了，平时走几个月也就那样，这次才一个礼拜还把他给弄热情了。再环视一下，家里窗明几净，一尘不染，一看就是刚刚打扫过。

我笑着说："太阳打西边儿出来啦？这么勤快。"樊斌："知道你今天回来，好好表现一下嘛。累坏了吧，你坐着，我给你拿点儿吃的。"我说："不用了，我早上吃过东西了。"樊斌已经往厨房走了，边走边喊："那我给你拿果汁！"也不知道心情怎么那么好，还唱着小曲儿。我坐沙发上打量一下，还真挺干净的，心情没来由地好了起来。我说："樊斌！你快招了吧，是不是又找钟点潘干的？"樊斌在厨房里喊："什么啊，都我自己干的，不信你检查一下。"我心想怎么这么不真实啊，樊斌都多少年没干过家务活了。我侧下身去用手指在地板上划了一下，检查清洁成果——之前那个钟点工姓潘，表面上看挺干净，不过仔细一看就知道是幻觉，地板上一划一道印子。我划拉了两下抬手一看，嗯，不是钟点工干的，还挺干净。还没来得及得意呢，突然发现沙发角那里有个东西，我捡起来一看，一个粉红色的钥匙扣，上面还连着一把钥匙。我把它拿在手上，心里一凉，几乎沉到地底下。

樊斌从厨房端着果汁走出来，看我拿着东西也愣那儿了。我俩跟初次见面似的沉默了半天，樊斌贼喊捉贼地说："哎——这什么？"

我说："我正想问你呢，咱家来人了？"

还是樊斌聪明，片刻就反应过来了，笑着说："噢，我知道了。还忘了告诉你了，刚才韩文静过来找过你。我说你还不一定几点回来呢，她在沙发上坐一会儿就走了，估计就她落下的。"

我心脏直奔地心而去，心想樊斌你怎么这么倒霉，撒个谎都往枪口上撞。

我决定给他一个机会，装作什么事儿都没有，说："韩文静一大早来找我有什么事儿吗？"

"没事吧，有事就给你打电话了。估计是开车去画廊路过这儿，知道你今天回广州就顺便上来看看你在不在。你放那儿吧，我等下出去给她送过去。"

我吸了口气，放下钥匙，给他最后一次机会。我说："樊斌，我记得韩文静不喜欢粉红色，她说一看到粉红色的东西就过敏。"

樊斌把果汁放在我面前，继续装没事儿，无所谓地说："嗨，她那个人，神经兮兮的，丢三落四，说变就变，一会儿一个主意，别人不知道你还不知道嘛。"

鸡叫之前，彼得二次不认主。

樊斌坐在沙发上，打开电视，毫无目的地按着遥控器，眼睛却根本不在屏幕上，直直地盯着不知哪里。我沉默了一会儿，觉得更加头疼欲裂，不可忍受。我端起果汁，喝了一口，缓缓放下，轻轻地叫了他一声："樊斌——"他茫然地转过头来，"我刚从韩文静那儿回来。"

樊斌面无表情地看着我，脸色瞬间变得煞白。

_7.

在我的理解里，每个人心里都有两个或两个以上的世界。这么想的同时有点难为情，因为之前我经常笑话小资青年口中那种哀怨的调调——每个人心里都有一片海，每个人心里都有一座城堡，每个人心里都有一个彼岸——每个人心里地方太大了，基本都是复式结构的，能装的东西非常多，什么都有，基本上不用买房子了。不过还是得说，除了春夏秋冬，我心里起码经历了两个世界，前一个枝繁叶茂，郁郁葱葱，气象万千；后一个一望无际，混沌一片，无边落木萧萧下，不尽长江还没来。这其中的分界点就是我跟樊斌的结婚。

最烦别人骗我，特别是这种骗得一点儿技术含量都没有张嘴就来的，纯粹把你当弱智使唤。我突然想起当初李理告诉我樊斌快要死了的时候，当时我在脑海中闪过，要是樊斌真的死了，那我也不想活了，这种念头现在回想起来让我觉得羞愧万分，无地自容。不过好在我读过《左传》，用唯物主义世界观武装过自己，明白一个道理，知错能改，善莫大焉。

我站起来，特别善解人意地跟樊斌说：“谁的钥匙赶紧给人送回去吧，万一等着用呢？”樊斌抬起头，一脸难过地看着我：“小北，我跟她真没什么。”我站在原地向外望去，阳台上晾着我大老远跑去东站宜家买的白底黑花大床单，随风飘荡。人都领回家了，连床单都洗了，还说没什么，这不是自己打自己脸吗？樊斌现在怎么这德行，干什么还非得抓住手腕才承认，言下之意是批评我没捉奸在床吗？退一万步讲，就算他妈没上床，心也在一个被窝了。

樊斌还在那絮絮叨叨地解释：“……一个同事……就上楼坐了一会儿……怕你误会……”

我在心里猛劝自己，不能乱啊，千万不能乱，和平与发展是当今世界的两大主题。看看房间里周围这些乱七八糟的东西，都是我一手选的，砸了哪个都不值当，都是钱啊！我拼命稳住自己，期待用宠辱不惊的微笑、和平友好的语气跟他告个别，可最终还是失败了，话还没出口微笑变成了冷笑，声音也有点发抖，我抬手给了他一个耳光：“樊斌，你可以去死了。”一出门眼泪就下来了。

无处可去，只能折回医院，到了病房门口又听到韩文静在骂人，我在外面站了一下，不一会儿工夫就看刘炎一脸沮丧地出来了，我走进去韩文静还在那儿骂。

我说：“人家不就来看看你吗，至于这么生气？”

韩文静点着下巴：“不长眼睛的东西，看我也不分时间，成帅帅就快上班了，要是让成帅帅误会我有男朋友怎么办啊？”

我坐在床边，刚想跟她倾诉一下，胳膊一把被她掐住了：“小北！你来了太好了！快，我要出院！”

我吓了一跳，还以为她已经知道粉红钥匙扣事件要出去报仇呢，刚想问，韩文静又接着说：“我想回家了，闷死我了这些天——快帮我办手续去！”

我说：“你这么多天都没回家了跟你们家怎么交代的？”韩文静说：“我骗他们说我出去旅游了，喂！小北，有个忙你一定得帮我。”我问她是什么忙她死活不说，央求我去找医生看能不能把石膏给她拆了，说这么待下去她早晚会真瘸了。我去找医生，医生说韩文静这种是裂纹骨折，属于关节内骨折，关键是制动，不一定非得石膏固定，如果有特殊情况需要解开石膏也可以，但要避免运动坚持服药。于是开了点儿药，办了出院手续，我以家属的身份接韩文静回家“静养”。

韩文静说的帮忙是让我陪她去相亲。相亲的原因是，韩文静在外面躲了一个礼拜，上次那个“小海龟”天天给她家打电话做家访，礼貌地问候长辈之后，顺便问问他未来媳妇儿旅游什么时候回来，很想一睹芳容。韩文静她爸和“小海龟”他爸都等得不耐烦了，想赶紧促成这门亲事，韩老爷子听说韩文静要回来，在电话里要求她必须跟对方见面，然后才能进家门。等我知道这个消息的时候已经在车上了，韩文静说对方都到了，无奈之下只能硬着头皮陪她进去。

_8.

进去找了半天，才在一个角落里发现了一张大饼脸，暂且就叫他阿饼吧，阿饼看见我们表现得非常热情，主动站起来伸手打招呼。

韩文静一看，抓着我的手就要往外冲，我幸灾乐祸地说：“你怎么了，人在那儿呢！”韩文静快急死了，拼命掐我：“快走啊！靠！太丑了！反正他不认识咱们，走啊！”就在我扶着她转身的当口，阿饼迎上来了：“文静！你好你好，哎哟，你比照片上还漂亮！”韩文静一看脱身无望，干脆改变策略，打算吓退他，转过身来一脸愁容地悲叹一声：“唉——现在你都看到了吧？我爸没跟你说吧？其实，我是个残疾人，我不想拖累你，我……我走啦！”

阿饼愣了一下，转而打量了一下我，见我衣衫褴褛，神态憔悴，一脸倒霉地扶着韩文静，还以为我是她们家保姆呢，皱着眉头说："你们家小姐的腿……"

我很沉痛地点了点头："嗯，瘸了。"

阿饼倒抽一口冷气，估计心里在天人交战，好端端这么一个门当户对的美人，没想到腿脚不便，这可如何是好啊？

我跟韩文静一对眼色，韩文静已经快怒了："什么小姐不小姐的，你以为你还生活在旧社会啊！有眼不识泰山，告诉你，这是我好朋友，著名大编剧，作家——周……"

我实在听不下去了，赶紧打断她。阿饼恍然大悟："噢——对不起对不起。"

韩文静一扭头，借机想走，谁知阿饼天人交战已经结束，明显美貌占了上风，腼腆地看着文静，说："实在不好意思，刚才有点儿失态，文静你放心，我喜欢的是你这个人，不在乎这点儿小缺陷。来，咱们吃饭吧，来来。"

韩文静一副快死的表情，无奈之下只能在我的搀扶下走向桌子。阿饼可能想拼下档次，彰显一下品味，给第一次见面创建一个一见钟情的氛围，专门选了个贵的餐厅，结果好死不死，选了个法式的，偏偏这家餐厅我们常来，老板都认识。

阿饼边走边絮絮叨叨地说："我一直都很向往法国菜，我觉得国内现在饮食太不健康了，到处都是川菜、湘菜……"

乱七八糟说了一大堆，直到我们坐下他还在那儿攻击我们平时的饮食习惯，边说边翻菜单，一副可怜我们没吃过的样子帮我们介绍："这个看起来不错，这个也不错。"

文静眼睛翻了翻，回头喊了一声，直接叫过老板，理都没理他，全程法语点了我俩的菜，我在一边听得又惊又喜，全是贵的，头菜——我最爱的鹅肝蒸蛋，然后是奶酪烤龙虾、香煎肥鹅肝、照烧银鳕鱼，蔬菜是西蓝花和杏鲍菇，还有他们家最著名的神户牛肉和红酒，老板以为我们请客，本来开胃汤和小点要送的。文静说，这次坚决不让送，全部按照原价埋单。

实际上文静在大学时就没怎么听过课，法语还算凑合，因为她学法语的目的是为了看法国电影，至于英语就没法儿看了，一考试就抄我跟王媛的。有一次考英语笔译，韩文静坐得离我们比较远，卷子里面有一句话，A说：Are you serious? B说：No，I'm kidding.韩文静翻译道：A说，你是席而瑞斯吗？B说：不，我是凯丁。毕业以后，学的那点儿东西早就忘干净了，现在的水平也就能点个菜。不过即使这样也够把阿饼镇住了。

回头一看，果然，阿饼变成阿呆了，两只眼睛直勾勾地盯着韩文静，里面充满了崇敬、羡慕、惊艳等各种复杂的表情。本来就对韩文静的美貌惊为天人，这下又倾慕她的才华，估计此刻已经彻底爱上她了。

“文静，你平时都喜欢做什么？”阿饼双手捧着脸，无限纯情。“看书！”文静眼皮都没抬，信口胡诌。“啊！我也喜欢看书。这段时间，我在看一本书，《第二十二条军规》，感觉很不错。”阿饼首次发问就找到共同话题了，惊喜得无以复加。韩文静心思根本没在这上，又随口答道：“哦，那个啊，好像看过几眼，怎么啦？”阿饼疯了，彻底入戏了：“知音啊！知音！我觉得里面对尤索林的描写真是绝了，他的一生注定在矛盾中度过，这种折磨人的军规在作品中无所不在，像梦魇般使人无法摆脱。有时候想想啊，生活中就是有很多悖论，我觉得他说的真是很有道理……”

韩文静好不容易瞥了他一眼，表现欲上来了，估计是心想两家世交，怎么着也得随口给他扔几句，不能让人觉得自己什么都不懂，让他回去一说，给韩老爷子丢脸。韩文静边吃边说："噢，你喜欢战争题材。上次我看了一个社论，主要是讲孟良崮战役与经济管理学的关系，观点特别新颖，而且也条条在理，有时间找给你看看，比那些玩文字游戏的破书实用多了。其实啊，以经济的眼光看世界，战争也是一门经济学。"

阿饼基本已经进入癫狂状态了，至于韩文静残不残疾这回事已经完全抛诸脑后，全程迷恋地望着韩文静，眼中闪着幸福的泪光，笑意盎然。啊！我的眼中为何总是饱含热泪，那是因为我对这片土地爱得深沉。

_9.

一顿饭之后阿饼彻底被韩文静身残志坚的精神征服了，埋单的时候四千九，阿饼掏钱还算痛快，不过趁我们不注意顺手要了发票。这一点我很看不上他，吃个饭还等着回去找老爷子报销。韩文静对这种行为也很鄙视，她从来不这么干，还经常深明大义地跟我们说："我觉得我们家老头儿肯定有钱来路不正，我得帮他多花点儿，省得到时候让人查出来巨额财产来路不明。"

从饭店出来阿饼殷勤地要求开车送我们一段儿，我俩异口同声地回答："不用了！"阿饼前脚刚走，我就跟韩文静说："樊斌领人到家里了。"韩文静可能很久没喝了，刚才疯狂抢酒，现在有点微醉，饶有兴致地看着我："胆子不小啊，都领回家了，捉奸在床啦？"

我说："没有，走了。"

韩文静问："他没招是谁？"

我说："招了——他说是你。"韩文静一听，给气笑了，拖着一只废腿说："你把他叫出来，我踢死这个狗日的。"我刚想跟她说说粉红钥匙扣的情节，电话响了，我一接竟然是王媛，声音很低沉："你们去哪儿了，我刚从医院出来，说文静出院了。"

电话里我就觉得王媛声音有点不对劲，到了王媛家，看她整个人憔悴得很，像是几夜没睡了。

韩文静还没注意到，坐下就开始批判樊斌不是人："王媛，你看樊斌多不是东西，他要觉得结婚妨碍他自由那就别结婚，这才结了几天啊就给小北戴绿帽子。"

王媛很吃惊："不可能吧，还上次那个？"

听到王媛这么问，我突然想起从前写的剧本里一句对话，笑了，是说老公在外打拼，老婆在家里红杏出墙，后来东窗事发，老公愤怒地问：你为什么要给我戴绿帽子？老婆死不承认：没戴。老公继续逼问：到底戴没戴！老婆：到底没戴！老公实在没办法了，悲叹一声：说吧，到底给我戴了多少顶？老婆羞答答地低下头：没数。

韩文静看我笑了，不可理喻地瞥了我一眼："造孽啊，疯了，周小北疯了。"

我从兜里拿出钥匙扣扔到韩文静面前——临出门前我改变主意了，凭什么还她啊，在我家的东西就是我的。

韩文静指着钥匙扣，彻底怒了："樊斌说这东西是我的？我跟他拼了这个畜生！"

王媛永远是善良的，坚持先取证再调查，没有调查就没有发言权，拿起来看了看说：“你们就凭这个就说樊斌有外遇。说不定是谁恶作剧放他包里的呢，也有可能因为别的拿错了，或者他借同事的钥匙有用呢？”

韩文静还沉浸在对粉红色和樊斌的痛恨里：“樊斌这都什么审美，幼女情结还是恋童癖？上次那纸条就粉红的，这次又是粉红的，多找几个这样的能开个妓院了——哎，小北，不对啊！这俩货不会是同一个人吧？”

韩文静骂着骂着恍然大悟，不过这话倒提醒了我跟王媛，王媛疑惑地说：“不对吧，上次那个蕊蕊？她不是把樊斌甩了出国了吗？”

我突然感到有点烦，开始理解人们常说的，美好的婚姻，是视而不见的妻子和充耳不闻的丈夫组成的。之前我还觉得这种话纯粹是男人为了推卸责任编织的好听的谎言，该较真的时候就得较真儿。现在我彻底明白了，在婚姻里必须有一方装聋作哑，否则就是自寻烦恼。出门之前，樊斌的手机频繁震动，一看就是有人给他发短信，他还没来得及看。要搁以往我肯定半开玩笑地敲打他：“哪个妖精给你发的短信啊？什么火热的内容一遍又一遍的？”现在我连问都懒得问——其实我要想知道那钥匙是谁的，直接把他手机拿起来看一眼就行了。信息时代真是太害人了，那些靠正规途径无法出轨的女的勾引男人就剩下这一招了。从前有个哥们儿就是靠短信被拿下的，借着一堆烘托自己个性和气质的文字，让人忽略短信背后那张寒碜的脸和那颗想出轨的心，造成一种温柔似水海枯石烂的假象，很容易成功。为了隐瞒他老婆，还把这女的名字存得很隐蔽，拿起手机一看，发信人：我大姑。内容：我都快要想死你了，亲你。你的宝贝。再一查通话记录，净是什么大姑、二姑、爸、妈，分别是那女的家里电话、办公室电话、手机号码、另一个手机号码。

韩文静从前总结过，一般男人外遇有这么几个特征：一、总爱发短信，而且短信内容从来不让你看。二、手机里的通话记录永远是清空，一条都没有。三、借着工作忙，总是早出晚归，偶尔还夜不归宿。樊斌更厉害了，是这几种的结合体。

_10.

我站起来各个房间寻找打火机，在厨房一低头无意间看到垃圾桶里倒了一堆的菜，出来问王媛怎么回事，王媛叹了口气，开始讲述这堆菜的来源。原来王媛本来已经打算对彭永辉彻底死心了，在公司除了工作方面的连话也不跟他多说，刚好胖子最近开始疯狂追求王媛，每天几个电话嘘寒问暖不说，还一天一束鲜花，变着法儿地往办公室送。彭永辉一看慌了，想方设法跟王媛打探是什么人在追她，有一次还假惺惺地以退为进，跟王媛说："要是有合适的人，比我好的，对你也好，一定要好好考虑，总之我希望看到你幸福。"这句话彻底把王媛惹恼了，心想幸福你爹个头，我幸福不幸福轮得到你来说这话吗？你算老几啊？当即从办公室收拾东西回家，跟彭永辉解除包括工作关系在内的一切关系，从此井水不犯河水。彭永辉慌了，苦苦哀求王媛给他最后一次机会，说什么分手那不可能，他是心里觉得太对不住王媛了才会说出那种话，还说他三天之内一定把这件事处理好，末了，那么大一男的都哭了，可怜巴巴地跟王媛说："很久没吃过你做的菜了，能给我做一顿吗？”

我都可以想象出来这顿饭是怎样吃的——等待过程中的一分一秒都是催人心焦，王媛肯定三天没睡，怀着最后一丝希望在家里等彭永辉，终于到了第三天了，一大早赶去市场挑选各种彭永辉爱吃的，上楼以后洗干净，不停看表。看到时间差不多快到中午，估计彭永辉快要来了，就开始准备材料。然后把菜一盘盘做好，用盘子盖住，防止它们变冷，希望彭永辉一进来就能吃到热的。时间一点一点流逝，菜一点一点变凉，王媛失望地趴到沙发上，看着一大桌的菜发呆，心里在想：我在这儿一天一天地等着我的男人跟他老婆离婚，我还是个人吗？直到最后彭永辉也没来，王媛把那些菜连同心底最后一点希望一起倒进垃圾桶，决心与往事干杯，跟过去一刀两断。

韩文静有些不屑一顾：“这下死心了吧？他说离婚你就信，我早告诉你了，男人在这种时候本能的反应是维护家庭。”

我看了看时间，都下午三点多了，我说：“连个电话都没有？”刚说完，王媛电话响了，是彭永辉。韩文静一把抢过电话：“我来接——喂，我是韩文静，你哪位？哦，你可能再也见不着她了……王媛死了……就刚刚……对，你不知道吗——嗯，她是自杀的，节哀顺变吧你，再见。”

挂了电话，韩文静命令我给她开瓶啤酒，王媛在那儿苦笑：“干吗咒我死，我还没活够呢。”

我说：“我现在理解为什么樊斌当初骗我说他得绝症了，这招确实挺狠的，有机会我也吓唬吓唬他。”

刚说完没一会儿，楼下传来一声刺耳的刹车声，我跑去阳台一看，果然是彭永辉那辆BMW-X5，韩文静一直把它叫作——别摸我，插我。

我冲王媛说："彭永辉来了，见吗？"王媛表现得很坚决："不见！"我说："就算你不下去等下他也会上来，要不我和文静先撤吧？"韩文静"咕咚咕咚"喝了两口酒说："都别动！冷静！我下去！"

_11.

半小时以后，韩文静一瘸一拐笑着上来了，我站阳台上一看，"别摸我，插我"一路磨蹭着倒出去了。

我问文静："什么好消息把你乐成那样。"

韩文静笑着说："多了去了，对我来说都是好消息，不过对王媛可就不一定了，等会儿跟你说。哎——王媛，我帮你打探清楚了，彭永辉今天中午没来的原因是他闺女食物中毒进医院了！"

等王媛从卫生间出来，韩文静坐到地上，抱着酒瓶子，笑吟吟地看着我俩，看得我身上直发毛。王媛心都快蹦出来了，恨不能给她一脚。

韩文静终于开口了："唉，实在压抑不了我愉快的心情。听好了啊，第一个好消息是，彭永辉跟他老婆正式谈了离婚的事儿了。福尔摩斯明确表态，离婚是不可能的，如果彭永辉非要离婚，就先打断他的腿，接着破坏他搞外遇用的作案工具，然后一家三口同归于尽。"

我实在没憋住，笑了出来，我说："这演的哪一出，火烧太监吗？"韩文静一本正经地纠正我："不对，是火烧瘸太监。"我俩很不厚道地哈哈大笑起来，王媛也不知该哭还是该笑，脸上的表情十分复杂，好不容易表个态说："那他闺女怎么了？不会是她给彭永辉下毒下错地方了吧？"韩文静说："下毒倒不至于，不过彭永辉这段时间也被福尔摩斯折磨得够呛。”听完韩文静的描述，我对中年男人的同情心油然而生。据彭永辉说，他最近每次很晚回家，客厅里都没灯，好几次福尔摩斯穿着睡衣敷着面膜躺在沙发上，等彭永辉一走近就瞬间缓缓坐起来，一声不吭，“就跟鬼一样”；后来为了逃避恐惧，彭永辉睡沙发，好几次睡到半夜，福尔摩斯偷偷摸到他旁边偷手机，查通话记录，“就跟贼一样”。最惊心动魄的一段是，福尔摩斯知道彭永辉最讨厌榴莲的味儿，她自己也不喜欢，一闻到就想呕。可是昨天下午，福尔摩斯特意去超市买了两盒熟透了的榴莲，放冰箱里，等到半夜的时候，彭永辉突然惊醒，惊觉一股异香飘来，扭头一看，福尔摩斯跪在地上恶狠狠地看着他，捧着一大块榴莲咬牙切齿地一口一口咬着吃……

说到这儿韩文静想了半天没想出来该怎么形容，我试探着说：“是不是——就好像榴莲是彭永辉婚外情的作案工具似的？”

说完我就后悔了，这让我以后吃榴莲心里什么滋味啊！韩文静还在那儿哈哈大笑：“对！就这个意思！”总之彭永辉神经衰弱了，不止神经衰弱，韩文静说，“看样子也老了许多。王媛你快跟他分手吧，这老男人能给你什么？这世界上有意思的东西多的是，包括有意思的男人，你不要在一棵树上吊死。”

王媛半天没说话，突然冒出一句：“你们觉得我跟胖子在一起怎么样？”

我想了一下说：“胖子人不错，不过你跟他认识时间这么短，彼此还不了解，先接触一段再说吧，别急着下决定。”

王媛叹了口气：“接触有什么用？我跟彭永辉接触这么多年了，又怎样？到现在我也不敢说真正了解他。”

在我跟王媛讨论胖子作为接班人可行性的时候，韩文静在旁边一边喝酒一边玩我的手机，电话一响她顺手就接起来了："樊斌啊，你是不是一听周小北跟我在一块儿你就觉得挺放心的？告诉你吧，周小北她不在啦，她刚才——跟王媛一起——集体自杀啦！"

韩文静从一接电话就开始笑，到放下电话她自己在那儿已经笑得都快背过气儿了，也不知什么东西能把她笑成那样。电话再度响起，她以为还樊斌呢，拿起来一看，大叫一声："啊！啊啊！快，小北，接！"我以为什么大事儿呢，拿过来一看是万婕。我问她怎么想起来给我打电话了，万婕说她在广州呢。我说来广州怎么不提前说一声，她说："一点儿小事，在广州待两天避避风头。"

韩文静一听万婕在广州就不行了，在一边拼命捅我，暗示我晚上把万婕叫出来吃饭。我还在犹豫呢，韩文静胳膊一挥就把电话搅过去了，声音一下子变了，跟糖似的，柔情蜜意，婀娜多姿："死万婕，在广州哪儿，快出来，晚上我请你吃饭。"估计那边万婕答应了，韩文静更甜了，"就知道你会出来，等下定好地方我让小北电话你啊，对了，叫我文静就行了！"

我跟王媛在旁边听得鸡皮疙瘩掉一地，我说"韩文静，你怎么还会这样说话啊，比福尔摩斯还吓人。"

韩文静转过来仇恨地看着我俩，一改刚才的口气，凶巴巴地说："告诉你们，晚上一个都不许走啊！都得陪我跟万婕吃饭去。反正你们俩都失恋了，在家待着也没什么意思。"

我和王媛都有点犹豫，韩文静指着王媛："你！上次在深圳人家帮你那么大忙，现在来广州了，你好意思不去吗？过河拆桥啊！"说完又转过来指着我，"还有你！床都被占了你还想回家呀，赶紧离婚吧！"

Chapter 6

想搞个one night stand，还把对方吓跑了

_1.

韩文静跟万婕见面过程激情四射，非常肉麻，一进包间韩文静就点着万婕的胳膊，娇嗔地说："破万婕，怎么现在才来，人家想死你了。"

万婕也是一个德行，不甘示弱地皱着眉头："什么啊，臭文静，我要是早认识你早来了啊！谁让你上次不去深圳了？"

韩文静转过来看着我："坏小北！都怪你！要不然我跟万婕早认识了。"

冷不丁听俩女流氓这么说话真是令人切齿、发指，我寒毛都竖起来了，还没喝呢我就觉得醉了，浑身发冷，想吐。

韩文静在一边嘟着个嘴煽风点火，假装关切地问："哎呀，小北，还没喝呢就恶心，该不是有了吧？万婕你快看，樊斌刚把女的带回家小北就有了，算谁的？多倒霉。"

你见过葛优嘟嘴吗？葛优什么样她就什么样，我实在受不了了，暗地给了她一脚，刚好踢到她的那条废腿，韩文静惊叫一声："啊！我坏肚子啦！"说完蹦着朝厕所方向跑去，边跑边说，"别点酒啊！我找人送过来了！"

她走了，房间里清静多了，我们把菜点了，不一会儿老黄点头哈腰进来了，手里提着两盒茅台，一看就是有点儿年头的。我赶紧招呼老黄坐下。一介绍，没想到老黄跟万婕早就互有耳闻。

老黄说："哟！万姐！久仰了久仰了！"

我说："怎么的，认识呀？"老黄说："做夜场的哪有不知道万姐的，从前万姐带人去哪个场子哪个场子就火啊！以后有机会还请多多帮衬哪。"

万婕也跟他客气："别这么说啊老黄，你那里也挺不错的啊，手里的姑娘年轻漂亮调教得又好，以后可千万别去深圳跟我抢生意啊！"我们正说着，韩文静进来了，坐下一看，只有两瓶酒，当时就不太高兴："怎么这么小气啊，就拿两瓶，怕我差你钱还是怎么的？"老黄赶紧小声跟她解释，说韩文静要求太高，这两瓶还是好不容易搞到的，喝完了要是不够再想办法，然后又跟大家打招呼客气一下："我那边还有事，先走一步，等下如果有空赏脸到我那儿坐一会儿，我一定尽力安排。"

韩文静说："行啦行啦，你忙你的去吧！"转头问我，"哎，你觉不觉得老黄今天有点儿怪怪的？"

对于两个借酒浇愁的女人和两个狼狈为奸的东西来说，两瓶酒确实有点少。韩文静最近服用一种减肥药，最明显的一个作用就是让她坏肚子，而且来势迅猛，急不可耐。席间韩文静频繁地出入卫生间，她一出门我们就热烈干杯，她一回来我们就按兵不动，如此几轮下来，韩文静有所察觉，生忍着不去厕所了，想方设法找各种名目跟万婕喝酒。

韩文静说："唉！万婕，我最近喜欢上一个医生，又帅又正派，快，帮我想个办法，怎么才能让他喜欢我，我得尽快跟他结婚。"

万婕说："那他有没有女朋友啊？"

韩文静说："我都打探清楚了，女朋友是有一个，不过也是别人介绍的，认识时间很短。"

万婕说："那有什么难的，直接告诉他你喜欢他，把他约出来不就行了？"

韩文静一脸愁容："不是啊，他对我也算可以，不过都是一副我有女朋友了，只能把你当普通朋友的嘴脸，千万不能大意啊，我可是奔着结婚去的。我总结了，找男人就得找这样的，千万不能找周小北和王媛那样的。"

万婕说："哎哟！正派型的，你碰上稀有动物了。"韩文静眼波流转："破万婕，所以找你帮忙嘛，就知道你办法多。"万婕说："这好办，你过来。"韩文静把头凑过去，万婕在她耳边如此这般说了一番，韩文静听得无比认真，表现得朝闻道，夕死可矣。其间，还不停点头，时而惊讶，时而会心一笑，显得格外神秘。听完之后抱住万婕，宛如醍醐灌顶，一脸惊喜："天哪！太绝了！"

万婕一脸得意："怎么样？这招厉害吧？"韩文静彻底心悦诚服了，跟万婕二人眉开眼笑，频频举杯。我跟王媛见状也不甘示弱，王媛更是一心求醉，已经有点上头了，又接连敬了万婕三杯，说是为了感谢上次搞定了那个大客户。万婕说："没问题，以后再有什么业务包在我身上了。"

王媛一听这话顿时萎靡了，说："唉，可能也没什么业务了以后，我辞职了。"

韩文静这个不要脸的东西只顾着找借口喝酒，端起杯说："辞得好！来，为了庆祝辞职喝一杯！"

我随口说了一句："你还这么年轻，怕什么。接着找呗。"

王媛彻底入戏了，自言自语地在那儿说："我今年二十七岁，这个年纪也算年轻吗？二十七岁，开始保养了，可以忍受被叫阿姨了，可以把烦恼委屈看淡了。未来一片迷茫，一天到晚瞎担心。到了可以做妈的年龄，有时候却觉得自己还是个孩子。虽然不断成熟，似乎总也跟不上社会对这个年龄的要求。"王媛自顾自倒酒，问我们，"有件事情我一直没跟你们说，你们谁都不知道，想知道吗？"

我们都听傻了，谁也不敢搭话，只是摇头。王媛环视了一圈，下定决心坦白从宽："我跟福尔摩斯见过一面，是她约我出来的。"

_2.

我朝韩文静使了个眼色，意思是你知道吗？韩文静一脸惊讶的表情，冲我摇头，估计她也没想到这么大的事儿王媛都能在心里装得密不透风，连我俩都瞒得严严实实的。

我还不太确定王媛是不是喝多了胡说八道，我把王媛的脸转过来："福尔摩斯……约……你？"

王媛认真地点了点头："我没喝多。"

韩文静说："她找你干什么？"王媛眼泪都快下来了："没什么，就是聊天。她跟我说了很多，从彭永辉跟她怎么认识的，怎么恋爱的，到结婚生子，特别详细。其中有一段话，我记得特别深。你们想听吗？"我们几个面面相觑，不知到底什么情况。王媛用手撑着头，还想接着喝，我把她的杯子抢下来。她又把我的杯子端起来一饮而尽：“她说，王小姐，你知道吗？从前彭永辉跟我吵架，不管再怎么生气，我觉得他还是心疼我的。现在，就算不吵架，有时我也能看到他看我的时候那种眼神儿。我最怕那种眼神，里面带着厌恶，带着嫌弃，让我心里一阵一阵地发冷。我告诉你，你要是跟彭永辉结了婚，结果也是一样。”

听王媛说完，我身上也一阵一阵发冷。福尔摩斯这段话够狠的，干脆把自己打到地底下，打到泥里，揭了面具把血淋淋的内心给你看，触目惊心：你们现在不是好着吗？告诉你我跟彭永辉也是打小好过来的，看看现在又怎样？婚姻就是这么一个东西，有能耐把最真诚的东西变得虚伪，最亲密的关系变得疏离。想想我和樊斌，也是一样，婚姻不但是我们爱情的坟墓，还是性生活的坟墓，自打结婚那天起就进入无性婚姻了，大家都觉得没什么意思，好像婚一结完，任务也完成了，不需要再靠睡觉来维持亲密关系——有结婚证呢。偶尔想起当年我跟樊斌刚认识那会儿，双方激情澎湃不可按捺的流氓样子，都觉得脸红，心中难免怀疑那是我们吗，确定不是A片儿？

大家显然都被王媛的情绪感染了，也没人端酒了，饭桌上一片愁云惨雾。就在这时，奇迹发生了！从韩文静的方位传出一声异响，在寂静的包间里显得格外清晰——不光是气体爆破发出的声音，好像其中还混杂着某种液体。大家还沉浸在惆怅的情绪里，一时间没反应过来。

我循声望去，韩文静回过神来，发出一声短促的惊叫：“啊！”不叫不要紧，她这么一叫大家都不约而同地朝她望去。只见韩文静面色红润，犹如受惊小鹿，一脸的仓皇失措，心中有血海深仇似的看着我：“哎哎——”她的意思我明白了，是想警告我不要说。可是我明白的同时大家也全都明白了，以万婕为首集体爆发，整个包间顿时笑翻了。

我想说话怎么也凑不成句，眼泪都下来了，再看王媛在那儿捂着肚子笑得也快抽筋了。万婕更过分，指着韩文静，不顾形象地仰着头拼命狂笑，连小舌头都看得清清楚楚。韩文静恼羞成怒，拍着桌子骂脏话："笑个屁！快，你们谁——"我们小时候，民间曾经流传相当恶俗的人生四大悲：撒尿滋一鞋，拉屎抠破纸，喝汤洒一裆，放屁崩出屎。韩文静很遗憾地赶上了最后一种。

这次历史性的会晤因为韩文静的减肥药而提前草草结束，不过正如文静希望的那样，她给万婕留下了无比深刻的印象，直到回到酒店万婕还打电话给我夸韩文静是性情中人——爽！

我把王媛送回家，在路上转悠了大半天，发现无处可去，看了看时间才九点多。本来早上还挺难受的，现在小风一吹彻底好了，还有点没喝够，看来还真有回魂酒这回事。我翻了翻电话，突然想起李理，他家就在这附近不远，我心想好啊，昨天把我喝到不记得了，刚好今天趁机报仇。于是给他打了个电话，问他回广州没，他说在家呢。我说你家有酒吗，他说有的是啊，怎么了？我说那你等着，我亲自登门血洗你。

_3.

开门的时候李理吓了一跳，直往我身后看："樊斌呢？怎么就你一个人？"我嚷嚷着："一个人不让进啊，怕我非礼你怎么的？"李理把我让进房间，表情还有点惊恐有点疑惑，可能觉得我每次来都是樊斌带着的，这次怎么自己来了。别说他吃惊，连我自己都从来没想过有一天我会在晚上独自一个人敲另外一个男人的房门——我压根儿就没想李理是男的还是女的这条儿。不过进了房间我觉得了，房门一关，一种陌生的单身男人气息瞬间把我团团包围住，深更半夜孤男寡女同处一室的感觉还是有点诡异，特别是跟李理。

我把手上的绝味鸭脖递给李理，转身想走，李理更惊奇了："周小北，你昨天喝傻了吧？"

我说："怎么了？"

李理乐了："你不是自己说过来喝酒吗？我还以为你跟樊斌一起来，把酒都准备好了。"

我回头一看，餐桌那边收拾得挺干净，摆了一排珠江纯生，蔚为壮观，旁边还放着几样小吃，看着还挺诱人的。我走过去仔细观察，竟然还有我最喜欢的鸭舌。

"哎——哪儿来的？"

李理说："托人从杭州带的。"

"楼外楼的？"

李理笑着说："对啊，刚带回来，刚好被你赶上了。"我心念大动，要知道广州还不太流行吃这些玩意儿，我去了几趟杭州，唯一念念不忘的就是楼外楼的原味鸭舌。李理有个朋友常年频繁地往返于广州和杭州，我曾经多次央求他找人帮我带他都不搭理我，说我没出息，为了点吃的到处求人至于嘛，后来被我说得不耐烦了才答应说找机会问问，方便的话就让他带，免得我为了点儿鸭子身上的东西饥渴而死。当时我就觉得这话什么地方有点不对劲，直到后来才反应过来这畜生变着法儿地骂我呢。

"请问我可以打包一点儿带走吗？"我谄媚地问。

李理一看我有意退缩，就拿话儿激我："怎么着？刚才的能耐哪儿去了？昨天被我灭得彻底心服口服以后都不敢一个人跟我喝酒了，是吧？”

我平生最大的弱点就是不受别人威胁，特别受不了的就是激将法，一看别人激我就算明知道是陷阱我也得往下跳——更别说不是陷阱是楼外楼的鸭舌头呢？

别的不说，跟李理在一块儿喝酒的感觉还是挺好的。一方面他话不多不少，另一方面节奏把握得很好，不快也不慢，而且从来不逼人喝酒。我沉溺于鸭舌的美色，也没心思像以往那样监督他杯杯见底，所以气氛很融洽。我一高兴话就有点多，不知怎么的就跟他聊到当初在大学的时候跟樊斌是怎么好上的。

李理的原话是：樊斌英俊潇洒、风流倜傥，为人低调又有才华，怎么就看上我了，肯定是我倒追的他。

我说：“那都是假象，樊斌最会装酷了，从来泡妞都是那一套，以退为进，以不变应万变。”

李理问：“怎么个以退为进法儿？”

我说：“你真想知道？”

李理半笑不笑地点了点头。我说：“行，我给你学学啊，一般是这样的。”我挥舞着鸭舌头开始模仿以前的樊斌，“我不稀罕女孩子，我不屑婚姻，我喜欢现在的独身，因为能我行我素我自由，我用我的自由换取了孤独，孤独的人是高尚的人。当然女孩子就不同了，男人是女人进步的工具，我愿意为女人的进步甘当阶梯，来吧，从我身上踏过去，要狠。”

李理听完笑了：“你还别说，其实这是男人的心里话。就算结了婚，打心底里还是喜欢自由。”

我问李理："你说，男人和女人之间最致命的区别在哪儿？"李理摇摇头说："我没总结过。"我语重心长地告诉他："男人觉得两情若是长久时，又岂在朝朝暮暮。而女人却觉得，两情若是长久时，就得朝朝暮暮。"李理不赞成："也不见得所有男的都这样，毕竟有一部分结婚了，选择婚姻本身就意味着朝朝暮暮，像樊斌这样的。"我说："得了，结婚的原因很多。大部分是水到渠成，两个人交往几年了，算算年纪也是时候成家立业了，一方面得为女的负责任，另一方面，再不结婚也实在说不过去了。"

李理反问我："就没别的吗？"

"比如？"

李理想了半天："比如——就是俩人感情特别好，想要整天拴在一起。""感情特别好还用靠婚姻来拴在一起吗？再说，婚姻哪儿能拴得住一个人嘛，你要说吓跑还差不多。我跟你说啊，我一个哥们儿就是，跟一个女的爱得海枯石烂、死去活来的。那天，女的情意绵绵地跟他说，咱俩结婚吧！我给你生个孩子，眉毛像你鼻子像我，连叫什么名字都想好了，你猜他怎么做的？吓得落荒而逃，迄今都没出现过。"

看我越扯越远，李理也不乐了，正色看着我，说："得了，周小北，别扯人家，说你自己。有事儿在心里憋着不难受吗？说吧，今天到底怎么了，找我什么事儿？"

_4.

李理这么一问，我彻底不出声了。本来看到别人义正词严的样子我就来气，特别是这种总以为洞察一切当自己救世主的——谁给你的权力啊？还是万婕说得对，男人都差不多，脱了衣服是禽兽，穿上衣服是衣冠禽兽。我正在心里骂呢，手机响了，我一看是樊斌，直接调静音了。

李理问："是樊斌吧？"

我没好气地说："不是。"

李理又问："你俩吵架了吧？"我端起杯说："李理你烦不烦？你还能不能喝了？不能喝就直说，我可以饶了你。"李理无可奈何地苦笑了一下，有一搭没一搭地跟我喝酒。不知道多少个电话之后，樊斌改成发短信。我拿起手机一看："小北，还跟文静她们喝呢？电话都不接了。在哪儿呢，我能去不？别喝多啊，早点儿回家。"我最想不通樊斌的就是这一点——假装一切都没发生。这是樊斌跟我吵架一贯的伎俩，特别是他犯了错误之后常用的招数，装没事儿。你这边受尽折磨纠结万分难受得快死过去了都没用，人家那边该怎样怎样，一切如故。好像你做的一切都是幻觉，稍不注意流露出一丝端倪，人马上表现得很惊奇——怎么了这是，为什么事儿生气呢？使出去的力气全打在棉花上。

我也有点多了，一时间怒从心头起，恶向胆边生。我放下杯子看着李理，暗下决心，把他盯得都有点发毛了，问我："怎么了？"

我说："李理，你不是说喜欢我吗？考验你的时候到了，来吧，从我身上踏过去，要狠。"

李理愣了半天才反应过来，一下子从凳子上蹿起来，我还以为他要扑过来呢。闭上眼睛准备心甘情愿地迎接蹂躏，谁知他走到客厅中间去了，离我挺远，绕着圈儿打转，挥舞着胳膊，好像挺生气的，嘴里不停地在那儿说："我操，我操！"

我心想你光说有什么用啊，来吧，用实际行动表示?

李理不停转圈，直到把我转得头都晕了才好不容易停住，指着我开始大骂："周小北，你当我什么人，啊？你以为我跟你喝酒就是为了要跟你睡觉，是吧？告诉你吧，我是可怜你，是怕我不跟你喝你再出去瞎跑！从你一进来我就看出你有事儿，不光有事儿你还喝了！你当我什么人，你当自己什么人，趁火打劫是吧？"

我都听晕了，也不知是说我趁火打劫还是说他自己趁火打劫，按理说这也不算啊！大概他自己也知道自己有点语无伦次，都把自己气笑了，哭笑不得地指着我："还从你身上踏过去，要狠，我不知道你吗，周小北？少跟我来这套吓唬我，光说不练假把式，你也就一嘴上逞能的货，有能耐你把衣服脱了！"

他话音刚落，我很听话地站起来，直接把上衣脱了，只剩内衣。李理一看我这样了，知道我是来真的，脸都吓白了。

我俩跟打仗似的对峙了一会儿，李理说："行，你行！我把房子让给你睡，我走！"说完人一溜烟没了。

我站那儿都快绝望了，又开了一瓶酒狂灌进去——第一次想搞一夜情，人让我给吓跑了。

不知过了多久，我穿上衣服，关了灯，摇摇晃晃地准备下楼。我走到门口，李理却突然打开门，出现在我面前。我们在黑暗中对峙，他突然张开双臂，强有力地抱住我，铺天盖地疯狂地吻过来。

清晨，我从李理家下来，顺着马路慢慢往回走，过了很久才打到一个车，上车跟司机说了地方后，竟然迷迷糊糊睡着了。到了一看，地方是对了，不过计价器显示的是平时两倍的价钱。我懒得跟他争执，直接开了车门往下走，司机说："哎，没给钱呢！"我没说话，把车门一摔，浑身是理地转身上楼。司机也没敢拦我，估计是看我表现得太恍惚，心想诈不到就算了，醉鬼惹怒了不知道会干出什么事来，前两天内环刚发生一起司机被醉酒乘客捅死的命案，胆大的怕不要命的。也不知道谁得罪我了，反正就没来由地觉得我似乎可以对别人粗鲁一点儿了。

到了家，樊斌还没睡，坐客厅那儿上网呢。看见我又没事儿人似的迎过来，咋咋呼呼地说："又喝多啦？玩通宵啊？以后不带这样的啊，电话不接短信也不回。"

我没理他，径直走到卫生间洗澡，出来以后和衣去卧室躺下。樊斌的目光一直悄悄追着我，我走到哪儿他盯到哪儿，看我进房间他也跟过来了，低着头坐在床边半晌，不知道酝酿着想说什么。我翻身过去准备睡觉，手机响了。

韩文静在电话里慌里慌张地说："周小北，你这个变态！肯定是你出卖我！我要被人肉搜索了！"

我一头雾水："我刚到家，怎么了？"

韩文静说："你快上网，出大事儿了！"听她那语气就跟第三次世界大战在她楼下爆发了似的。我走到客厅上网，韩文静发过来一条链接，我打开一看，原来是天涯的一个帖子，标题叫"818如果你跟一大群男男女女出去玩，放屁时不小心把屎拉在裤子里了怎么办"，发帖时间刚好是今天晚上，里面说的情况刚好是韩文静今天晚上的类似遭遇。韩大小姐洗干净了坐家里上网，不小心看到这个帖子，顿时花容失色，以为自己的惊天大秘密被我暴露了，要找我拼命。我接着看下去，有很多正义的朋友回帖，还给她提供了很多可行性建议，一位朋友安慰她说："不要紧的，夹紧，不要剧烈运动。如果是固态的，悄悄移动到角落里把它顺着裤腿放出来。如果是液态的，更好办了，什么都不用做。晚上回家的时候肯定已经干掉了，把裤子搓一下就好像搓泥巴一样，它自己会掉下来，洗都不用洗。”我都快憋出内伤了，实在忍不住哈哈大笑起来，我跟韩文静说：“不错嘛，看网友对你多好。”韩文静恼羞成怒，直接下线了。

我坐在那儿不住地笑，怎么止都止不住，最后笑得胃都快抽筋了也停不下来。樊斌听到我笑本来就很吃惊，出来一看我都笑成那样儿，以为我疯了，站在卧室门口手足无措地看着我，不知道到出了什么事儿。我看着樊斌惊恐的表情，觉得很好玩儿，于是笑得更加厉害了。

樊斌小心翼翼地问：“小……小北，你怎么了？”我边擦眼泪边上气不接下气地说：“哈哈哈，没什么，樊斌，咱俩……咱俩离婚吧。”说出这句话的那一刻，我的脸上还带着笑，心里却狠狠疼了一下，好像被人活生生撕开一样。

_5.

跟樊斌提出离婚以后，我搬回我妈家住了一段，白天足不出户，专心在家赶剧本，晚上就到楼下一个小酒馆坐着喝点儿啤酒。小酒馆的名字叫十月，从十月往左看，二里之内都是鸡店。从十月往右看，二里之内还是鸡店。到了晚上，鸡店两边一溜烧烤，鸡们成群结队睡眼蒙眬地在街边吃一串烤腰子，然后抹抹嘴角赶上去晚九朝五假装意乱情迷。楼下有肉香，楼上也有肉香，场面十分壮观。几天下来还认识了一帮兄弟——王不留、老刘、IQ、晃晃、永哥、北风——都是喝酒的好手。时间长了有点儿习惯了，几天不来就好像少了点儿什么，有时每人叫上一打酒，什么菜都没有也能从晚上六点喝到早上六点。

开始还挺正常的，住了两天以后我爸觉得不对劲了，派我妈来问我："是不是跟樊斌吵架了。"

我说："没啊，感情好着呢，烦死了樊斌老让着我，想吵都不行，打他都不跟我吵。"

我妈一看我嬉皮笑脸的样子就放心了，心想我肯定平时在家作威作福欺负樊斌，劝我说："你现在不是一个人那时候了，你们这代人比我们差远了，不懂互相谦让互相关心，还有你得找时间跟他谈谈，你们俩都结婚了他老出差像什么话，还一走就是一个月。"

我说："妈，你放心吧，现在都流行这样的，两口子结了婚都不在一起住，偶尔见一面还增加新鲜感，小别胜新婚。"

从前我一有点儿什么事儿就想回家，想我妈，我总觉得自己很幼稚，心里挺不好意思的，事实证明回家是无比正确的选择。人干吗得结婚，就在家跟自己爸妈在一块儿待着多好，想干吗就干吗，还没有心理负担。我在家老跟我妈耍贫嘴，她让我往东，我就往西，我妈骂我小不正经，我就说这是遗传。闲着没事还跟我爸学了两手怎么做菜，年轻的时候可以不开火，总下馆子总叫外卖，等到了五六十岁还好意思呼朋引伴去饭店吆五喝六地喝酒吗？一群老头老太太带着假牙，颤颤巍巍地嚷嚷："哥俩儿好呀，八匹马呀，六六顺呀，没有没有。"一不留神再心肌梗死了——早晚得回家吧？还有好几十年的狗命呢，不学会几个对自己胃口的菜实在是太凄凉了。我爸做菜比我妈好吃，属于那种轻易不出手，一出手就让我惦记好几天的类型。做菜跟做人一样，讲究火候，我跟我妈都是急性子，我爸比我俩稳当多了。他是个乐天派，对我的影响很大，知道我好吃，从小他就拿吃的教育我：乐观的人看到的是一个油炸圈饼，悲观的人看到的是一个窟窿。

樊斌打过几个电话，说离婚是不可能的，想跟我好好谈谈，我说手里赶稿，过一段再说吧。胖子知道我跟樊斌的事儿之后把我约出去谈了一次，他劝我说，在男女关系问题上不能使用大陆法系的有罪推论，你先设定一个人有罪了，再去证明他无罪就比较困难，怎么看他都是犯罪嫌疑人。应该采用英美法系的无罪推论，在没有拿出确凿证据之前，大家都是清白的，这样才能好好过下去。胖子说："不就一把钥匙吗，能说明什么问题？说到底你是不信任他了。一个生活在不信任里的男人，可怜哪。"对于胖子的言论，我不置可否。抛去我对他信不信任的因素，我觉得樊斌最不切实际的一点就是，在我们的感情世界里，他一直扮演的角色是一个三十一岁的婴儿。

人越大，生活中产生惊喜的可能性就越小。即使是那些忽略时光忽略皱纹忽略一切自然条件不想长大的琼瑶式人物，也很难每时每刻真正相信自己只有十六岁，不过樊斌可以。总的来说这是一个心境问题，对于樊斌来说，直接追随自己最本能的情感走向就够了，仔细想想也未尝不是一种幸福。能随性而为本来就很舒服。记得我刚认识樊斌的时候，他还是当时小有名气的号称"用下半身写作"的诗人。那时的下半身写作不是现在泛滥的小黄诗歌，而是最早出现的小黄诗歌，好比在二十世纪八十年代搞一夜情，在二十世纪九十年代玩BBS，属于很先锋的行为。只可惜后来樊斌变成只会使用下半身，不会写作了。那时我就知道，让樊斌这样的男人只忠于一段感情是不可能的，他们的内心波涛汹涌、激情澎湃，随时准备动情，随时准备在激情的滋润下春暖花开，长生不老。世界上确实存在这种人，他们生来就柔情万丈，并且从不懂得拒绝。

昔日，圣者克利斯朵夫背负着一个孩子渡河，孩子非常重，他历经艰难终于到达彼岸，将孩子放下后，克利斯朵夫问："孩子，你是谁，为什么这么重？"孩子说："我是未来的日子。"

_6.

我跟文静和王媛每隔几天就见一次，王媛正在找工作，并且已经正式成为胖子的女朋友。我问她跟胖子在一块儿的感觉，她想了半天，说很难归纳到底是什么感觉，总之有点儿怪。不过她马上安慰自己，说两个人刚相处，肯定有些不习惯，过一段时间就好了。我知道她心里还是忘不了彭永辉，提到这个名字她本能地选择回避，脸上有痛苦的表情。我转而问她工作找得怎么样，她说非常不顺利，到处都在裁员，不裁员的地方也在减薪，全球经济正在迎接新一轮寒冬。好在她有少量存款，可以勉强应付日常生活和房贷，不至于为生计发愁。另外，胖子对她非常好，小到衣食住行，嘘寒问暖，大到联系猎头，为她找工作，无微不至，尽心竭力。王媛说："我真是应该好好珍惜，现在像胖子这种男人应该已经绝种了。"

我一直很羡慕那些从父母身边出来就直接投奔到一个好学校，从学校出来又直接投奔到一个好丈夫怀里，没吃过什么苦，没受过太大委屈，对于黑暗面看得多经历得少，单纯得近乎幼稚的女孩子。当我把这句话告诉王媛的时候，她认为我在说反话。我对感情有种天生的悲观情绪，王媛管这叫悲剧情结。其实除了王媛和韩文静，我身边还有不少这样的朋友，每当她们谈恋爱的时候我就感到紧张。如果我可以把控局面，那我会希望她们永远都不要恋爱，怀着敬畏和向往的心情，永远停留在对爱情美好的憧憬里不要出来。但我明白这是不可能的。有时我很想跟狗日的生活当面谈谈，反正我也这样了，不如干脆放过王媛跟韩文静，有什么坏事都冲我来吧。可是生活没有给我这个机会，它连鸟都没有鸟我，我只能无助地看着她们跟我一样，在通往傻×的道路上渐行渐远，直到无路可退。

另外一个突然对异性很好的是韩文静。她听取万婕的“泡良建议”，正式开始转型。当她第一次以转型之后的面目出现在我和王媛面前时，我俩几乎没把她认出来——马尾辫，运动装，球鞋，素面朝天，打扮得像个学生，相当纯情。

我问：“成晓峰就喜欢这类型的？”韩文静羞涩地点了点头，跟鹌鹑似的，王媛一口水直接喷出来了。我还比较冷静，说：“韩文静，这样转变会不会在角色上产生一种错位感，就好比把一个荡妇的灵魂装进处女的身体里？”

韩文静扭捏地说：“讨厌，你说脏话。”

我说：“除了韩文静三个字，还有什么是脏话？”她继续嘟着嘴装可爱。最后我实在没招儿了，只能搬出她上次跟万婕吃饭的“惊天大秘密”，问她现在还吃减肥药吗，上回那个病好了没有。她这才装不下去了，翻了翻眼皮说：“靠——畜生！”

除了打扮变了，韩文静连性情都变了，一言一行都洗心革面。我跟王媛总结了，凡是心中有念想的人就是这么不要脸，控制不住地想表情达意，不由自主地要惹人打击。为了在成成——韩文静最新给成晓峰医生起的昵称——面前装淑女，韩文静早上送早餐，晚上煲靓汤，通通给成成送去，有时炸点儿春卷什么的还经常有值班医生和护士的份儿。汤的花样也是天天变，今天冬瓜炖排骨，明天虫草炖老鸭，别人带着汤罐去医院看病人，她带着汤罐去看医生。成成最开始表现得很受宠若惊，很快就觉得不对劲儿，让她以后别送了，影响不好。

韩文静说："我女孩子都不怕影响不好你怕什么呀？再说了，我住院的时候你对我那么好，我让你别治了成吗？就当我替广大病号犒劳你们了，白衣天使嘛。"这招果然奏效，半个月下来，医院上上下下都把韩文静当成成女朋友了，见面都热情地跟她打招呼，有些不明真相的群众已经亲昵地称呼韩文静为"成太"。对于这种称呼，韩文静只是微微一笑，既不肯定更不否定。"哎，快，你们叫下试试。"韩文静指挥我俩。王媛试探着说："成太？"韩文静马上变幻表情，颔首微笑，整个一戴安娜王妃。我说："这成晓峰看来也不是什么好东西，他不是有女朋友了吗，还由着你这么折腾？"

韩文静突然惊叫一声："对了！小北，明天中午你得陪我去见个人！"我问她是谁，她故作神秘地说，"去了你就知道了。"

我跟李理还时常联系，不过对于那天晚上在他家发生的事，我们都选择性地进行忘却，刻意不再提起，假装一切都没有发生。我在他家过夜的第二天，也就是我从家里搬出来那天，我主动打电话给他道歉，他欣然谢绝。

我说："不好意思啊，昨天对你进行性骚扰了。"

李理挺给我面子，半开玩笑地说："不用这样。你那种行为，对方不愿意才是性骚扰，愿意就是奸情。其实我挺愿意的。"

后来他隔三差五打个电话给我，没什么特别的，都是逮着什么聊什么。他买了辆新车，偶然带我出去兜一圈，炫耀一下他的车技，再把我送回去，一路上也没什么话。我说："无事献殷勤，非奸即盗。你干吗对我这么好？"他说："是为了挽救失足女青年，减少社会自杀率。"我突然对他充满信任，连我做了什么梦都跟他说。说完他就一点一点给我分析，有一次我都听睡着了。

韩文静和王媛都以为我跟他睡了，我也没有多做解释。实际上，只有我自己知道，李理后来之所以回来，除了有一点儿喜欢我，更多的是不放心。对于那天晚上后来的情况，我不记得了，用李理的话说，我激情万丈地倒在床上之后就再也没起来，后来同床共枕，相拥而眠，像一对性无能患者一样没什么作为，直至天明。我估计是我醉得一塌糊涂，他实在无处下手，在床上给我喂水擦脸，整整照顾了我一夜。

_7.

第二天中午，韩文静到楼下接上我，说要带我去见一位重要人物。我问她："需要我陪酒还是需要我献身尽管吩咐。""什么都不用，就在旁边坐着替我打打气就行了，否则我心里没底。""是什么特殊人物能让你这么紧张？"

"是成晓峰现在的女朋友，叫小庄。"

"你约她干什么，不是要决斗吧？"韩文静没心思跟我多说，只是简单地解释了一下，说现在外部环境营造得差不多了，就剩下两个难关，一个是成晓峰女朋友，一个是韩文静父母。成晓峰女朋友这边只能动用万婕教给她的最后一个撒手锏了，至于父母那边她也没想好怎么办，上次那个阿饼现在天天缠着她，她不搭理他，他就去讨好她妈，现在全家都把他当女婿看。我问她那跟家里提过成晓峰没有，韩文静说提了，老头老太太一听是当医生的，死活都不同意，嫌没有经济基础。

我说："那就算解决了小庄这一关，下一关也没那么好过。"韩文静满怀信心地说："仗要一个一个地打，堡垒最怕从内部攻破，有我在呢怕什么。"我觉得她还真是挺在乎那个医生的。

我俩到了一个咖啡厅，韩文静挑了个靠窗的地方，给我安排在隔壁那张桌子，这样我就和文静面对面，小庄又看不到我，可以对她那边的战况了解得一清二楚，关键时刻还能给她使使眼色什么的。

我说："韩文静，你这么干缺不缺德啊？诚心把人往黄了搅。"

韩文静特别道德地说："这有什么。权当给他俩做次免费测验了。要是感情好我再怎么蹦跶也是笑话，要感情不好勉强在一块儿以后也是痛苦，还不如早点儿散了。"

我恍然大悟——敢情我们是在做慈善事业，社会公益活动。

过了一会儿，韩文静电话响了，我看她摁了电话冲门口挥手，小庄来了。没我想象中漂亮，不过比我想象中年轻。一说话就知道了，韩文静是装淑女，人家是真淑女。

韩文静招呼她坐下，问她喝什么，小庄特别有礼貌地说："你好，不用客气了。请问你是？约我出来有什么事？"

韩文静招手叫了杯苏打水，特别伤感地低下头："我知道我给你打电话约你见面很唐突，我……是成晓峰的前妻。"

小庄明显有点吃惊，不过情绪控制得很好："前妻？"韩文静说："嗯，你不知道他结过婚吗？"小庄犹豫了一下，特别善解人意地说："哦，不知道。不过这也没什么，我想可能是他不愿意提起那段伤心的往事吧。"韩文静继续循循善诱："那你就不想知道我们是为什么离的婚吗？"小庄低头喝了口水，好像有点紧张："大概……是感情不和吧。"韩文静语调苍凉，不堪回首："你只说对了一半儿。你听没听过一句话，一个女人想找丈夫，最好问问他以前的女人。而且……这里面有很多你想象不到的原因。"小庄沉默了一会儿，可能有点疑惑，再开口的时候声音坚定了许多："请问你能告诉我到底找我什么事儿吗？我跟他认识了这么长时间，还真没看出来他之前结过婚。"看来已经完全信了。韩文静胸有成竹地点头："嗯，果然。我猜你就不知道。"小庄有点急切："我能问问你们为什么离婚吗？"韩文静又开始饱经沧桑："这说起来话可就长了。"我听着干着急，一个劲儿给她使眼色，这么故弄玄虚下去人就跑了，再说有什么包袱啊还得这么铺垫，直接给不就得了？果然小庄也有点不耐烦了，说："那你就长话短说吧。"韩文静对我的暗示视而不见，自顾自地在那儿继续铺垫："我跟成晓峰认识是三年前，在一次朋友聚会上。那时他比现在还帅，我们俩一见钟情，闪电般地开始谈恋爱。那时他对我真的很好，温柔、体贴，我们俩在一起的时候，简直就像天堂一样……"

小庄有点听不下去了："你就说重点吧，你们这么好后来怎么会离婚？"韩文静不甘示弱："我总得先说我们是怎么结的吧？"

小庄没动静了。韩文静调整了下感情，跟真的似的："后来，在朋友的鼓动下，我们闪电结婚了。"小庄说："一结婚就什么都变了？"语气里有少许讥讽。韩文静否定了："不，我们的婚后生活照样很幸福，他对我很好。"别说小庄，我都有点听蒙了，怎么了这是？韩文静接着说：“可是我们幸福的婚姻生活只持续了一个月，就被一场突如其来的噩梦打破了。他跟我最好的朋友搞到一块儿了，被我捉奸在床。”听到这儿我有点儿失望了，多土啊这情节，我写剧本都不用了。小庄说：“这个故事真是一点儿也不新鲜。”

韩文静笑笑：“你错了，我那个最好的朋友，他是男的。”

我一口咖啡还没吞下去，直接被呛到了，不合时宜地狂咳起来。韩文静狠狠瞪了我一眼，我强忍着起身到洗手间去笑，还不敢笑得太大声怕外面听见，都快憋出内伤了。这小庄跟成晓峰算彻底完了。

等我从洗手间回来，韩文静已经在做总结陈词了：“……我跟你说这些，是一番好意，我不想你步我的后尘。一个女人爱上这样一个男人，真的是注定了一世痛苦，直到现在，我还没有从痛苦的深渊里解脱出来……”

我实在听不下去了，拿了东西出去在外面等她，我看不到小庄的表情，不过想也想得出来，可怜的孩子，肯定脸都吓白了。我心想万婕真黑啊，这么缺德的点子都想得出来。韩文静比她还黑，为了个成晓峰都学会演戏了，可以直接进影视圈了。

上了车韩文静就开始批判我，说我不够淡定，差点儿坏了她的大计。我说：“你这是叫我来帮你打气的吗？纯粹让我来看你演戏的。”韩文静不承认：“你还别说，我心里还真有点紧张，坏人看多了，头一回遇到这么单纯的，突然没法下手了。”

我懒得理她，让她直接送我回去，我妈刚才打电话催我回家吃饭呢。到楼下的时候韩文静问我：“你跟樊斌到底怎么办？不死不活的。”我说：“要么你死我活，要么不死不活，还能怎样？”韩文静叹了口气，没再说话。到了楼上，打开门一看，擅自离岗的后果很严重，我才一会儿工夫不在就被敌人乘虚而入了——樊斌坐在我家客厅里，跟我爸下棋。

_8.

我朝樊斌递了个眼色，意思是你都跟我爸我妈说什么了，樊斌一脸无辜，意思我什么都没说啊，还继续装×哪，怎么啦？

我走到厨房，我妈正在做菜，都弄得差不多了，其中还有我最爱吃的韭菜盒子，炸得酥软焦黄，香甜可口，一看就不想留我了，想弄顿好的把我打发走。我一直想学着做这个，却始终摸不着门路。从前我妈说："你看这形状就应该知道是怎么做的。"我研究了半天，很专业地说："是不是先把饺子包好然后压扁了？"从此我妈对我的厨艺就丧失了信心，再也不张罗着教我做菜了。

我跟她套话，问："樊斌什么时候过来的呀？"我妈挺开心地说："刚出差回来，一回来就奔这儿来了，连家也没回。"我这才放下心来。还有那么点儿感激他，庆幸他没把实话都说出来，跪地上祈求二老原谅。樊斌是抓住我弱点了，知道我从来都是报喜不报忧，特别是不可能当着父母的面跟他吵。我总觉得对父母不够好，最怕他们伤心，特别是我妈，她本来就心事多，睡眠不好，要是知道我结婚没两天就要离，从今以后她老人家就不用睡觉了，肯定天天睁着眼睛流泪到天亮。

我强颜欢笑地吃了顿午饭，又强颜欢笑地吃了顿晚饭，我收拾了桌子，洗了碗，坐下开始跟我妈聊天。天南地北，胡吹瞎侃，最后实在拖不下去了，天都黑了，我爸都困了，我妈说："樊斌啊，都这么晚了，要不你们今天别回去了，就住这儿吧？”我赶紧收拾东西，拿了电脑，跟樊斌回家。

其实我的信心一直在瓦解。表面上看来，我越来越找到了一个人生活的乐趣和好处，而实际上，我早就知道这场闹剧最后必定会以某种我不情愿的方式无疾而终。到目前为止，唯一对这场婚姻感到安慰的是我的父母，这是它仅存的一点儿可怜的意义。而且，不可否认樊斌对我还有感情，这一点从他的眼神里就可以看出来——虽然那不是爱情，那是平时浑然不觉，一旦失去便会痛彻心扉的东西。除此之外，我们之间还潜伏着一个最可怕的杀手，它无处不在，日夜随行，哪怕激情已经不再，婚姻形同虚设，二人同床异梦，它也不离不弃，始终跟在我们左右，像空气一样无处不在。我是说：惯性。惯性的意思就是一旦打破就会觉得哪儿都不舒服。当然，这个意思也是，就算你不打破了，也不见得舒服。

到了家之后王媛给我打了个电话，说她母亲身体不太好，想最近让她弟弟带到广州检查一下，问我认不认识医院的人可以约个好点儿的专家门诊，我问她知不知道哪方面的，她说好像是胃病，吃东西总疼。我打了一圈电话，终于问到一个久未联系的酒友，他一口答应下来，说没问题，安排好了给我电话。我道了谢，再打电话回去告诉王媛已经找好人了，让王义直接带老人过来。

在我忙活这些事儿的时候，樊斌一直坐在沙发上看着我，我走过去，在他旁边不远处坐下。

樊斌说：“小北，咱俩别闹了。”语气很诚恳。过了很久，我点点头：“嗯，不闹了。”

樊斌说：“上次那件事，其实……”我采取从前他骗我那次一样的做法，摆了摆手，阻止他说下去。是真是假对我来说其实已经不重要了，至于他们采用的是男上女下还是女上男下，个中乐趣我更是无从参与。当天晚上，我躺在床上背对着他，一直都没有睡着。不知道过了多久，天际微微发白的时候，樊斌突然从背后抱着我，很小声地喃喃自语："我突然想起咱们从前住在301的时候，那时候日子过得挺苦的，你总哭。现在日子好了，你也不哭了，可是我们都没从前那么开心了。"我记得那个房间，是我和樊斌第一次同居的地方，很小、很破，没什么家具，房东也很苛刻。我俩都刚毕业，我在广告公司工作，樊斌刚进现在的公司，刚认识李理。那时我们经常吵架，不过也经常和好，不管是吵架还是和好都很激烈，经常吵着吵着就破涕为笑，我们时常跟对方说些掏心掏肺的话，并且坚定地不以为耻，反以为荣。听到这句话，我感觉眼角和背后同时有温热的液体滚落下来。

樊斌很会哄人，不像李理——有次我摔了一跤，他赶紧跑过来，关切地问："哎哟，手机没摔坏吧？"可是，我感觉躺在我身后抱住我说话的樊斌那么遥远，仿佛远在上辈子，至少也是几十年那么远。从前每当我听到他这么说话就会感动地哭，现在我也在流泪，我努力地寻找当初那种感动的感觉，却发现它早已消失地无影无踪。我翻了下身，望着空洞的天花板，很想跟樊斌说说话，却不知到底该说些什么。最后我说："樊斌，我跟李理上床了。"

_9.

樊斌气疯了，后来，无论他怎么逼问，我都咬紧牙关，对此事只字不提。我说：“要是真对细节那么感兴趣那你看黄色小说去。”

两天后，韩文静打探到，成医生跟小庄彻底分道扬镳。成成打了电话过去追问分手原因，对方语焉不详，匆匆挂线，再打，连号码都换了。韩文静给万婕打了个电话，一方面汇报阶段性胜利，另一方面展望未来。万婕告诉她，男人这个时候最需要安慰。又过了几天，韩文静正式宣布与成晓峰确立恋爱关系，不过宣布这个消息的当天她非常不高兴，甚至可以说情绪相当低落。

我们坐在新开的粤式火锅店，韩文静双手握拳，目光炯炯，充满愤怒，根本不是谈恋爱应有的表情。我和王媛再三追问，韩文静才很不情愿地讲出实情，原来在她情场得意的同时，家里却后院起火，韩文静的爸，快六十岁的人了，突然铆足了劲儿要跟她妈离婚，什么理由也不说，逼急了还骂人。韩文静和她妈一口咬定老爷子为老不尊，在外面包二奶了，老爷子拍着桌子说：“随你们怎么想，我就是要离婚！法律都规定婚姻自由，老子活了大半辈子连这点儿自主权都没有了！”

说这话的时候韩文静正在跟我们拍桌子：“你们看看！他还有理了！这个老不正经的，离！谁怕谁！我告诉我妈了，大胆跟他离，我早晚查出这个狐狸精到底是谁，不把她大卸八块我不姓韩！不对，我现在就不姓韩，你们记着，我以后跟我妈姓，都叫我江文静！”

我和王媛都很震惊，为了避免姓氏纷争，当机立断省略掉前缀，只叫她文静。我说：“文静，其实老人就跟小孩一样，他们冲动你不能冲动，你一冲动就等于火上浇油了。”

王媛也劝她：“老人有时候是这样的，气头上的话不能当真。你回去劝劝吧？老两口都一起过这么多年了，怎么可能说离就离。”

韩文静都快哭了，带着颤音说：“你们不知道，这个老东西鬼迷心窍了，不光不要我妈了，连我都不要了。我说，你们离婚我跟谁啊？你猜他怎么说？他居然说，你早过了法定监护年龄了，有自主权，少拿这个威胁我！我昨天才知道，他拖着我妈，去把离婚证都打了……”韩文静抽泣着说完，号啕大哭起来。我和王媛面面相觑，不知该如何安慰，干脆闭嘴，让她哭个痛快。

大概过了一顿饭工夫，韩文静终于哭完了，抹了把眼泪说：“我一定过得好好的给他看看，他不是不让我找医生吗？我偏找！我要跟成晓峰结婚！”

我大惊：“不能啊！结婚一定要慎重！你看我现在就是个活生生的教训。”

韩文静讥讽地看着我：“你怎么了？你跟樊斌还不是过得好好的吗？除了整天吓唬我们害我们替你操心，我也没看到你有什么特别实际的行动。”

我懒得进行自我批评，喝了口汤，正色告诉她：“我没什么特别行动本身就是这个婚姻最严重的后果。什么叫难言之隐知道吗？”

韩文静说：“我就不懂了，都到这份儿上了为什么不离婚呢？别人有孩子吧还说得过去，还可以把孩子当借口，你们又没孩子，樊斌不是给你下了什么蛊吧，连王媛跟彭永辉都分了……哎！对了，彭永辉最近怎么样了，还缠着你吗？”

王媛有点不自在，搁往常肯定随便找个借口岔过去了，估计今天是照顾韩文静情绪，回答说：“听说情况不太好，公司业务一落千丈，新招的经理不太熟悉业务，连我上次拉的客户也跑了。”

韩文静有点担心，都是被我吓的，落下病了，盯着王媛惊恐地说：“你不会跟周小北似的，一激动又回到他身边帮他吧？”

不过韩文静的担心也有点道理，为了骑驴找马，王媛临时找了个广告公司的工作先做着，工资还不到从前的三分之一。我也生怕她反悔，再次投向虎穴，看这样子肯定跟彭永辉还有联系，要不怎么知道他公司情况这么清楚。

王媛看着我俩，惨兮兮地笑了下："你们放心吧。我哪儿还有心思顾得上他，这段时间净忙我妈的事了。再说胖子对我这么好，我也不能对不起他。"

我这才想起来王媛跟我说过要带她妈来广州看病，问了下情况，她说已经检查过了，介绍的人很帮忙，胖子也陪着去医院了，几乎没费什么劲儿，不过结果明天才能出。

"我真是挺担心的，她那么大年纪了，平时也不注意身体，要是万一……"

我没让她说下去，拍了拍她的胳膊说："放心吧，明天我陪你去医院拿结果。怎么样，你妈对胖子还满意吧？"

王媛苦笑一下："还能怎样，我妈那人，都快钻钱眼儿里了，就盼着我能找个有钱的。刚看到胖子还行，一问收入，知道胖子刚从国外回来，还没收入呢，立马就不高兴了，脸拉得老长。不过胖子对我妈真不错，我妈再怎么给脸色，他都假装没看见，忙前忙后的，多亏了他。换了是我，都不一定做到他那样。"

我后来才知道，樊斌和李理在公司公开打了一架，据说樊斌到办公室二话不说直接冲到李理面前，挥过去就是一拳。李理当时没说什么，不过也没轻饶了樊斌。双方都不好意思把奸情摆在桌面上，只能埋头闷打。隔天李理辞职了，给樊斌打了个电话，说我确实跟周小北睡了，怎样吧？樊斌气得跟困兽一样，满心愤慨无处发泄，整天在家里乱转。我俩之间的对话经常是这样的——樊斌：去哪儿了？我：跟别人睡觉去了。樊斌：睡得好吗？我：还不错，跟你差不多吧。你呢，你跟别人睡得好吗？

我们在对彼此疯狂的伤害中寻找出路，然而还是没有出路。只是我觉得挺对不住李理的——倒没自作多情到以为李理辞职是因为我，不过在大庭广众之下打架总不能算是什么光彩的事儿吧？

_10.

第二天我一直在弄的剧本接近尾声，我一咬牙违背心意听从投资方意见写成喜剧，大团圆，各回各家，各找各妈，皆大欢喜。剧本就是这么个东西，想把它写成什么样就可以写成什么样，不管什么样的结局都可以找到理由让它成立，不像生活，常常会走到你愿望的反面。

写违心的东西就是比平常困难，剩下的一集用了以往两倍的时间，好不容易糊弄完了发过去，万婕来了个电话，说风头过了，她要回深圳了。我问她要不要安排一下，饯饯行，万婕说："得了吧，我还赶着卖淫去呢。"我在电话里骂她，太不地道，给韩文静出那么缺德的主意。

万婕哈哈大笑，笑完了问我："你们是不是都觉得我跟韩文静挺投缘挺合得来，性格挺像的啊？"

我说："也没都觉得。不过你俩都挺爽快的，怎么了？"

万婕说："我确实挺喜欢她的。不过我跟她可完全两回事，她是生下来就潇洒，那是真潇洒，我是假的，唬人的。干我们这一行儿，装爽的时候比真爽的时候多了去了，心里头多少苦乐都得自己装着，用句流行的话说叫，装×后挨打，我依然潇洒。我要是像韩文静一样生在那样的家庭，吃喝不愁，那我就是真爽快了。”

万婕很少跟我说这些话，我也不知道她这些天到底出了什么事儿，不过我确实知道人有些时候表面上得硬着头皮假装不在乎，心里其实比谁都在乎。

跟万婕聊了一会儿，挂了电话一看时间都快到五点了——我跟王媛约的五点半在医院门口儿见。赶紧收拾了东西下楼打车，一路塞到医院门口，到了已经五点四十分了，到处瞅也没见着王媛人影。我一个人往门诊科室走，想到里面找她。我一直不喜欢医院，不管多少人在那里走来走去，总是有股冷冰冰、阴森森的气氛，这一点，医生护士态度再好也改变不了。我走到三楼，看到王媛站在走廊里，手里拿着病例，眼泪在见到我的那一瞬间无声落下。

我看着王媛母亲的病历，上面是我们最不愿意看到的结果：胃癌晚期。我能身临其境地体会王媛的那种痛苦，在这一点上，我、王媛、韩文静都是一样的。或许我们处在心理幼齿阶段，远远不够成熟，即使是在想象中，都无法承受某天可能失去父母的那种痛楚。道理谁都懂，生死荣辱是人都得走，可依然无法面对哪怕是这种可能性。是的，这种可能性本身是可耻的，让我感觉那种情况一旦发生，我将在世间无依无靠，无法存活。无数个夜里，我因为这种可能性而导致泪水无声放肆奔流。我勇敢而懦弱地想，要是某天父母有一个不在了，我也不活了。当我把王媛的头放在我肩膀的那一刻，我突然觉得我们三个恍若乱世中的诺亚方舟，生活在不停想方设法地伤害我们、折磨我们，我感谢生活手下留情没有把我们赶尽杀绝，因为每到关键时候我们幸亏还有彼此可以依靠。在那一刻我决定，不管生活怎样伤害我们都好，可是我们永远都不要互相伤害，这就足够了。是的，事到如今我心存感激，感激生活给了我樊斌的同时还给了我韩文静和王媛。

在王媛去卫生间洗脸的时候，我很不道德地翻了她的包，搞到了她的银行卡，用手机记下了卡号。

从医院出来，我实在不敢注视王媛的表情。我坚持送她回家，她很平静地说："不用了。我想一个人走走，冷静一下。"我跟在王媛后面，保持一定的距离，看着她孤独而又假装坚强地一步步朝家的方向走去。街上的人依旧来来往往，熙熙攘攘，快过王媛家楼下的时候，透过拥挤的人流，我看到她突然蹲在地上，失声痛哭。那一刻我有点绝望，因为我知道，这种悲伤根本不需要安慰。

直到看见王媛走进小区，我才打了个车折回家。我冲到卧室，取出我妈给我准备结婚用的五万块钱，直接冲往楼下。樊斌已经回来了——他最近回家都很早，看我理也没理他，拿了钱往外走，一下子蒙了，愣在原地没动，搞不明白我是被人以某种控制神智的手段敲诈勒索了，还是干脆拿了钱想跟奸夫跑路。

我跑到楼下的二十四小时自助银行，先把钱存到卡里，再转账到王媛账户，我最不爱进银行大厅操作业务，除了极其有限的几个商业银行比如招商银行，其他的大银行都是沆瀣一气，业务和服务态度都是出了名地差，这一点从它们银行名字的英文缩写就可以看出来了——中国建设银行，CBC，存不存？中国银行，BC，不存。中国工商银行就更直白了，ICBC，爱存不存。

我给韩文静打了个电话，告诉她这个消息，韩文静的第一反应跟我一样，她在电话里说："小北，你把王媛银行卡号搞来，咱俩往里打点儿钱，让她先救救急。那老头儿从家里滚蛋了，给我们娘儿俩留了一大笔钱，我正愁没处花呢。"

Chapter 7

在爱的路上拼命狂奔，华丽跌倒

_1.

韩文静嘴里的“那老头儿”就是她们家老爷子，自从老爷子提出离婚以后，韩文静就这么称呼他了。老爷子老当益壮，身手依然敏捷，作风依然硬朗，没用几天时间就排除一切阻力，硬拉着她妈去扯了离婚证，火速从家里搬出来，跟他们母女彻底脱离关系，净身出户。我总觉得老爷子这么做有点诡异，都那么大岁数的人了，哪能毫无征兆地就第二春了呢？起码也能从平时生活中的蛛丝马迹中找到一点儿线索，比如会使用短信息功能啦，出去锻炼的时间明显比从前长啦什么的。就算一时贪图年轻的感觉，也不至于这么干脆地抛妻弃女，丧失理智。我跟韩文静提过这个疑虑，韩文静一口咬定老爷子鬼迷心窍，贼心不死。这一点我也能理解，人在愤怒的情绪下是无法进行任何理性思考的。韩老爷子离婚事件成了一个解不开的谜团。

不过我总算知道韩文静这火爆性格是遗传自谁了。人类真是越来越发达了，从前，在医学范畴来说，只有基因可以遗传。到了他们父女俩，离家出走也能遗传了。韩老爷子从家里搬出来第二天，韩文静就把她妈送到一个旅行团出去旅游了，让她妈散心，免得坐在家里以泪洗面，触景生情。紧接着，她自己也从家里搬出来，住进了成医生家。我说："你现在奸计得逞了挺滋润吧。"韩文静在电话里叫："滋润个鬼！你快过来看看我，我现在孤苦伶仃，快闷死啦！"

从银行出来，我直接打车去韩文静住的地方，我跟樊斌现在剑拔弩张，表面上还可以，起码还维持着基本的和平，其实内里波涛暗涌，硝烟弥漫，稍有不慎就会走火。我知道樊斌心里都快气炸了，从他看我那眼神儿就能看出来，肯定是一想起我和李理上床血就往脑子里冲，恨不能把这对狗男女就地正法，碎尸万段，再悄悄烧了把骨灰撒到海里——还不能撒到同一个大洋，估计得一个南半球一个北半球，一个扔西伯利亚，另一个随便撒在南非某个小水沟里，永世不得相见。

到了韩文静说的那地方，刚好碰见她从市场买菜回来，一副小媳妇样儿。我大吃一惊，说："难道从前你送到医院那些汤都是你亲手做的？我还以为你都在外面打包的呢。"她真是装匀了，装得性格都错乱了，跟我都一时半会儿扭不过来，还一边笑着，一边乖巧地点头。好半天才反应过来，撕下面具，长叹一声："妈的！累啊！"成晓峰喜欢温文尔雅型的，听不得女人说脏话，我真怕她哪天憋出病来。

去韩文静的新家一看——说是家，其实就是医院两室一厅的单身宿舍，很简陋。我很惊奇韩文静在这样的环境里也能坚持下去，看来为了男色她没什么干不出来的事儿。我向她咨询同居情况，幻想各种香艳情节，韩文静一脸正气地推开一扇门，又推开一扇门，跟我说："你自己看。"我一看，左边一个卧室，右边一个卧室，都整整齐齐的，有床有枕头和被子，其中一张床上还铺着韩文静经典的全套床上用品，上面的图案是抽象的黑白花朵，我们之前总开玩笑说那是小黄床单，很像一个法国女画家笔下的性器官。

我说："这是什么情况？等洞房之夜哪？"

韩文静叹了口气："唉！看来传统型的也不好，都什么年代了还跟修道士一样，每天回来我俩一人一个房间，跟合租似的。"接着韩文静开始抱怨，"成晓峰这人哪儿都好，就是太传统太保守，浑身上下跟现代社会不沾边儿，更别提什么时尚和激情了，现在流行的一切相处原则一窍不通，思想还停留在谈恋爱要压马路的阶段，唯一跟流行有关的东西是流行感冒。"

我恭喜她："还行啊，认识没多久就住到一块儿了，这样下去再过一年你们就可以牵手了，两年之后说不定还可以接吻。"

韩文静斜着眼睛看我："是啊，还不是因为有你给我做榜样嘛，跟李理认识那么多年了现在才开始搞一夜情，我都是模仿的你——哎，你跟李理怎样，有戏不？"

我知道惹火上身，于是讪讪地闭嘴，韩文静绝不善罢甘休，得寸进尺继续追问："听说他辞职了？酒后乱性的感觉不怎么样吧，不想清醒的时候再试试？"

她这么一问我才想起来跟李理也有一段没联系了，自打他告诉我辞职了之后就再也没打过电话，这怎么回事儿啊？都说人固有一搞，或搞得爽了，或搞得恼了，难道我俩还没搞就恼了？

韩文静还处在跟成晓峰合租的亢奋状态，对未来充满希望，思维都是跳跃性的，我还在思索一夜情到底应该醉着搞还是醒着搞，她已经直接进入另一个话题了："小北，你看这房间用什么颜色地毯合适，还有窗帘……我听说红色可以刺激激素分泌，增进人的性欲……"

韩文静滔滔不绝跟我讲了一大堆她的装修理念，一看就已经把这儿当家准备长期战斗了，我打击她说："现在装修为时尚早，还是等到你们新婚之夜把生米煮成熟饭再说吧。”

她立刻颓废了，长叹一声，倒在沙发上，问我：“你见过这样的男的吗？要是搁别人身上我肯定不信，要么男的不正常要么女的不正常——哎，你说他是不是根本不喜欢我？”

_2.

韩文静彻底恋爱了，表现是悲喜交织，时而慷慨激昂时而颓废沮丧，无论悲喜都发自内心，无比诚恳，而且——当你提到一个人就觉得高兴时，那你完了，即使你还没意识到其实也已经完全爱上他了，韩文静现在就是这样。我能感觉到她纷乱的外表下细微的变化，为了成晓峰，她真的彻底变了个人，韩文静从小就在复式豪宅长大，对物质要求非常高，连住个病房都叫嚣着要单人大床的，像成晓峰这种房子，搁从前给她钱她也不会住。现在不但住了，还住得兴致勃勃，对未来充满希冀，情绪总在亢奋和泄气之间游走，这种平时头一沾枕头就能睡着的人竟然也会失眠了，一失眠就用手机群发：畜生们快起床！

我在房间转了一圈，居然发现了一部新的尼康相机，还有各种镜头、配件，我说：“成晓峰还喜欢摄影？”

韩文静说：“他不喜欢啊，我喜欢，刚买的，男朋友长这么帅不拍点儿照片亏死了，那天他洗完澡被我偷看了，真想扑过去就地按倒。哎，你见过六块腹肌的人吗？”

我老实承认：“樊斌从前就是六块腹肌。”

韩文静不屑地表示：“别提过去，你们家樊斌现在是一整块，就这样的都好意思出轨。”我无言以对。

细谈之下才发现，韩文静为了学习摄影拍好成晓峰，竟然报了一个摄影培训班，收费不菲，每隔几天就跑到中华广场旁边一个地方上课，劲头很足。我很好奇去学这个的都是些什么人，韩文静总结说：有两类人，一类男同学，一类女同学。男同学基本上都是冲着人体摄影的裸体模特课程去的，女同学则大部分是为了认识男同学去的。韩文静给我看了几张她的作业，大部分是风光摄影，偶尔有几张成晓峰的写真都是背影，一看就是偷拍的。别说还真有点感觉，挺像她画画的风格，韩文静自己评价自己的照片——充满激情和隐忍的欲望。

我说：“你也大可不必太操心，成晓峰这人嘛，一眼望过去挺深沉，好像挺难搞定，不过稍微熟悉一点儿就能看个七七八八，没哪个男的能做到守着美色不动心的，就算心没动早晚别的地方也得动，时间越久说明他越重视。”

韩文静担忧地说：“这个我倒不担心，不过我很担心他的品位啊，你猜他最喜欢的作家是哪两个？”

我试着猜了一下：“萨特？”

韩文静摇了摇头，提示我：“不对，差太远了。告诉你吧，其中一个是陆琪。你知道另外一个是谁？”

我大惊，老实地摇头：“不敢知道。”

韩文静忧愁地低下头，表示不愿再提，看样子另外一个十分恶劣。为了避免知道答案，我试着转移话题，问她知不知道老爷子搬出去之后住在哪儿，结果不慎把她引入了新一轮的低潮，四大皆空，万念俱灰，古来圣贤皆寂寞，唯有饮者留其名，当即决定举杯消愁，一个劲儿叫我出去陪她喝酒。

在成晓峰家附近随便找了个火锅城坐下，大厅里正在放音乐，林忆莲的《至少还有你》：“动也不能动，也要看着你——”这句歌词是我听过最恐怖的，写这首歌的人真够缺德的，得多大的仇恨啊，都不能动了还看着你呢。韩文静倒不觉得，还跟着音乐在那儿哼，一脸迷醉的表情，谈恋爱的人都这样，容易感动，容易忽略甜言蜜语背后的东西，暖风熏得游人醉，直把杭州作汴州。刚点了两瓶啤酒，电话就响了，是樊斌，问我回不回去吃饭，我说正跟韩文静在一起呢，正吃着，让他自己找地方解决，他半信半疑地挂了电话，好像不太痛快。

韩文静问我：“你跟樊斌和好啦？”

我不置可否。韩文静感叹：“都这样了还能和好，你俩真前卫。”我没话找话说：“嗯，低头不见抬头见嘛。”

“不打算离了？”我敷衍道：“凭什么伤神啊，这不挺好的吗？跟离了一样吗，出去各睡各的，回来还有人陪，处处体现和谐社会。”韩文静很不屑，在她看来，我俩这样很恶心。“多虚伪啊！”她说。

我懒得解释，婚姻本来就是矛盾的，人也是。矛盾的婚姻碰上矛盾的人，最好顺其自然无需费神，再说人不都是矛盾的吗？说金钱是罪恶，都在捞；说美女是祸水，都想日；说高处不胜寒，都在爬；说烟酒伤身体，都不戒；说天堂最美好，都不去。说婚姻是虚伪的，大部分都在装，不仔细观察谁也看不出来，跟正常人一样。我甚至觉得，就这么随大流虚伪下去也没什么不好，大家都很自由，闷时出去happy一下，回来之后再交流一下出去happy的心得体会。说不定一种新的夫妻相处模式就此被我发明出来并且延续下去，可以造福后人。

韩文静慢条斯理地说：“少拿这套蒙我，骗得了别人骗不了我。我知道你心里想什么呢，想不想听我揭穿你？”

还没来得及听呢电话又响了，是我手里那剧本的导演打的，说投资方临时有个修改意见，他们人刚好在深圳，问我能不能今晚赶到深圳碰一下面，就不用再跑北京了。我撇下韩文静，扬长而去，韩文静明显没喝够，本来就欲火焚身急火攻心，现在又中途被我放了鸽子，快要气疯了，在我身后大骂，说我始乱终弃，对她不负责任。我走出门口时看她已经开始打电话了，估计又是跟王媛告状。

我心想要不要给樊斌打个电话，告诉他一声今晚可能赶不回来了，又一想算了，没必要。因为对于一个信任你的人来说根本没必要解释，对于一个不信任你的人来说，无论做什么都是白费劲，在他看来是掩耳盗铃，欲盖弥彰。

_3.

去深圳的路上我有点挺担心的，心想这么急着找我肯定没什么好事儿，八成是改本子，好好一个东西不改得面目全非决不罢休。之前搞剧本的中间有个顺口溜，叫一稿二稿，基础很好；三稿四稿，问题不少；五稿六稿，全部推倒；七稿八稿，回到一稿。担心本子改动过多，我连怎么拒绝都想好了，要是改动超过百分之二十，我就跟他们说，为了赶你们这本子，我连夫妻生活都没时间过了，导致感情破裂，丈夫出轨，要是再让我改，我连挽救婚姻的机会都没有了，你们好意思吗，谁还没有个家啊？主要是改剧本太麻烦，牵一发而动全身，不光改故事，还得照顾前后情节人物关系，改一集花的时间比写一集还长，平时韩文静就笑话我，说我干的是体力活，顶多算门手艺，从本质上说跟木匠和火车站扛大个儿的没什么区别。她说，好工作有四种特征：钱多活少离家近，位高权重责任轻，睡觉睡到自然醒，数钱数到手抽筋。四种我一样不占，要是再让我改，还不如直接去火车站扛大个儿，既锻炼身体来钱也快。

到之后约在一个茶馆见面，边喝茶边聊，聊了一会儿发现远没有我想的那么复杂。投资方叫张总，据说是搞实业的，最近对影视投资很感兴趣，随身带了一个妞，叫小雯，长得挺甜美，到了就让她给我们表演才艺，小雯很听话，唱完歌就开始跳舞。让我感到吃惊的是还真不是花架子，小姑娘踢腿很厉害，正踢侧踢都能到面门，毫不含糊，一看就是靠腿功把投资方拿下的。

我们喝着功夫茶，看着功夫腿，时候差不多了张总略带害羞地提出："能不能往剧本里安插个适合小雯的角色，戏不用多，能有个五六场就行，要是能让人印象深刻点儿就更好，实在不行就露个脸也无所谓。"

我说："这简单啊，看小雯应该是舞蹈科班出身的，就安排个路见不平的小女侠吧，遇见歹徒抢个钱包什么的还能显显身手，既可以让大家惊艳一把，还能顺便在戏里过过打人的瘾。"

小雯高兴坏了，跳过去坐在张总腿上摇着他胳膊说："我就要演女侠嘛，现代小女侠，我喜欢这个角色，特别适合，真的。我最近买的衣服都是这种风格的。"接着凑到投资方耳边说，"不信晚上回去我穿给你看。"

声音不大不小我们都听到了，周围爆发出一片善意的笑声，张总大胳膊一挥："行！就这么定了！"

为了表示对临时加戏的歉意，还主动提出要多增加一集剧本费用作为报酬，我假装客气了一下之后欣然接受，恨不能劝他多找几个小雯这样的小配角来加戏，高兴之余也不由得对如今的小女孩心生敬意。那个叫小雯的看样子也就十七八岁，这么小的年纪就能豁得出去，懂得利用自己的优势跟社会进行资源交换，假以时日不可小觑，说不定就是影视圈的万婕。对于这种人，我满怀敬意，从不鄙视，说白了大家都是用自己的某一部分跟别人的某一部分交往，只不过有的人用真情，有的人用假意，谁也不比谁高尚多少。

_4.

第二天回去的路上我心情不错，昨天说的那点戏随便赶赶一天就可以出来，为了让加进去的人物角色血肉丰满，投资方把补戏部分所需的酬劳用红包的形式预付了，刚好可以一起转给王媛先救急。韩文静不是想喝酒吗？回去好好跟她喝一次。

我像往常一样从和谐号上下来，出了东站，打了车，上了楼。打开门那一刻房间静得有点可怕，不知道什么东西在等着我。我不知道樊斌是没回来还是没起床，推开卧室的门随便看了一眼，这一眼直接把我定在那里了。我站在原地哑然失笑——还没来得及给别人加戏呢，我的戏就被别人加了——床上安安静静地躺着两个人。等我能够正常呼吸的时候，上前一看，眼前的情况彻底把我击垮了，惊悚片也不带这么演的，女主角不是别人，是我的好朋友韩文静。

我站在床边半天，突然觉得有点好笑，心想我肯定是走错地方了，一不小心闯进成晓峰家了。再往旁边一看，还是不对啊，旁边躺着的不是成晓峰，而是樊斌。这就是说，不管是在谁家，韩文静和樊斌都确确实实睡在一起了。意识到这一点之后，我还是没反应过来这是怎么一回事，恍惚间我觉得自己肯定是在做梦呢，要不就是半路上火车失事我现在已经死了，阴魂不散，到处乱飘，看到的都是十几年以后的事——我死了，文静看着樊斌可怜，干脆嫁给他，从此俩人过着幸福的日子。我在这么一个平常的早晨过来打扰，万一吓到他们怎么办？我走到门口，发现即使我是个冤魂野鬼也无处可去，干脆在客厅坐下，平静心情。

我在客厅坐了很久，大概中午的时候，韩文静一身酒气地醒来，走到客厅看到我果然吓了一跳，不过马上就自然了，有点吃惊地挥着手跟我打招呼："小北你回来啦？"

几天以后我跟樊斌终于离婚，手续办得很顺利，也很和平。对于这次我提出离婚，樊斌没有再坚持——也无从坚持；不过对于那天的事，他一直迷迷糊糊的，他也不清楚怎么会搞成那样。我很烦他这样装傻，更离谱的是，我亲眼看到他当时睡得很踏实，很心安理得，直到韩文静走了都没醒。

至于韩文静，我们彻底绝交了。我一直觉得韩文静是这样一个人——说话刻薄但做事很厚道，性格嚣张但人很善良，表面上看起来比较嚣张实际上很懂得体谅别人。但这件事彻底推翻了我对她的印象，无论是出于什么目的，她睡了樊斌这件事都让我觉得不可原谅。

离婚那天很冷，回家路上开始起风，冷飕飕的，天色渐暗，下午跟晚上一样。偶尔有几滴小雨，落到地上亮晶晶的，幽幽地冒着蓝光，路面上像铺满了细碎的玻璃。过天桥时雨开始下大，砸在脸上，生疼。我上到第九个台阶时雨铺天盖地从四面八方落下来，就像洗车一样把我洗了一遍。下了天桥伸手拦了几次车，司机看我淋得跟鬼似的都没停，我索性也懒得打车，想找个能避点儿雨的地方待着等雨停。好不容易转到墙角一个不太显眼的角落，掏出一支烟，点上，靠在墙壁猛吸一口。

遇到心情不好或者心情特别好的时候我喜欢抽烟，没有特别好和特别不好的时候我也会习惯性地抽烟，这就说明我几乎离不开烟。最开始抽烟的理由说起来可笑，是因为高中时候跟同学打赌，我还记得那同学是我同桌，叫王飞。有次上化学课，同桌不知道坏了哪根筋，跟我说：你敢抽一支烟吗，抽烟就不郁闷了。起码不像现在这么郁闷。恰好化学老头儿从我们身边走过，我说："你敢打他一下吗？"同桌说："我打了你就抽？"我说对。这个货二话没说上去冲着化学老师后背就是一掌，把化学老头儿打得瞠目结舌。化学老师是我们最喜欢的一个老师，老北大毕业，上山下乡，被女学生缠上了，最后和女学生结婚，沦落到我们中学讲化学。我记得化学老师当时特别和蔼地说："王飞，你梦游呢？"不过这件事还是被捅到了教务处，王飞的下场是被停了一个月的课。我抽了一支烟以后不能自拔，从此沦为烟民。那时候看的小说都是一个模式，故事里的女主人公穿着黑色的薄料小皮衣，长发，光着小腿，湿漉漉地站在小雨中，旁边就有一个男的假装很深沉地在抽烟。人不受外界事物影响是不可能的，我打那时开始就抽希尔顿，那种烟飘起来的时候带点儿淡淡的蓝色，盘旋直上的时候非常婀娜，很符合当时那种没事儿找抽的少年心境。我抽这个牌子抽了几年，后来樊斌说他不喜欢女孩子抽烟，我就假装戒了，从来不在樊斌面前抽。有一段樊斌爱抽芙蓉王，我也改抽芙蓉王，为的是不让他闻出房间的烟味，因此还闹出不少笑话。楼下有个烟店，我和樊斌都在那儿买烟，老板娘跟我俩都认识，好几次樊斌去买烟，老板娘都跟他说："不用买啦，你女朋友刚给你买上去了，你俩可真恩爱啊！"樊斌上去一问，我就得把烟乖乖交出来，后来我不得不舍近求远，走过一条街，换个地方买。再后来樊斌把烟戒了，我也装不下去了，正式弃烟明志——放弃了芙蓉王表示从精神上支持，从此光明正大地改抽玉溪。

这些东西让我觉得生活有的时候恍如隔世，以至于我在重新回忆起它们时有种非人间的虚幻与绝望。

_5.

当我能够平静思考的时候，我想了一下，导致当天那种局面无非是两种可能。一种是樊斌找不到我，就给韩文静打电话，结果一看，我根本没跟韩文静在一块儿，再加上我夜不归宿，本能地就联想到我又去跟李理通奸了。当下一琢磨，你睡了我最好的朋友，那我也睡你最好的朋友，于是把韩文静灌醉了骗上床。还有一种可能是韩文静处于酒后乱性饥不择食的状态，误以为对方是成晓峰，在不知情的情况下上了樊斌的床。不过显然这种可能有点说不过去，因为她当时看见我的表情并不慌张，甚至还有点儿得意扬扬。而且据王媛反馈回来的信息来看，韩文静根本不觉得这样做有什么不对，相反倒觉得我有点不近人情。她是这么说的："什么脑子啊？噢，就许她跟李理睡，不许樊斌跟别人睡。"不过王媛劝我说，反正事情都过去了，追究也没必要，快刀斩乱麻，离了也算一件好事。

后来，韩文静还通过王媛约过我几次，说想跟我当面谈谈，我都拒绝了。之后我又接了一个剧本，每天埋头苦写，足不出户，很少见人。王媛忙于给母亲治病，根本无暇理我。倒是胖子经常过来看我，不时跟我通报王媛母亲最新治疗情况，我问他怎么这么有空，他说国内就业形势很不乐观，工作不太好找。我拆穿他说，得了吧，我那个做猎头公司的朋友跟我说的可不是这样，人家说给你介绍了好几个不错的职位你都推说不满意。胖子这才不好意思地笑笑，说王媛母亲生病了，需要人帮忙。他送钱给王媛，王媛断然拒绝，只能空出时间帮着照顾一下，否则王媛压力太大了。我告诉他，机会得靠自己把握，过了这个村可就没这个店了，不是所有工作都在那儿等着他。胖子乐呵呵地说，没关系，他都想好了，等王媛她妈的病治好了，他就安心去卖保险，或者去摆地摊，问我这两个工作哪个好。我说哪个都不错，他斩钉截铁地说："对！两个朝阳产业，实在难以取舍！"我们也提起过韩文静，胖子劝我，不能因为这件事彻底否定一个人，谁还一辈子不犯错啊！

最后一次看到韩文静是有一天她直接闯到我家里，敲开门当面质问我说："周小北！我们认识这么多年，你因为樊斌跟我绝交？"

我很平静地反问："要不怎么样，咱们坐下来好好交流一下樊斌的床上功夫？"

韩文静表现得比我还生气，好像是我抢了她男人似的，走的时候跟我撂下狠话，说："绝交就绝交，你千万别后悔。"末了还补一句，"就樊斌那样的，人嫌狗不待见，贴钱我都不稀罕。"

我也撂了狠话："狗都不待见你还跟他上床，你他妈算个什么东西？"说完这句话我心里很疼，非常疼，比跟樊斌离婚还要难过。

韩文静听完也不气了，轻蔑地冲我冷笑了一下转身离去，我清楚地看到她眼角闪过的泪水。

我想她们都没有弄清楚一个概念，那就是——对我来说，韩文静不是别人。

李理不知从哪儿听到我跟樊斌离婚的消息，在老家给我打了一个电话，把问题上升到历史高度，说男人心里多少都有点儿小姨子情结，潜台词是：樊斌不过犯了一个天下男人都会犯的错误而已。并且举例说明，上世纪九十年代，曾有一部妻子宁死都不愿让丈夫看而男人宁死都要看的电影，这部在当年引起轰动的电影叫作《离婚了，就别再来找我》。其实，这部电影的卖点只有一个：小姨子与姐夫的恋情。男人对小姨子的暧昧心理是几千年流传下来的一个情结，这个问题属于历史遗留问题。李理说，就连歌里不是也唱吗——带上你的嫁妆领着你的妹妹赶着马车来。我说，可是韩文静不是樊斌的小姨子。李理说，都一样，现在二十世纪八十年代出生的女的都是独生，所以男人的目光不由自主地都会瞄向女的周边的闺蜜，这是小姨子情结的变种。我跟他开玩笑说，我怎么就没想到呢，可以根据亲身经历写部电视剧，保证比你说的那部还抢眼。

_6.

樊斌搬出去之后，我用了很长一段时间才适应。首先是房子空了，樊斌平时看的那些书，摆在那儿一辈子我也不会去翻，可是现在没了，我会下意识地去找，找不到就觉得好像少了点儿什么似的。还有晚上突然被噩梦惊醒的时候，旁边再也看不到樊斌哪怕装睡的背影，这让我感到害怕。再就是做饭的时候我下意识地做樊斌喜欢吃的东西，比如——煎饺，从前我总嫌麻烦不爱做，可是有好几次到了吃饭时间，我本能地去冰箱里拿了饺子，往锅里倒上油，就好像行动不听指挥似的。煎的过程中我自己都不太清楚到底要干什么，经常三心二意，进进出出，大火小火，煎出来的饺子都仿佛黝黑的铁皮，没一个能吃的。

我安慰自己说，人大概都有这种时候，突然觉得周围的一切十分陌生。你走进家门，发现这个你闭着眼睛都能找到的家跟别的门其实没什么两样，甚至稍微一不小心就会认错，你拿出那把雷同的钥匙开了那把雷同的锁，你用那种雷同的姿势脱了那双雷同的鞋，紧接着就看到了等在家中的那个雷同的人或者那种雷同的空旷。

写剧本的空闲时间我就用酒来打发，有几次不小心失手打碎了啤酒瓶子，并为此付出了重重滑倒在地两次的代价，起来以后发现几处淤青和正在流血的口子，这让我恼羞成怒，于是一鼓作气喝光了冰箱里所有的啤酒心里暗自决定我要惩罚它们，从此以后再也不喝啤酒了。可是刚想完我就后悔了，立马又叫了两箱啤酒。失策啊，什么是对它们的惩罚？把它们全喝掉就是对它们最好的惩罚。我浑浑噩噩，醉生梦死，做事很容易反悔。经常剧本某一集写到一半，回头再看就发现很虚幻，像一个完美的爱情故事，那些纠缠和欢笑甚至悲伤都显得有些轻飘飘了。于是就全盘推翻，从中作梗，让他们多一点儿凄风冷雨，多一点儿生离死别。我后悔为什么不从一开始就干脆按照我自己的生活来写呢，那样就不会回避很多问题，不用想太多情节，关键是——那样会令我有一种近乎残酷的快感。

奇怪的是，离婚以后，樊斌倒显得异常关心我，经常给我打电话，除了嘘寒问暖、假装不在意地表示关心以外，还时不时转弯抹角地打听我跟李理的进展。比如说，在电话里说着说着就顺口问一句："哎，你最近跟李理联系了没？"一开始我还实话实说，问得多了我就干脆告诉他："联系，总联系，天天都上床，每次都高潮。"几个回合下来电话明显减少了，估计是樊斌受不了刺激。对于男人来说，跟别人的老婆睡觉是占了便宜，但如果自己老婆被别人睡就是另一码事了，心里多少有点儿不痛快。在樊斌这种有点大男子主义的人身上，这一点尤为明显。

好笑的是，离婚以后我还跟樊斌偶遇过一次。那天我电脑坏了送去维修中心检测，回来路上顺便去了趟超市，买了一堆东西往结账台走的时候，远远看到一个身影很像樊斌，我犹豫了一下，决定大大方方走上前打招呼。我都快走到他身边了他也没看着我，皱着眉头举手朝一边儿喊，一脸不耐烦地催促："李蕊！你快点儿！"我顺着他指的方向望去，看到一个女的正在零食货架那边笑着朝他挥手，打扮得很风情。

我笑着跟他说："这就是那蕊蕊吧？"樊斌一回头吓了一跳，一脸惊恐的表情问我："小北，你怎么在这儿？"我说："放心吧，我不是来跟踪你的。怎么，连超市我都不能来了？"也许是我的语气太过和平了，樊斌显得有些内疚，低着头想跟我解释，半天也没说出个所以然来。正说着呢，那女的手里拎着一堆零食走过来，说实话，长得也算漂亮，看着也挺顺眼，身材也挺好，皮肤也不错，就是眼角眉梢有点儿媚态，看着挺妖艳的。还有就是年纪看起来也不小了，应该跟我们差不多，还穿着一条粉红色的短裙，也不是不好看，就是有点儿，怎么说呢，扮嫩。

等那女的把那堆零食扔到车里樊斌才回过神来，赶紧介绍说："哦，这是周小北，我——妻子。这是，李蕊，我朋友。"

我笑了，说："错了，是前妻。"

李蕊也笑了，伸出手跟我说："错了，是女朋友。小北，你好，你的名字我很熟悉了，经常听樊斌提起。"

我觉得李蕊虽然让我喜欢不起来，不过也不招人讨厌，起码人还挺大方的，比樊斌从容多了。我伸出手跟她随便握了一下，说："是吗？你的名字我也早有耳闻，只不过今天才知道你姓李。"

她看起来挺高兴的，眉毛一挑，转过去跟樊斌撒娇："真的？哎，我怎么没听你提过？"

我心想提个屁啊，他又不知道我看过粉红色纸条。再一看樊斌，站在那儿尴尬得要死，整个人都傻了，不知道该怎么接话儿。

于是我主动跟他们告辞，我说："你们忙吧，我突然想起来还有点东西没买，先不打扰了。"

李蕊天真地冲我摆手再见，显得很热情，樊斌依旧很傻地站在那里，直到我走远都没动过。我转过一排货架，又转过一排货架，直到找了个彻底看不到樊斌的地方才停下来，心中莫名有些忧伤——也不知道离了以后樊斌过得怎么样，看上去好像挺惨的。他很沉默，面容憔悴，双眼凹陷，目光中有一种让人不忍看的落寞。

_7.

回到家我坐在沙发上伤感，还没伤感一会儿呢就被王媛打断了。王媛来电话说让我上网帮她买样东西，我说什么东西你自己买吧我正伤感呢，而且电脑也坏了。王媛好像挺急的，说她没有支付宝，去银行汇款也来不及，问我家里不还有个台式机吗能不能用。我这才想起来那台电脑樊斌没有带走。平时在家都是我用笔记本他用台式机，习惯了，他用的机器我一般不碰，他一走我都彻底忘了。我拿着电话，让她别挂，走过去开电脑。王媛最近行动诡秘，神出鬼没，忙得不得了，我约了她好几次她都说没时间，据胖子说她也不经常在医院，工作好像挺累的，时间也不固定，经常很晚才回来。

我劝她："别太累了，你要是再累倒了那多凄凉，胖子一个人肯定照顾不过来，我也得出马。"

王媛说："没关系，习惯就好了。"我说："你究竟整天忙什么？工作那么累辞了重找一个算了。"王媛含含糊糊地说没什么，就是陪陪客户，匆匆忙忙把电话挂了。我打开电脑，刚想下载淘宝旺旺，发现系统已经有了。我还以为自己从前在这台电脑上登录过，点开一看，上面默认的不是我的登录名，叫"一半胸膛"。我隐约记得从前樊斌用过这个网名，一时觉得很好奇，我都不知道樊斌竟然也学会网购了，以前一看我在网上买东西他就嘲笑我，说网上的东西都是垃圾，白送他都不要。淘宝旺旺有个功能，自动保存密码，我一点，很顺利地就登录了。进去一看，热闹了。樊斌不光会网上购物了，而且买得还不少，时间都集中在一块儿，大概从我结婚之后没几天，一直持续到上个月中旬，大概就是我回我妈家住的那段时间。再一看，"已买到的商品"里面，很长一排的鲜花快递，还是跨国的，比我先进多了。我查了详情，收货人那里清一色写着同一个人的名字——李蕊，地址是加拿大温哥华。我一样一样看过去，十分入迷，直到物我两忘，泪眼蒙眬，连要给王媛买东西的事儿都忘了。我心想樊斌你行啊，够痴情的，人家本来都出国了的人愣是被你用鲜花攻势给攻回来了，我们在一块儿睡了这么多年，连根草都没见过。

我在电脑面前一动没动，一直坐到天黑。往事历历，有种让人无法拒绝无法忘却的清晰，无数昔日琐碎的生活场景像过电影一样从眼前闪过，就像昨天一样。我怀疑自己怎么能记得这么清楚，我甚至记得当时的天色，大概的温度，说话的语气，彼此的态度，我重新跟着它们又经历了一遍，越到后来越释然。我没有笑话自己，仅仅感觉到一点点忧伤和另外一点点浅薄的知足，我想这一切真的都过去了，就让它们随着叹息一起滚蛋吧。

是的，我决定原谅樊斌。不为别的，就因为世界上这么多人，我俩偏偏倒霉碰到了。再说那个李蕊虽然风骚了点儿，看着也还过得去，樊斌要是真那么喜欢她，俩人在一块儿过日子也不错。我跟樊斌是有情人终成狗男女，他跟李蕊是狗男女终成有情人，世事不过如此，分久必合，合久必分，这没什么不好的。

只是我又开始有点失眠，每天都在监督日出情况，看到天慢慢地亮了，我就很欣慰地睡去。可能楼下也很需要我监督一下装修情况，于是睡着不久我便在电锯声中再次醒来。最后，我只得翻出床头抽屉里的安眠药，需要的时候就塞两粒，不久便可沉沉睡去。

_8.

王媛母亲的病情逐渐加重，手术之后没有任何好转，只能依靠化疗维持。王媛心急如焚却也无计可施，一听说什么地方有新药或者偏方就想尽一切办法买来试，一段时间下来已经成了半个肿瘤专家。看着她这样我打心眼儿里着急，却也帮不到什么忙，只能抽空去医院陪陪老人，跟她聊聊天解闷儿。我们千方百计瞒着，老人还是隐约知道自己得的不是什么好病，一开始很看不上胖子，觉得他没有钱，现在十分喜欢他，已经把他当女婿了。

有一次老人跟我说，活了一辈子，到死才知道谁才真正对她好，生了病，儿子跑得老远，连面儿也见不着，围在身边的除了女儿就是女婿。想想以前自己很偏心，重男轻女，所有心思都放在王义身上，对王媛向来不管不问，从来没有考虑过她的感受。现在觉得很心酸，挺对不住王媛的，现在还要给王媛增加负担，不如不治，死了算了。老人一口湖南话，我没完全听懂，连蒙带猜，大概是这么个意思。

我安慰她说："您只要好好养病，就是最大限度减轻儿女负担。都说天下父母心，其实做儿女也是一样，没有谁不希望父母健康、长命百岁的。偶尔有几个不孝的，那都是畜生。钱没了还可以再挣，父母就只有一个，失去了就再也找不回来了。"

老人听进去了一点儿，稍有安慰，跟我聊了很多家里的事。我从前只听说王媛家里环境不太好，现在才知道实际情况比我想象的还要差。王媛父亲从前好赌，王义刚生下来不久，他就输得一塌糊涂，撇下他们一家三口逃债了。王媛的母亲好不容易把两个孩子拉扯大，供王媛读完高中，王媛很争气，学习一直特别好。王媛考上大学以后，家里极其反对她继续读，劝她回家找个有钱的嫁过去，还能对家里有点帮助，王媛誓死不从。上了大学以后，基本就靠王媛养家了。打工养活老妈和弟弟的同时还得养活自己，那种辛苦不是我们能够想象的，所以才有了王媛上大学接受彭永辉资助的事。

有时我也跟王媛聊天，等她回来吃个消夜什么的，这个时候胖子从来都很知趣，主动要求回避，在病房站岗，不跟我们同去，估计是想让我跟王媛聊点儿心里话，多少也能减轻一点儿她的心理压力。在这一点上我很感激他，胖子是个好男人，可惜笑点比较低，有些地方跟王媛不合拍。

有次我听到他给王媛讲笑话，说："昨天我出门逛街，快到家楼下的时候发现新开了一个店，里面挂满了各式各样的衣服，门口的玻璃上还贴着，开店大酬宾，高档西服三十元一套，衬衫五块一件，这把我乐得啊。我心想，这么好的事情终于被我赶上了，于是我拉开门就往里冲，结果进门的时候抬头一看，发现上面写着三个大字，你猜是什么？”王媛问：“处理品？”胖子兴致勃勃地说：“不——干洗店！”我跟王媛无语凝噎。

从王媛那儿偶尔也能听到一些关于韩文静的消息，一开始听说韩文静终于虏获“芳心”，用柔情和行动外加一定程度的金钱彻底征服了成晓峰，二人开始正式同居。后来又听说成晓峰的妈来到广州，跟儿子同住。韩文静跟他妈水火不容，一天到晚找王媛倾诉婆媳关系怎么不和，说起来都是些芝麻绿豆的小事，比如不让韩文静每天洗澡说浪费水电，做菜放的油都是炸鱼剩下的废油啊之类，全是因为生活习惯不同衍生的细枝末节，把俩人气得不行。刚好成晓峰又是个孝子，一看到他妈生气就教训韩文静，好在后来让王媛劝了一通，俩人都稍微收敛了一点，韩文静忍得肝儿疼，好不容易待到成晓峰的妈想家，终于舒舒服服把老人送走，重新开始二人世界的小日子。

可惜好景不长。一转眼，成晓峰是同性恋的事儿在医院传得沸沸扬扬，大家都知道玉树临风不苟言笑的成医生竟然是gay。是gay也就算了，这年头大家对什么都不新奇了，但明明是gay还要找人结婚就有点可耻了，那不是祸害人吗？无论成晓峰走在哪儿，别人看他的眼光都不一样，原先是充满尊敬，现在是纯粹是鄙夷。说的人多了，成晓峰也从一开始的莫名其妙慢慢开始狂躁，经常无名火起，不知道谣言来自何方。关键这问题无从解释，百口莫辩，成晓峰虽然是医生可是没有同性恋的处方权，总不能见人就喊：我不是同性恋！韩文静劝他，理那么多干什么，真理只掌握在少数人手里。这么一劝更是火上浇油——谁摊上这种真理不恼啊？没几天，成晓峰就跟韩文静掰了，分手之前成晓峰就扔给韩文静一句话：“我已经知道了，真理都是你散布的。”韩文静做贼心虚，有心救人无力回天，彻底败下阵来。从成晓峰家搬出来之后，她给王媛打电话，一口咬定是我去医院向成晓峰告密的，因为只有我知道她整个犯罪过程，称我伺机报复，心机很重，并且发下毒誓要卷土重来，一定要嫁给成晓峰给我看看。王媛告诉我的时候我气得够呛，声音都有点哆嗦了，我跟王媛说：“你赶紧告诉她，没错，就是我干的。”王媛不肯，说：“要说你自己跟她说去。”

我当即拿起手机给韩文静打了个电话，在电话里把她痛骂一顿。她也没客气，反过头来把我骂得更狠，全挑最难听的讲，疯了一样一个劲儿在电话里冷笑，笑完了冲我狂喊：“你以为你是什么好东西！还不是为了个男的就误会我跟我绝交吗？没看出来啊周小北，在樊斌面前是个窝囊废，挑拨离间你倒有一手！”

我都哭笑不得了，她跟樊斌都被我捉奸在床了还说是误会，真是人不要脸，天下无敌。我气疯了，干脆跟她一样冲着电话狂喊：“对！韩文静我告诉你，这件事就是我告诉成晓峰的，怎样！你散布谣言背后放冷箭活该有这个下场！我没让成晓峰告你诽谤就不错了！有仇报仇有怨报怨你放马过来吧！”

放下电话我气得手一个劲儿发抖，王媛和胖子都在旁边，听得清清楚楚，看得胆战心惊，估计我跟韩文静此时如果面对面，就能毫不客气地把对方杀了。

Chapter 8

遇到你之前，要经历多少错的人

_1.

四月的某一天，李理从老家回来，一下飞机就约我出来见面。我说你别来了，我现在婚也离了，朋友也绝交了，心情很不好，怕一不小心再把你非礼了。他在电话里说，你不早告诉我，现在来不及了我都快到了，拐弯了——进小区了——到楼下了。话音刚落，楼下传来“嘀——”的一声，我跑到窗口一看，果然是李理那辆破车，心里顿时有点高兴。

上了车，李理问我：“饿不饿？”

我说：“不饿，刚吃过，就随便晃吧，晃到哪儿算哪儿。”

“今天怎么平易近人？”“与世隔绝的人冷不丁看到条狗都觉得亲切，更别说是人了，我都很久没出过门儿了。”李理投射过来同情的目光：“不至于吧？我不在广州你连门儿都不出了。怎么了，是不是离婚了觉得没脸见人？走路上看谁都能联想到婚姻失败，特自卑？”我沉痛地点点头，表示同意。李理可算逮到机会挤对我了，一路上就我离婚的问题发表各种言论，说得十分过瘾，我一直都没说话。车朝白云山的方向驶去，快到山脚的时候李理看了我一眼，之前挤对人的表情瞬间消失，跟变脸似的，很沉痛地说了一句：“瘦了。”

也不知怎么了，听了这俩字儿，两年的委屈刹那间涌上心头，眼泪很不争气地一下子涌出来，跟决堤了似的怎么控制都没用。哭了一会儿之后，我有点恼羞成怒，很久没当着人哭了，那种感觉实在有点难以说出口，有点像脱光了衣服在街上走。

李理好像一点儿都不意外，一边开车一边满不在乎地递个纸巾给我，装模作样在那儿总结："嗯，能哭就好，有人说，哭是开始痊愈的象征。"

听他这么说我也不害臊了，接了纸巾继续哭，一直哭到山顶。李理先下了车在下面等我。我哭得差不多了把脸擦干净，抽抽搭搭地走下车，小风一吹觉得神清气爽，心胸开阔，所有烦恼顿时走远。

"吓着了吧？"我很不好意思地走到李理旁边儿，跟他道歉。李理忍着笑说："比起性骚扰，这算不吓人的。哭够了？"我郑重地点点头："嗯，差不多了。""看过你哭的人不多吧？"

"除了我爸妈，几乎没人看过。"

李理不信："那也不至于，多少有几个，不过像你这种死要面子的，估计也多不到哪儿去。"

我哭腔还没消，声音哆哆嗦嗦的，边擦鼻子边说："嗯，是有几个，不过都不是人。"

李理气死了，又不好对号入座，一时不知道说什么好。我在一边儿看着哈哈大笑，估计是脸上的泪还没干，再配合上笑声显得十分诡异，整个人状若女鬼。李理一脸无奈化为满腔鄙视，一副害怕丢脸很后悔带我出来的样子。"得了，别笑了。我问你，跟韩文静和好了没有？"

我不笑了，也不哭了，无名之火从心底腾一下就起来了。我说："别跟我提她！以后谁再劝我跟她和好我灭谁。"

李理说："哟，气还挺大。越生气说明你越在乎。""我在乎什么了？”我很挑衅地反问，语气有点冲，一看就是找架打。李理一点儿也不接招，继续循循善诱：“别装。对于一个让你伤心的人，最厉害的反应就是没有反应。”我继续摆臭脸：“没反应！我是对你有反应！”说完立刻意识到这话有点歧义，再一看李理，若有所思地在那儿看着我，顿时更加气急败坏，干脆爆发了。我说：“李理你想干什么，你是我什么人啊？！随便把我拉一个地方就开始教训我，跟韩文静怎么样跟樊斌怎么样那都是我自己的事，你以为你是谁呀？”

本来以为这么说够打击他了，没想到李理跟没事儿人似的，很平淡地说：“哦，这个问题我刚想说，就被你先提出来了。是这样，从现在开始呢，我就是你的男朋友。至于能不能结婚以后再说吧，那些都是后话了。”我震惊了，怎么回了一趟老家，人就变这样了？我没接话，继续看他在那儿指点江山，滔滔不绝，跟开会似的，目视前方，看都不看我。就看见他嘴唇在动：“……反正你现在也没人要，我就勉为其难吧，照顾你一段，就当扶贫了……韩文静是个好朋友，很多事不一定像你想的那么简单……得，话说三遍淡如水。就这么说定了，该怎么办你自己掂量……目前，我是你男朋友这件事儿你记着就行了，过了这段你爱找谁找谁去，我也不管。关键是——你看你现在还有人样儿吗？”说完半天他也没转过来，估计是不太敢看我。

我咬准了他不好意思回头，当即流氓兮兮挑衅道：“李理，你能看着我再说一遍吗？”事实证明我对男人远远不够了解，他们比我流氓多了。“行，这样够面对面了吧？”李理突然转过身来，走到我面前，脸都快跟我对上了，这样一来倒把我给弄不好意思了。我愣了一下，刚想闪，胳膊被他一下子抓住，还挺疼的，“跑什么？不是再说一遍吗？周小北，你听好了，我刚才说，不管你愿不愿意，从今天开始，我就是你男朋友了。这样说你比较清楚了？没清楚我可以再说一遍。”

我低下头没说话，心里拼命逃避他能够感染我的那股气息。其实李理人挺不错的，可我对感情真有点绝望了，爱情更是不可信，就跟开玩笑一样，一不留神开恼了。跟樊斌离婚以后，我对婚姻基本上是抱着一种玩世不恭的态度，更别提正儿八经地找个人谈谈恋爱搞搞对象，对于珍惜的人就更是如此。

李理看我没说话，挺得意的，笑着继续拿话激我：“怎么，不敢吧，吓着了？那天在我家脱衣服的能耐哪儿去了？”

他这么一说，我干脆放弃传统意义上的口舌之争，直接改为真刀实枪的唇枪舌剑。在白云山少见的大太阳底下，我再次把他非礼了，不过这一次李理没有拒绝，并且输得有些心服口服。

在非礼的过程中，我恍然大悟，有种中了圈套的感觉——李理太清楚我的弱点了，知道我一向受不了激将法。好在李理接吻技术还可以，这一点让我稍感欣慰。人生数十载，让人舒服的时间那么少，珍惜眼前人才是真的。至于以后——管他呢，快乐当然要付出代价，不要紧，我愿意拿命来抵。

_2.

整个非礼过程持续了很久，李理的那个吻几乎让我欲火焚身——以前怎么没发现，其实李理十分性感，特别是他看我的眼神，让我可以不知不觉地忘却记忆里支离破碎的过去，获得短暂的安宁。那天从山上下来以后，李理正式成为我的男朋友。我的失眠明显好转，有时坐在李理的车里，看着窗外不断变幻的风景和一排排飞速后退的树木，恍惚间觉得前尘往事如梦似幻，也许都是上辈子的事。

王媛听到这个消息有点吃惊，我说："这都是模仿你的处事风格，先斩后奏。"

李理从原来的公司辞职以后，筹备着要开一家旅行社，征求我的意见，我说没意见，只要能让我免费旅游就行。李理问我喜欢什么地方，我随口说，马尔代夫。我们相处的方式中规中矩，忙的时候各忙各的，互不打扰，不忙的时候他常来我家陪我，偶尔还施展点儿雕虫小技，做顿晚饭。我写剧本的时候他在旁边不远处的沙发那里看球，或者匍匐于上，或者犬坐于前，十分自觉。在别人眼里看来，我们貌似在一起生活了多年的老夫老妻，非常和谐。有时我俩兴致来了也在一块儿喝两杯，不过不管多晚，他都从不在这儿过夜，跟灰姑娘一样，到点就走。我俩不约而同地对床戏采取回避态度，在这一点上我们十分默契。

一天晚上，李理刚下楼没一会儿，门铃就响了。我以为他落了什么东西，走过去一开门，发现樊斌有点微醉地站在门口。我挺烦没事借酒装疯的，有什么话不能清醒的时候说吗？干吗非得喝醉了堵在门口，跟抄家似的。我随手把门关上，走回客厅，樊斌在外面敲了几下，见我没反应，干脆直接把门打开了，这一下把我吓得不轻——他竟然还有钥匙。

樊斌跌跌撞撞地冲到沙发上坐下，抬起头红着眼睛看我半天，问："小北，你是不是跟李理在一起呢？"

我说："樊斌，咱有话明天再说行吗？李蕊估计还在家等你的吧。"樊斌有些不依不饶："我问一句话就走，你是不是跟李理在一起呢？"我在他对面坐下，干脆简洁明了地回答："对。"一阵风从我面前扫过，樊斌起身就往外走，边走边回头跟我说："你等着，我去找他。”我忽然想起来钥匙还在他身上，刚追过去想喊住他，他却先我一步回过头来，一本正经地看着我：“小北，我告诉你，你跟谁在一块儿都行，就是不能跟李理。”

我实在不想跟一个酒醉的人讨论为什么，只能说：“你回去路上小心点儿，最好打个车，楼下就有。”

听我这么说，樊斌一下子颓废了，脸上充满凄楚，让我不忍逼视。

“小北，我们复婚吧。”

听樊斌说出这句话，我连钥匙也不想要了，只想让他快点儿走。樊斌看出我的不耐烦，他一向对不耐烦的表情非常敏感，有点失落地说：“我们之间真的不可能了吗？”

我反问他：“你觉得呢？”樊斌说：“也许说了你不信，这世界上这么多人，要是说我真想结婚的，也就你。”我有点难受，强撑着假笑：“你这是在夸我呢？”樊斌注视着我，表情很痛苦，也很真诚：“我接受不了。说实话，我一直都没觉得我们真的离婚了，总觉得还是从前，你生气了跟我吵了一架，过段时间，你气消了，我们总会重新在一起的。”

这下我真笑了，说樊斌是个三十一岁的婴儿还真没错，他是真心把婚姻当作游戏了，以为里面的人都像游戏一样不生不死，就算死了也有无数次机会卷土重来，只要轻轻点下鼠标就行了．一切都会重新开始。

我清楚他根本没醉，沉默了一会儿，说：“樊斌，其实你心里比我还清楚，我们之间永远都不可能回到从前了。”

樊斌没再说话，跟我对视了一会儿，默然离去。

当天晚上我躺在床上，面对着有些发黄的屋顶，长久地注视，时间长了竟然可以看出了上面一些不为人知的细密纹路。它们纵横交错，就像一张躲在暗处的蜘蛛网，悄无声息地把这房子发生过的一切猫腻藏在心底。我期盼着有一天那个结网的蜘蛛突然醒来，伸个懒腰，爬到中心把它们通通吃掉，吃得干干净净，最好连骨头都别吐。

_3.

第二天李理问我，昨天樊斌是不是找过我。我说对，他半夜来过，警告我不许跟你在一起。李理笑着说，我早被警告了。我惊奇地问是什么时候，我怎么不知道。李理说，他从老家回来第二天就跟樊斌见了一次。至于他们见面具体谈的什么，李理没说，我也不想问。

不过有一点我能感觉出来，樊斌一直怀疑李理跟我在一起是不怀好意、另有目的。对于这一点，樊斌没有给我解释。同样，对于我跟李理有没有上过床这件事，我也从未跟樊斌解释。根据经验，一切的解释在真正的怀疑面前都显得特别苍白，特别脆弱，工于心计而且特别傻×。我认为如果是单纯为了有一腿，那么这世界上的任何两个人都是有可能和有机会勾搭成奸的。可是这个前提成立的条件往往过于复杂或者过于偶然，相比之下水到渠成的情况就容易把握得多。

李理跟我说："樊斌之所以这么做是因为紧张你，生怕你被别人给欺负了。"

我有点下不来台，自暴自弃地说："轮得到他紧张吗？樊斌以为我是互联网呢，全世界的人都想上我。你怎么不告诉他，其实我挺安全的，至少在你面前。"

李理看出我不高兴，解释说："男人其实都一样，本能地按照自己的想法想问题。因为在本质上，男人都喜欢乱来，就像水一样没定性，流到哪儿是哪儿。除非有道渠限制他。”

我问：“你也喜欢？”李理思考了一下：“对。我也是。不过我是轻易不乱来，一来就很难收手。”说这话的时候我们正在吃饭，可能是讨论的声儿有点大，旁边一个女的不停地朝我这个方向偷窥，眼神鬼鬼祟祟的。那女的有点胖，本身就跟气球一样，还弄一个带尖儿的头发，看着跟大便巧克力似的。

我总结说：“这顿饭让我明白了两个道理。第一，水是流动的，不过有些时候只在渠里动。第二，你是喜欢乱搞的，不过只是在我之外的女人里搞。”

李理笑了：“瞎说。根本不是这么回事儿。哎，你别瞎想啊，要说你对我没吸引力那可就太冤枉了，你以为我干吗找你当女朋友，那天你一脱我可全看见了——身材还行，还有点起伏，不像你说的那么波平如镜。”我一个劲儿地嘿嘿笑着说谢谢夸奖，李理接着说：“主要是你长得太占便宜了，一副楚楚可怜的样，老给人一种错觉，一旦对你干吗了就是乘人之危。”

我乐了——还头一次有人说我长得楚楚可怜呢，刚想夸他慧眼识珠，转念一想——不对啊！他这是不是骂我吧？按理说喜欢一个人那么多年，好不容易凑一块儿了，这会儿就是最丑的女的也有机会怀上几个孩子了，我这到底是占便宜还是吃亏啊？我琢磨了一下，他潜台词意思其实是：你长了一张令人伤心的脸——还不是让人想入非非那种伤心！

我本来还惦记着跟他说下钥匙的事，因为李理手里也有一把，免得哪天李理在我家时，樊斌突然打开门再把他吓出病来，这么一来干脆给气忘了。后来一想，算了，还是干脆换把锁，也没有多麻烦。不过对于樊斌随身带着从前钥匙这一点还是让我有点吃惊，我俩没离婚的时候他都不带，一离婚他还顾家了，早干什么去了？

这让我想起童年的一种游戏。小的时候我喜欢爬树，五米左右的树对我来说根本不在话下。我跟着一堆比我大的小屁孩，在乡下的暮色里发足狂奔，翻上墙头，跳上草垛，膝盖部分总是血肉模糊，旧伤不愈又添新伤。我穿着一条我妈从老远的地方买回来的蓝色的蜡染裙子，手里拿着一根转了好多蜘蛛网的树枝，疯狂地跑，后面有人疯狂地追，跑着跑着我栽倒在地，血染红了裙子的一角，我爬起来，小心地用黄土把血遮住，然后转身命令追我的小朋友后退三步，拾起武器，然后趁其不备发足狂奔。我总以为后面有人在追我，于是不停地跑不停地跑一刻也不停地跑……跑着跑着回头一看，后面空无一人，追我的敌人早已没有踪迹。小时候的游戏总是那么有暗示性。现在我还是在不停地跑不停地跑一刻也不停地跑，总以为后面有人在追。我跟自己说，不能停啊，千万不能停，停下就死了，哪怕是死也得死于挣扎。可是某天的某刻，我控制不住好奇心扭头一看，发现后面同样是空无一人，恐惧感一下子袭上心头，我更加拼命地跑，玩命地跑，假装后面有人在拼命地追，玩命地追，生怕一个急停一个转身就此葬送了跑完的这段路程。汉语里面有个成语形容这种情况我认为非常确切，那就是——疲于奔命。

_4.

一天夜里三点，我接到王媛的电话，我看了号码，心里“咯噔”一下，以为医院那边出了什么状况，接起电话一听，王媛在那头儿语调低沉地说：“小北，出事儿了。”

我心想完了，肯定是王媛的母亲……我实在不知道该怎么安慰，一阵悲伤袭上心头。看我没说话，王媛问：“小北，你睡了？”我说：“噢，没呢。王媛，你一定要坚强，咱们——”还没等我说完，王媛就把我打断了：“你想到哪儿去了。韩文静她爸出事儿了，因为经济问题被双规了。”

我脑子还没转过来，干脆重复了一遍：“韩文静她爸？因为经济问题？”王媛说：“嗯。老爷子之前坚持要离婚，就是提前收到风声，知道可能会出问题，怕一旦案发牵连到她们娘儿俩。瞒得真严实，直到进去了韩文静才知道。”我赶忙问：“现在走到什么程序了？”王媛很无奈：“什么消息都没有，只知道被中纪委找去谈话，具体什么情况谁也不知道。”

我问：“那这消息是打哪儿来的？”

王媛说：“传话的人韩文静不太熟，说得很严重，案情复杂，涉案金额巨大。韩文静问那大概能是什么结果，那人说做好最坏的打算，死刑也不是没有可能。她妈一听当时就昏过去了，现在在医院里。韩文静快急死了，担心她爸身体不好在里面受折磨，连夜跑到我这儿来，让我帮她想办法，看我实在帮不上什么忙，又不知跑哪儿去了。”

我在脑子里快速过了一下，觉得可以排除两种可能，一是凭韩老爷子的位置，经手的数额应该还不够到死刑的程度；二是经济案虽然也算刑事案的一个分支，不过一般都吃不了什么皮肉之苦，而且现在又在调查阶段，相对来说环境应该比较宽松。我问王媛，知不知道韩文静干什么去了。王媛说她也不清楚。我说你先转告韩文静，这个时候最忌讳两眼一抹黑，冒昧地上下打点，到处送钱，一旦送错地方不光于事无补还很容易起到反作用。首要任务是应该赶紧想办法搞清楚案子的具体情况。到底是什么性质，再作定夺。王媛答应了一声，匆匆挂了电话。我爸退休以前一直在检察院工作，我耳濡目染，多少也了解一点儿情况，经济案里分很多种，有贪污受贿、挪用公款、走私、职务侵占，等等。而在职官员一旦跟玩忽职守、玩弄女性这些名目扯在一起就比较麻烦了，一般都没什么好结果。

五分钟之后我接到韩文静电话，刚一通我就听她在电话里骂：“周小北，你他妈给我死一边儿去！少在这儿装好人！一想到你我就觉得恶心！告诉你，我韩文静死到临头也求不到你身上！”说完“啪”把电话挂了，我连个还击的机会都没有。我气得直发抖，心里暗骂，这个不知好歹的东西，以后再有什么事儿求着我管我也不管了！倒了两片安定，关了手机，倒头睡去。

又过了两天，没有听到任何消息，第二天下午，我忍不住给王媛打了个电话，问她在医院还是在家，王媛说她刚从韩文静那儿回来，我说你等着我现在过去找你。我打了个车冲到王媛家，到了看王媛一脸愁苦表情，知道大概是没什么好消息，我让她赶紧跟我讲下大概情况，王媛说：“看样子真是挺麻烦的。”

那天通完电话，韩文静果然没听我的，第二天一早就提着钱打了一圈通关，不管有用没用的，只要能找到的关系全都找了。两天下来，送出去的钱不计其数，有的收了，有的没收。收了的含含糊糊，到现在也没有个准确答复。更多的是没收，不敢，都怕惹祸上身，平时见了韩文静点头哈腰生怕巴结不上的态度一下子全变了，翻脸不认人。稍微有点儿人情味儿的还跟她客气几句，说句不好意思实在帮不上忙，很多都推说不在家，连电话都不愿意接。韩文静急了，一家一家登门拜访，有的还开门寒暄几句，一听来意就找个借口匆匆送客，有的看见韩文静跟看见瘟疫似的，直接堵在门外，干脆连门儿都没让进。韩文静说，现在的人怎么都这样啊，没事的时候拼命巴结，一旦有事全假装不认识，一点儿江湖道义都没有。我估计她是没找对人，连点儿实质性的话都没套出来。

我问王媛："案子到底是怎么回事搞清楚没有？"

王媛说："我也不太明白官场那些词，文静说主要是行贿受贿，利用职权之便以权换钱，领头的是一个副部级，因为一个开发商出问题栽进去了，韩文静她爸也被牵连进去，一起接受调查的还有几个人，据说都有牵连。"

听王媛这么说，我终于松了口气——进去的那个是副部级，韩文静她爸是副厅级，还是二把手，问题应该不会太大。

王媛接着说："韩文静现在急得快要发疯了，见庙就拜，见人就递钱，到处托关系，能想的办法全都想到了。晚上她还让我陪她去找老黄。小北，你说老黄那人能信吗？"

提起老黄这些人，不得不感叹世态炎凉，人情不值钱。老黄这类人要是能靠得住，母猪都能上树。他们是城市里最典型的那种见风使舵唯利是图的，用得着你的时候怎么都行，一旦用不着就会跑得远远的，生怕沾上。

我跟王媛说："你还记得上次万婕来吃饭，老黄去送酒那次吧？那天老黄就有点不对劲，平时韩文静都不拿正眼看他，随便搭理一下他就乐半天，特供茅台论件送，还生怕人家不要。那天还是韩文静主动打电话找他的，说怕饭店里是假酒，让他拿几瓶过来，给钱。老黄半天拎了两瓶过来，态度也跟平时不一样。老黄也在做房地产，估计那时候就听到点儿风声了。"

不过我想了想，也能理解韩文静此刻的心情。如果是我的话，估计也会这么做，上下打点，宁可错杀三千，不可放过一个，至少给自己留点儿希望——指不定哪条线就起到作用了，心理上安慰，总比什么都不做坐在那儿干等着舒服。当然也有些收了钱也不办事的，不过那都是后话了。

王媛犹豫着说：“那怎么办？你看……还用找吗？要不你打个电话跟文静说一下得了。”

我音量顿时提高了：“少来！她的事我不管！她要去你就陪她去吧，告诉她该找的人得找，不该给的钱别乱给——给也没用。”

_5.

从王媛家出来我直接打车回我爸我妈那儿，老两口儿不知道我离婚了，我妈看见我还挺高兴的，忙问我樊斌怎么没跟着一起过来。看到他们我心里就一阵刺痛，心想以后我可不要孩子——摊到个懂事的还行，像我和王媛还有韩文静这种随便碰上一个也够受的，她们倒霉，我们也得跟着伤心。

我随便跟我妈聊了几句，走到书房找我爸。我走到他面前，特别严肃地说：“爸，我想求你件事。”我平时跟他们嬉皮笑脸惯了，一旦假装认真就是跟他们要东西，我爸根本没当事儿，抬起头慢悠悠地说：“看你这么说话就没好事。上回是想要什么苹果笔记本电脑，这回又想要什么啊？说来听听吧。”

我满脸诚恳，继续严肃地说：“爸，我长这么大没认真求过你什么，现在真有件事想求你帮我办，我想来想去也只有找你了。你一定得帮我。”可能演得太入戏，我觉得自己都要哭了。

我爸看我来真的，吓得不轻，以为我犯了什么不可饶恕的大罪，眼镜摘了，报纸也不看了，紧张地问：“怎么了？”

我意识到可能戏有点儿过了，万一把我爸吓出心脏病什么的可就不值了，赶紧往回找："其实也不是什么大事……噢不！是大事！爸你听我慢慢给你说，这事跟我没关系不过对我非常重要！"我一着急越说越乱，我爸越听越糊涂，我搜肠刮肚好不容易找到个形容词，"就跟我自己的事一样，就跟……就跟你的事一样！"

当天晚上，我和我爸在书房里聊了很久。我知道我爸有个老战友，位高权重，有很多部下现在都手握重权。我爸跟他算君子之交，不过我听过他们之间的故事，以前在部队的时候，我爸曾经救过他一命，一直到现在他都心存感激，逢年过节都会登门拜访，实在没空儿也会打个电话问候一声，从我记事儿起就一直没断过。有一次我问我爸："那个叔叔是谁啊？"我爸随便说了个名字，把我吓一跳。当年我年纪小，刚找工作的时候还想抄抄小路偷偷懒，让他帮着弄个公务员干干，刚提了个头儿就让老头儿给训了。老头儿说："你怎么那么不学好？！就算现在把你安排个好地方能管你一辈子？年轻人思想怎么那么落后，都什么时代了还指望铁饭碗。"现在回头想想不禁暗自庆幸，幸亏当初我爸把我这个念头打压了，现在让我干我也不干了。

这次也是，刚提了个头儿，我爸大手一挥，说："不行！这种事你少参与，没你想的那么简单。"

我摆事实，讲道理："将心比心吧，要是你现在进去了，肯定指望我在外面帮你吧？"我爸根本不在乎，说："不可能，根本不会有那一天。"我一看情况不好，干脆直接使用撒手锏，上重头戏，声泪俱下，动之以情，晓之以理。从我跟韩文静怎么认识的，这些年怎么相处的，一直说到她爸进去了她怎么上火的，渲染得十分感人。当然我主动回避了韩文静跟樊斌上床的那一段，要是把这个说出来，估计我爸怎么都得帮了——帮她爸永远别出来。

我爸听着也很感动，一个劲儿地叹气、唏嘘，觉得韩文静和她妈可怜。

我看时机差不多了，给我爸撂了句狠话：“爸，这么说吧，要是这个事解决了，我愿意……让我折寿五年——不！十年我都干。”我知道我爸最受不了这个。

果然，我这么一说，我爸勃然大怒：“胡说什么！你给我闭嘴！什么折寿不折寿的，张口你就胡来！生命是最可贵的，我和你妈把你养大容易吗？简直是不孝！”

我趁热打铁：“那就我的生命重要，韩文静和她爸生命就不重要啦？”

我爸也不识激将法，这一点上我就打他那儿遗传过来的，这么一说目的顺利达到，我爸虎着脸，挥挥手说：“行了。我先问问看吧，你先别出去乱说。”

我把眼泪一抹，转身就下楼买菜了。上来以后我妈想接，我跟我妈说：“别动！都别动！今天晚上让我来。”我在厨房折腾得满头大汗，十八般武艺都用上了，估摸着做了一桌老头儿爱吃的，端上去以后老两口相当高兴，相当吃惊，夸我厨艺大有长进，就是在厨房待的时间太长，把他俩饿得够呛。

我爸乐滋滋地说：“女孩子就应该这样，平时没事学着做做菜，勤俭节省是一方面，更重要的是培养生活情趣嘛。”

_6.

后来我听王媛说，文静那天晚上十分凄凉。去了之后，老黄的反应跟我先前预想的一样避之唯恐不及。文静和王媛找了个包间，坐了半天，老黄都推说旁边有客人，实在赶不过来，久久不肯现身。后来韩文静怒了，站起来从容来到大厅的舞场，走到DJ那里，把那俩打碟的往旁边一推，竟然也没人敢拦她。紧接着把音响一关，灯光一打，整个大厅仿佛白昼，昏暗下的一切丑态原形毕露。舞池里所有人都愣了，大部分停在那儿，少部分依靠身体惯性还high着呢，都不知道出了什么事儿，全场一片安静。

韩文静一脸冷峻，跟主持人似的，对着话筒说："黄子宏，忙着呢吧？我来是为了告诉你一声，你大爷病了，正在医院躺着呢，派我来通知你一声。要是听到了就过来一趟，听不到我走了，你别后悔。"

两秒钟不到，老黄如愿出现在正前方。老黄一脸和蔼，嘴里喊着"没事儿没事儿你们继续"，指挥现场恢复秩序，歌照唱舞照跳，表面上跟往日一样，诚惶诚恐地把韩文静弄到卡座坐下，还叫了两瓶酒，说给韩大小姐赔罪。

韩文静说："老黄，我今天来不是喝酒的，是有事找你帮忙。"

才刚提个了话头，老黄就蔫了，开始找种种理由搪塞，跟韩文静撇清关系。韩文静说一句，他有十句在那儿等着。

最后韩文静有些灰心了，拿过手里的包，跟他说："老黄，怎么说我从前也帮过你的忙，就算我今天花钱跟你买个消息总可以吧。"

老黄一个字都不吐，头晃得跟拨浪鼓似的，连连摆手，表示与他无关。

韩文静笑了，说："说白了不就是为了钱吗？钱他妈到底有什么用？老黄，做人不能一点儿良心不讲，你以为你开了个场子，生意挺旺，就挺了不起了，是吧？你信不信，今天我可以让你这里全场的人同时为我低头。"

老黄急于脱身，态度难免有点儿轻视，本来想赶紧把韩文静送走了事，但没想到韩文静能说出这种话，一时间坐在原位百思不得其解，不知该如何应对。

韩文静蔑视地看了老黄一眼，起身站到卡座正中的茶几上，从包里掏出一叠一叠现金，扯下捆条，用力向空中洒去。泪水与粉红色的钞票同时在空中飘落，飞舞，凄美悲凉，天理不容。

王媛跟我说这些的时候我刚好在回家的路上，我本来想问一句——后来怎样了？但最终没有问出口。韩文静在短短两天之内体会到的那种巨大反差和失落感，不是单凭想象就可以体会得到。有些时候，如果你没到那个份儿上，就永远也别想体会那个份儿上的快乐和折磨，问也没用。好在我爸那边还有点希望，从家里出来之前，我一再跟我爸暗示，时间就是生命，时间就是金钱，我们应该抓紧分分秒秒，争取主动，冲向胜利。我爸说："行了。我心里有数，尽快给你消息。回去跟你那朋友说一声，不用太着急，急也没什么用。"快到家的时候李理还给我打了个电话，问我这两天忙什么，怎么连点儿动静都没有，我说忙着哪，先别理我，以后再跟你说。我边跟李理聊天边上楼，到了家门口儿，隐约看到一个人影儿，好像有点熟悉，我心想这谁呢，是不是找错了，等走到近前一看——李蕊。

李理听我半天没说话，还以为掉线了，我说："我家来客人了，先不说了吧，回头我再给你打。"挂了电话，端详了一下，发现女人关于穿着还是有技巧的，表面上越自然就越费工夫。李蕊今天穿了件灰色的雪纺洋装，看上去挺休闲挺随意的，不过稍一留心就知道这种随意来之不易，出门之前肯定精心打扮过——妆是刚上的，脸上的粉底还有点干，裙子也明显是刚换的，干洗过的折儿还没完全打开。最明显的一点是，外面那么大的风，她头发竟然一丝不乱，服服帖帖地拢在脑后，一看就是刚梳过。我心里暗自好笑，我这儿快成公共厕所了，谁都来。

李蕊看到我好像有点尴尬，低着头半天，好不容易从牙缝儿蹦出一句：“你好。”我笑眯眯地看着她：“你是来找樊斌的吧，他现在不归我管，我俩离婚了。”李蕊反应过来说：“噢不……我不是来找他的，我……想跟你聊聊，我能进去坐一下吗？”装什么啊又不是第一次来了，上次进来都没跟我申请这次还客气上了。犹豫片刻我打开门说：“当然可以，请进。”

_7.

李蕊走进房间，四处打量一番，在沙发那儿坐下，美丽妖娆，风情万种，看着挺赏心悦目，跟挂历似的。

我倒了杯水放在她面前，她有点不好意思地说：“你挺忙的吧？”我在她对面的沙发坐下，看着她说：“还行。”毕竟是我家，李蕊多少有点慌乱，环顾左右，没话找话：“你们家挺舒服的，都是你布置的吧？”“噢，都樊斌弄的，他没跟你说？”我干脆主动把话题往樊斌身上靠，谁有空在这儿跟她讨论装修风格啊，“樊斌他这人吧，表面上喜欢这种怀旧风格的，其实本人不怎么怀旧，这一点你应该比我更了解。”

李蕊听出我的话外之音了，也不扯别的了，坦诚地跟我说：“你别误会，我这样来找你，你肯定觉得我挺冒昧的吧？心里还指不定怎么骂我呢，换了我，我也这样。本来想提前给你打个电话，又怕你不见我。”

还挺痛快的，那正好，我也不用装了：“找我什么事儿？”

李蕊低着头，好像挺痛苦："我……想跟你谈谈樊斌。我突然觉得，自己好像一点儿都不了解他。"

我乐了，你不了解他我就了解啦？起码你还现任呢，我都前妻了。

可能表情没太控制好，让她看出来我心里在冷笑了，李蕊有点尴尬："你是不是很介意，我就知道会是这样……唉！算了不说了我还是走吧。"

李蕊无限懊恼地站起来，语气里的歉意和意犹未尽都是真的。

看着她一副下不来台的样子我心里一阵暗爽，之后又有点不忍心，稍作思考之后，我淡淡地说："既然来了就聊聊吧，你是不是想听听我跟樊斌怎么认识怎么相处的，拿来给你做个参考？"

可能说得有点太直，李蕊露出惊讶的表情，以为我挑衅呢，站在那儿不知该走还是该留。

我笑了："没事，我不介意。不过……要是我告诉你我们俩的事儿，你也得告诉我你们俩的吧？"

我跟李蕊聊到深夜，甚至还开了一瓶红酒。聊了一段时间我觉得李蕊这人还不错，看上去挺深，其实没什么心眼儿，三句两句就让我套出来她跟樊斌是怎么认识的了，而且说得很坦白，跟招供似的。估计是把自己当罪犯把我当政府了，几乎是知无不言，言无不尽。从谈话中得知，原来，她前两年跟了个加籍华人，是个老头子，好像挺有钱的，具体有多少她也不知道，比她大两轮，每个月飞回来看她一次，一直持续了两年。

我心想这不是傻吗，钱都没弄清就先委身了，一个月一次，还挺规律的呢，跟月经似的，估计是把她当卫生巾使了。

好不容易熬了两年，终于等到出头之日，老头子跟老婆离了婚，办好手续，在加国热烈期盼她入籍。出国之前，她到深圳去了一趟，跟家人告别，没想到遇上了樊斌，俩人一见钟情，犹如烈火遇见干柴——一个长期出差在外，身边缺乏女性慰藉，一个想在出国前寻找最后的激情，最后睡把中国男人，于是天雷勾动地火，不管不顾地搞到了一起。几天之后，李蕊留下一纸情信，远走他国，不想跟樊斌再联系了，一心一意出国等着在加国继承遗产。只不过樊斌这个傻×还没出戏呢，疯了似的到处找她。也巧了，李蕊到了加拿大才发现，老头子根本不像他说的那么有钱，住在乡下的破房子就不说了，关键是日常生活极其枯燥，唯一的爱好是在花盆里种点儿大麻，日日监督它成长。李蕊在那儿一个人也不认识，跟老头子又没共同语言，寂寞少妇，实在难耐，心想这样下去等不到继承遗产那天就先把自己熬死了，于是顺理成章地就让樊斌找到他了。俩狗男女再度联系，更加激情迸发，李蕊被樊斌执著的精神深深感动，突然觉得自己也挺爱他的，痛定思痛反省了一下，觉得不能把一生荒废在无望的等待中，要鼓足勇气追寻真爱！一咬牙，一跺脚，干脆回国了。

听到这里，我不由得深深感叹：真是一对儿傻×啊！

回国之后的事儿我也大概知道了，二人明修栈道，暗度陈仓，多次在包括我家在内的各种场合乱搞，搞着搞着李蕊提出让樊斌娶她，樊斌一听惊了——不是纯洁的爱情吗？怎么你也谈婚论嫁。其实樊斌这种人我太清楚了，没错儿，他对生活一直都是挺有激情的，不光追求激情，而且热爱自由，自尊心很强，性格也比较直接比较单纯，有点像大男孩，喜怒哀乐全都在脸上。当他疯狂追李蕊的时候，就是单纯的追，根本没想那么多，只是要把满腔激情释放出去。等到李蕊一回国，他自己先蒙了，傻眼了，激情没处放了。再加上他不是喜新厌旧的类型，而是喜新不厌旧的，对我也还有一点感情，既然结了就不会那么轻易离，好不容易折腾结了，如今又要折腾离，图什么呢？李蕊老催他，他也觉得烦，有点退缩，干脆告诉李蕊在她出国之后，跟我结婚了。李蕊一听更加心疼了，觉得樊斌肯定是被自己伤害了饥不择食，随便找人代替自己，说什么都得嫁他。樊斌一拖再拖，就是不表态，既不肯放弃婚姻，也不舍得放弃李蕊，陷入空前的两难境地。没想到后来出了韩文静那档子事儿，李蕊如愿以偿地得到了樊斌。不过这次情况变了，樊斌跟她在一起也不激情了，反而处处躲着她，经常喝得烂醉，而且不能在他面前提我，一提就急。李蕊放弃了数年后的万贯家财，不顾一切跑回国内寻找爱情，肯定不会这么轻易放弃，面对二人矛盾越来越多的下坡路局面，本能地就想到了我。

作为一个对爱情充满憧憬的未婚女青年，李蕊想当然地以为，离婚是件很惨烈的事，离过婚的男女应该像仇人一样，势同水火，不能相容，怎么可能还互相关心呢？其实我知道，婚姻其实没那么复杂，真要那么纠结就不会离了，就算离了也会找借口复婚。真实情况是两个人在一起生活太久，到了无以为继的时候，自然就分开了，就算没有李蕊也会有别人。至于樊斌为什么表现得这么不乐意，除去念旧的那一部分，我觉得更多的其实是一种自己都不愿承认的情绪——不甘心。人多少都有点儿贱，一直主动地想达到某个目的，一旦被动了，目的也就不那么具有诱惑力了。

我把我想的这些都跟她说了，把她送到门口儿的时候还祝福她。我说：“樊斌人挺不错的，真诚热情洒脱，你也挺不错的，爽快勇敢漂亮，你俩挺合适的，千万把握好了，别让幸福溜走。”

李蕊可能觉得我挺诚恳的，回头感激地看了我一眼，目光十分友善：“小北，说实话，我挺欣赏你的。我打心眼儿里希望有一天你能成为我嫂子。你跟我哥也挺合适的。”

我还以为她骂我呢，问道：“你嫂子？你哥是谁？”李蕊吃惊不小：“怎么……你不知道？我哥——李理啊！”

Chapter 9

让过去的都过去，美好的现在开始

_1.

第二天一早，樊斌就杀过来了，又是拿钥匙开的门，也不说话，一进门就一个一个房间到处乱窜，四处寻找，连卫生间都打开看了，可能是想看李理在不在。我觉得好笑，找什么呢，想看奸情自己照照镜子不就行了？

我警告他说："樊斌，我已经约了换锁的，人还没来，你再这样下去我可要告你侵扰民宅了。"

樊斌没理我，找了一圈没见着人，取消格斗状态，走到面前看着我说："昨天李蕊来找你了？"目光里的内容很复杂，有同情，有惭愧，可能还有点儿心疼。

我面无表情："嗯，来过。"

樊斌上下打量了我一番："一晚上没睡？"

我继续面无表情："嗯，没睡。"樊斌抱着头在房间里转，两只手一会儿上去一会儿放下，憋着一肚子话在嘴里但是只是做出欲骂的表情没有骂出口，看得我眼花缭乱，估计是心里暗自猜测李蕊指不定把我气成什么样儿了。

他走了几圈之后我实在受不了了，我头昏脑涨地说："樊斌，停！行了，别转了，我头晕。”

樊斌眼圈都红了，悲痛地望着我，半天，突然一个箭步走上前来，一把抱住我，口中喃喃念叨着：“小北，对不起，小北，我再也不会让你难受了，给我一个机会我们重新开始……”

后面说的什么我都没听清，就顾着推他了，无奈他非常用力，抱得很紧。就在我打算放弃抵抗好好跟他谈谈时，奇迹发生了，门开了，李理出现了。

樊斌背对着门口，什么也没看见，我刚好可以从樊斌的肩膀上方看到李理的表情，李理惊讶地看着抱在一起的我俩，没说话。不过这种惊讶只持续了短短一瞬间，他摔上门，转身走了。那一刻我痛恨自己没把樊斌身上的钥匙给要下来。不过后悔也晚了，在李理面前出现的，是一对旧情复燃的狗男女和我那张惊慌失措的脸。我想转身追出去，耳边又响起李蕊那句话：“你不知道？我哥——李理啊！”李蕊说完这句话走了以后，我在原地傻了半天，思路才一点一点复苏，慢慢变得清晰起来。从李蕊说的出国前去深圳探亲，到认识樊斌，再到李理又帮着樊斌编瞎话骗我，这一切都可以解释了，原来都是因为李理跟李蕊是兄妹。我怎么就没想到呢？绕来绕去他们三个是一家的，就我一个外人。我一狠心，决定算了，追回来也是分手，误会也是分手，有什么意思呢？有什么区别呢？还不如顺水推舟，让他误会得了，还省得解释，弄得双方都筋疲力尽。只是心里突然变得空荡荡的，跟被谁挖走了一块肉似的。

妈的！明知道会难受，还是把自己弄难受了。

樊斌就是个傻子，听到门响，回头看了一眼，什么也没看见，以为自己幻听呢。松开我说：“没人吧？”

我也不想跟他谈了，决定把面无表情继续到底：“嗯，没人。”

樊斌又开始乱转，絮絮叨叨地普度众生："小北，李理他跟你在一起有别的目的，你别被他骗了。他他妈的纯粹是因为报复！"

樊斌很激动，一口气说了很多，中心思想是李理是骗子，只是把我当成他俩阶级斗争的工具，说什么我也不能跟他在一起。

我面无表情地听着，最后打断他说："樊斌，一句话，你是觉着你睡了人家妹妹，人家就来睡我了是吧？"

樊斌很惊讶，愣了半天才结结巴巴地问我："你……你都知道了？"我面无表情地点了点头："嗯，知道了。把钥匙放下，你可以滚了。"那天之后，我断绝了跟李理的联系，樊斌也再没来找我。白天闲着没事我就往家跑，跟我爸拍马屁，顺便打探一下腐败案的进展。偶尔去下医院，看看王媛的母亲，发现胖子尽心尽力，完全把自己当成人家女婿了，事无巨细，亲力亲为，我也没什么能帮上手的。

晚上，我就从通讯录里找人，随便翻到一个就打电话过去，跟人聊天解闷儿。半个月下来，自初中以来所有留下联系方式的同学和朋友都让我联系遍了，好几个人夸我念旧，有人看我这么想念大家，还张罗着说干脆让我组织一场同学聚会算了，我吓得赶紧把电话挂了。

有一天打到万婕那儿，跟她聊服务业近况，万婕叹了口气说："唉！惨淡啊！""淡季啊？""金融危机啊，本来生意就少，还多了那么多竞争对手。这你还用问我啊？问你那朋友不就知道了。装得跟白领似的，我都没认出来。"万婕没好气，说起话来夹枪带棒的，把我弄得一愣一愣的。

我说："什么朋友？"

"就上次在深圳你让我帮着拉客户那个呗。"

我松了口气："噢，你说王媛。"原来万婕把王媛当竞争对手了，怪不得话里有话呢，估计是以为当面不告诉她，背地里找人抢她客户砸她场子呢。万婕说：“对，我记得好像是姓王。你也没告诉我是同行。”我笑着说：“你胡说什么呢，她哪儿跟你是同行，她是真白领，那天去做业务的。”“得了，谁不是做业务的？我不是说那天，后来我又见着她了。有天我在深圳外商活动中心看她陪一桌老外，我身边的朋友还指着她说，这姑娘挺酷的，不出台，收费高着呢，不过客户不少。”

“不可能，你肯定认错人了。”万婕轻轻叹息：“唉，但愿吧。”说完就把电话挂了。

我心想万婕真是瞎了眼，别人不知道我还不知道吗？王媛一辈子也干不出这种事来，真这么出息，十个彭永辉也早拿下了。虽说她长了个可以当狐狸精的脸，也干过狐狸精的事儿，可惜没长那颗狐狸精的心。

_2.

半个月后的一天，我爸火速召我回家，我估计是韩文静他爸的案子有结果了，在电话里也没敢多问，忐忑不安地回去听消息。

一进门，看到我爸的表情，我就知道完了——肯定没救了。我爸虎着一张脸，把我叫到书房，还关上门，也不说话。我小心翼翼地凑过去，问：“……判了？”

我爸点点头。

我声音有点发抖：“……几年？”

我爸惋惜地摇头：“无期。”我脑袋一晕，差点儿死地上，控制不住地大喊大叫：“凭什么啊！每年贪污受贿的人那么多，怎么就她爸倒霉啊！一共都没几年了还这么折腾人，不如直接给个死刑得了！判个十年八年不就等于无期了吗？无期？别说了！肯定是你没帮忙！算了，我自己找人去！”

任凭我怎么嚷嚷，我爸都不反驳，就是很冷静地在那儿看着我。

我叫唤了一会儿觉得不对啊！都无期了他怎么连一点儿反应都没有？停下来看了他半天——骗我！

看我反应过来，我爸开始教训我：“没长进哪！还是这么沉不住气。告诉你多少遍了，再怎么生气的事摊到身上，首先也得压一压，不要直接发作。像你这种性格，不担心哪天把自己气出心脏病？”

我快急死了，都什么时候了，这老头儿还有心思在这儿教我怎么做人。我低声下气地说：“爸，你就饶了我吧，我改还不行吗？你就别卖关子了，赶紧说吧，到底怎么样了？”

我爸说：“我还没说完，谁让你着急了？我说的是那个副部长判了无期，你那朋友的爸没什么大问题，这边找人活动了一下，估计下周可以放人了。告诉你朋友家人别太担心了。”

我又惊又喜，不敢相信：“真的？”

我爸说：“你也不用太高兴，人没事是因为有一个前提，他没有犯什么原则上的错误。如果真犯了谁也救不了他。不过位子怕是保不住了，反正也快退休了，准备交权吧。”

我快乐疯了，说：“交权交权，让贪也不干了，只要人没事儿就行。那……还有什么需要打点的不？”

我爸摇摇头说：“那倒不用。唉，我那老战友在外面就这么一个人情债，硬是让你逼着还了，现在我俩算两不相欠了。”

我抱住我爸的脸旗帜鲜明地猛亲一口，边往外冲边朝我妈乱嚷嚷：“妈，快看哪！你老伴儿太酷了，简直天下无敌，你怎么这么会找啊！今天晚饭——我包了！”

说完我直冲楼下买菜了，听我妈在后面笑：“怎么了，什么事儿这么高兴？叫得跟杀猪似的。”

两天后，王媛万分惊喜地给我打电话：“小北！文静她爸没事儿啦！”我淡淡地说：“哦，是吗？这么快就放出来了。”王媛有点郁闷，说：“你怎么一点儿都不高兴，还生文静气呢？”我说：“是啊！像这种腐败分子怎么不多关两天。”

挂了电话我哈哈大笑，笑得眼泪都快出来了。我很想给李理打个电话，显摆一下，号码都拨了突然想起来，他已经是前男友了。放下电话以后我发现自己空前地想他，要是李理在就好了，至少可以跟我分享一下治病救人的乐趣。再说他确实挺帅的，不管他跟我在一起是不是为了报复樊斌，我都可以勉为其难跟他睡一下。我记得跟韩文静绝交的时候他还劝我呢，说一切事物不要只看表面，自己眼睛看到的不一定真实。那是因为没搁自己身上，说呗，谁不会，等轮到自己还不是一样？这么一想更坏了，之前的思念全都转化成愤怒，更想打电话了，想亲自骂他一顿，告诉他其实他这人虚伪小气，不值一提，之前的种种宽容啊善良啊全是伪装的——不就看见我跟樊斌抱在一块儿吗？至于吗？别说我跟樊斌没什么，就算有什么，也犯不着掉头就跑吧？你看我——想到我自己，顿时泄气了。我说李理的那一套放在我自己身上也同样适用，甚至有过之而无不及。越在乎的关系往往越脆弱，说到底还是我们之间不够信任。

为了阻止我给李蕊他哥打电话，我想尽各种办法隐藏手机，可是我发现不管把它放在哪里，我都会以每五秒一次的频率下意识地朝那个方向看去。最后我颓然起身，拿起手机走到厨房，把它关进微波炉里。

_3.

傍晚，为了庆祝韩老爷子大难不死，绝处逢生，我给自己开了瓶酒，坐在电脑面前，边喝边写。后来我有点迷糊，躺在沙发上看了会儿电视，不知不觉睡着了。等我醒来时，门铃正在狂响。我以为是快递呢，心想下次干脆给快递也配把钥匙，走到门口打开一看，是王媛。

我打着哈欠说："几点了啊？"

王媛走进来就开始埋怨："小北你干吗呢？电话也不通敲门也不开，急死我了，还以为你跟李理分手一时想不开，干什么傻事儿呢。"

我这才想起来电话在微波炉里关着呢，走过去一看，有很多未接电话，大部分都是王媛打的，还有一串陌生的号码，我不熟悉，看上去像国外的。

王媛在一边看着觉得又好气又好笑："你怎么把手机放微波炉里，喝糊涂了吧，还是怕李理给你打电话？"

我说："得了，别提李理了，你知道李理是谁吗？"王媛说："我看你真是喝大了，不就是我认识的那个李理吗？""没错，就那个。"我去倒了杯酒，继续问，"那你知道蕊蕊是谁吗？"王媛想了一下："就那个写粉红纸条的？"我自己倒了一杯，又递给王媛一杯："对。蕊蕊，本名李蕊，是樊斌现在的女朋友。李理，本名什么我不知道了，前几天还是我男朋友。但是，李理和李蕊的关系是兄妹，也就是说，李理是蕊蕊的哥，亲哥，这么说你明白了吧？"

王媛捂着胸口摇头，吓得不轻。半天才搞清楚这层错综复杂的关系，充满同情地看着我说："不会吧？"

"有什么会不会的啊，事实就是这样——哎，你怎么来了，韩文静今天不是应该大赦天下大宴宾客吗？"

王媛说："哪儿敢啊，老爷子平时就挺低调的，不爱搞这些事。自从这次出事儿以后，韩文静也变得谨慎了，不像从前那么大大咧咧，不管不顾。一家在一起吃了个饭，谁也没叫。"王媛叹了口气，"再说有什么好庆祝的，晚节不保，职务也没了。听韩文静说，老爷子出来之后，整个人郁郁寡欢，不苟言笑，完全变了一个人。"

果然跟我爹说的一样，我想想也是，确实没什么好庆祝的，又不是什么争脸的事，一不小心再给庆祝进去就赔大了，我爹当年那条命白救了。

"正常的，忙了一辈子了，一下子闲下来肯定有点儿不习惯。之前听我爸说，有个老干部退休以后没文件给他批阅浑身上下都不自在，后来儿媳妇想了个办法，硬是让他批了一个月的菜谱。"手机一个劲儿地提示电量不足，我边找充电器边说，"哎，看着我充电器没？都被你打没电了。等着啊，我去卧室看看。"

好不容易在床底下把充电器翻出来，等我回到客厅把充电器插好转身一看，王媛从包里掏出一摞钱，整整齐齐摆在茶几上，两只眼睛无邪地望着我。

我一愣，还以为我爹行动泄密了，犹豫了一下，几乎是用当年"是你把皇军引到这儿来的"那种语气小心翼翼地试探着问："是韩文静让你把钱送过来的？"

王媛不明白："说什么呢，你今天怎么糊里糊涂的，这钱是我还你的。"我还真糊涂了，看着王媛说："你……还我的？什么钱？"王媛笑着说："行了别装了，文静都招了。我查过了，我妈刚生病那时你俩都往我卡里打过钱，每人五万。韩文静那份我过几天再给她送去。”“噢——”我这才回忆起来，是有这么件事儿，可是转念一想不对啊，王媛这会儿正缺钱呢，“傻啊你，这时候还回来干吗，你妈的病不治啦？”王媛小声说：“肯定得治，不过医疗费暂时够了，要是不够到时候我再跟你们借。”我又走回去倒酒，边走边说：“有钱啦？中彩票了还是怎么，不会是彭永辉的吧？对了前两天万婕给我打电话，还说看见你在深圳坐台呢。”我是笑着说的，没想到说完身后一片沉寂。我转过头一看，王媛一声不吭地坐在沙发上，脸色都有点儿变了。我还以为她生气了呢，愣了一下说：“怎么了王媛，我开玩笑呢！”王媛沉默了半天，开口说了一句话，我一听差点儿又昏过去。我听她说的好像是：“万婕说得没错，我是在深圳坐台。”

_4.

王媛说完以后，我拎着瓶子看了她半天，判断真假。

在我研究她的过程中，她一直跟我对视着，不卑不亢，没一会儿她先笑了：“怎么了？不信？”

看她一笑我才反应过来——噢，原来她也跟我开玩笑呢，差点儿上了敌人的当。我也笑了，放下瓶子走到她旁边儿坐下。我想这毕竟不是什么好话，举起杯跟她碰了一下说：“别理她，万婕这疯子，估计这段儿生意不好气傻了，看谁都像坐台的。”

王媛严肃地看着我，一点儿也没笑，一个字一个字咬得很清楚，认真地说：“小北，我没开玩笑。她们也管这叫高级陪聊，是客户请来专门陪老外的，有时也陪中国人，每小时一千。那天在外商活动中心我看见万婕了，不过我以为她没认出我，所以没跟她打招呼。”

我很想笑——骗谁呢，还一小时一千，都快赶上同声传译了，要工作真这么好找我也去干。可是再看王媛的表情，实在不像是开玩笑。我很想问她，你不是在那儿干翻译吧，又一想——不对啊，一桌全是老外，翻译给谁听啊。总不能把英语翻译成法语，再把法语翻译成日语吧？

憋了半天，我好不容易蹦出两个字：“真的？”

王媛凄然一笑：“你挺看不起我的吧？”看着王媛那表情，我知道这事儿是真的了。我突然想起来，那天在广州见面，王媛感谢万婕帮她做业务时万婕说的话。她说：“别谢我。其实咱们起到的都是同样的作用，关键是配合得好。光我能喝有什么用，现在这社会拼的是硬件，成绩全是A，出来混社会拼不过一胸前一对C，最重要还不是得你够漂亮吗？”当时我们还打趣，说王媛长了这么一对胸器，随便往那儿一坐都有出卖色相的嫌疑，不去坐台真是可惜了。没想到的是没隔多久这个嫌疑就被她变成事实了。

我看着桌上那叠钱，突然觉得有点可笑——朋友的钱也不要，胖子的钱也不要，客人的钱就可以要了？房间一下子静得可怕，我俩坐在钱的两侧，谁也没有说话。沉默了一会儿之后，我问：“你这样对得起胖子吗？”

提起胖子，王媛有点内疚，转着杯抿了一口，说：“是挺对不起他的。我知道他是个好男人，对我也好，不光对我好对我妈也好。我试过很多次，想去喜欢他，真正全身心地接受他，把他当成我的男朋友，像从前爱彭永辉那样爱他，可就是不行，我做不到。”

我说：“你还想着彭永辉呢？”

王媛很缓慢地摇了摇头："早就不想了。跟彭永辉一点儿关系都没有，我想我可能真的是——没能力再喜欢一个人了。"

我看着王媛，感觉有一肚子的话想跟她说。我想说，胖子现在还在医院里，跟照顾亲妈似的照顾你妈，你一句没能力就给打发了，早干什么去了？我还想说，我知道你要强，可是要强也不应该这么个要法儿——传统意义上所谓的坚强独立也不是号召大家都去坐台吧？

可最后我什么也没说，直接一句话把她给气走了："王媛，你现在跟我聊天不收费吧？"

晚上躺在床上，安定也没了，酒也喝完了，迟迟没睡着。我想我真是够倒霉的：好不容易结个婚，离了。好不容易谈个恋爱，黄了。好不容易处了两个好朋友，全他妈绝交了。

_5.

四月的广州淫雨霏霏，连日不绝，几乎每天都是阴天。有些时候我站在窗前，点一根烟，透过玻璃可以看到外面干裂的树皮和意味深长随风晃动的叶子。天色一点点暗下来，仿佛要下雨，有种下雨之前的沉闷。远处有一个工地，周围停着各种吊车，带着大铲子，好像时刻准备着把某个人铲起来摔死在尘土飞扬的路上。小工正在搬运着水泥，看不到表情。房间里灯光很亮，电脑上闪着荧光，上面记录着我刚刚写出来的一些狗屁不通的文字。看着这些，我常常会陷入一片混沌。

我并不讨厌我的生活，可看到它变成这样我有一点儿惋惜。生活说到底不过是睡觉洗澡走路呼吸小便大便刷牙赶稿吃饭，还得说话，有的时候言不由衷，有的时候掏心掏肺。你把它们处理得再好也是这些事，可是我处理不好，我幻想着有一天我的生活不再是睡觉洗澡走路呼吸小便大便刷牙赶稿吃饭，我希望我的生活里除了这些还能有些别的，比如说凶杀爱情快乐玫瑰幻想地震海啸战争中奖分裂返老还童分崩离析世界末日。也许生活变成那样，我能把它处理得比现在稍微好一点。

阴雨之后又是一个月的酷热，五月的最后一天，王媛的母亲停止呼吸，离开人世，当时陪在她身边的只有胖子。王媛没给我打电话，火化那天，是胖子通知我的。接到电话，我换了衣服，匆匆赶往殡仪馆。在那里，我见到了许久未见的韩文静和王媛，她们看上去都瘦了一些。普通人不讲究什么遗体告别，站在火化室外面，我和韩文静没有说话，时间差不多了我俩对视一眼，很默契地走过去，一左一右扶住王媛。在王媛母亲遗体被推入火化炉的那一刻，王媛轻声说了一句："我妈走了。"说完转过身抱住我和文静，痛哭失声。我和文静也哭了，最后我们三个抱在一起，哭成一团。

按照王媛家乡的规矩，我和韩文静还有胖子陪王媛送她母亲返回故乡，入土为安。回到广州以后，文静打了个电话约我出来逛街，我说好。半小时以后，她像往常一样开车到我家接上我，到了楼下依然是喇叭玩儿命地按，时隔几个月，我的邻居们再度听到到了曾经让他们魂牵梦萦的九浅一深，九长一短。上了车，我依然坐在熟悉的副驾驶位置，韩文静熟练地掉头，走上那条熟悉的路。奇怪的是我俩没什么话说，韩文静只是安静专注地开车，而我大部分时间都在注视窗外。可能是我俩都有点儿端着，那种感觉很奇怪。几个月没见，韩文静开车的风格也有点改变，好像比以前稳重了许多。当我们再次塞在中山一立交桥时，韩文静没有像从前那样发牢骚，只是稳稳当当停下车，目视前方，平静地等候。这种改变让我感觉有些陌生。

逛街的时候我们更是捏着半拉儿，好不容易找个地方停了车，开始在体育西毫无目的地乱转，扎进一家店就象征性地左顾右盼，紧接着随便拎起几件衣服，面无表情地讨论几句“这个还行吧，那个不太好看”，诸如此类的话，毫无真诚可言。谈论的话题一律无关痛痒，心不在焉，一个小时下来我俩都明显地感觉到很别扭，心里都在后悔，谁都不想买衣服逛什么街啊！我走得脚都疼了，韩文静看上去也有点累，彼此心里都在狂喊——要不咱回去得了——就是谁也不好意思把这句话先说出口。

又半个小时过去了，局面已经十分尴尬，我俩都已经到了崩溃的边缘，剑拔弩张，之前还假惺惺地聊聊衣服，现在干脆连话也不说了，偶尔对视一眼，都苦大仇深地冷着脸。眼看好不容易建立起的和谐局面又要毁于一旦，前面出现一家咖啡馆，我提议说：“要不进去坐坐吧？看你也走累了，我想进去抽支烟。”韩文静也不说话，面瘫似的点了点头。

_6.

里面环境还可以，坐下以后，韩文静的表情多少缓和了一点儿。我点上烟，似乎也没刚才那么烦躁了。

小妹打扮得挺漂亮，走过来问：“二位喝点儿什么？”

韩文静犹豫了一下：“果汁吧。”

小妹很活泼地转向我：“你呢？”

我说："跟她一样。"我点了一支烟，又点了一支烟，果汁才上来，好在沙发很舒服，人靠进去很有安全感，坐下就不想动。在喝果汁的过程中，韩文静的眼睛时不时地向吧台瞟去。一杯果汁很快见底了，我俩对坐无语，尴尬再度浮出水面。

我很怕等下韩文静提议接着逛，试探着问了一句："要不——咱喝点酒？"

韩文静立刻果断点头，比刚才迅速多了，完全不是一个态度，迫不及待地冲吧台喊："哎——小妹，拿单子过来。"

酒上来以后我俩也不说话，较劲似的比着喝，好像在参加"看谁喝得快"比赛。酒真是个好东西啊！从前总听人说，酒是穿肠毒药，色是刮骨钢刀，气是下山猛虎，钱是惹祸的根苗——其实这几样都是好东西，就看你怎么用了。几杯红酒下去，我心情豁然开朗，觉得哪儿都舒服了。韩文静明显比我还舒服，也装不下去了，跟我对视一下，害羞地笑了。我鄙夷地看了她一眼，我俩异口同声几乎是同时骂了句——不要脸。

半瓶之后，韩文静原形毕露，也顾不上稳重了，开始恶人先告状，剽悍地指着我说："周小北，你就是个畜生，你说，凭什么这么长时间不理我啊？"

我根本不吃这套，第一次看她这么撒娇那时候俄罗斯还叫苏联呢："你以为你什么好货呢？你厉害你接着装啊，跟我和好干什么？"

"噢！你以为我喝杯酒就是跟你和好啦——没见过世面的东西。我那是可怜你！"

"用得着你可怜吗？"我毫不留情反唇相讥，"我这么心机深重懂得挑拨离间的人干吗让你可怜啊？"

韩文静被切中要害，有点儿不好意思了，摆着手凑过来说："哎哎——这个不准再提了啊。你要是答应我以后不提这个，我就告诉你那天我跟樊斌是怎么回事儿。”

我思索了一下答应下来。韩文静说：“拉钩？”“幼稚——”我嘴上这么说，手还是伸了出来，边跟她拉钩边美滋滋地想，原来你怕这个啊，要是再敢得罪我回头就给你公布出来，各大论坛关键位置全都放上，跟上回那个惊天大秘密一起，外加人肉搜索，彻底暴露你栽赃诬陷的丑恶嘴脸。

韩文静开始绘声绘色地描述当天的作案场景。

原来，那天我去深圳之后，韩文静到处找人喝酒也找不着，刚好樊斌给她打电话，问：“小北呢？是不是跟你在一起呢？”韩文静说：“对啊，还在这儿呢。怎么了，你也想喝酒？那过来吧。”韩文静本意是想逗逗他，没想到樊斌真的杀过来了，到了之后到处找我，韩文静告诉他我刚走，他死活不信，坐下以后开了瓶酒开始猛灌，一口咬定我跟韩文静联手骗他。韩文静正愁没人喝酒，一看有主动送上门来的，刚好，干脆跟樊斌对饮。樊斌借着心情不好，连吹了几瓶，很快就有点晕晕乎乎了，韩文静怕他酒后闹事，打了个车把他送回家。到家之后见我还没回去，更加坚定了我跟李理在一起的信念，怒火攻心，死活不让韩文静走，一定要接着喝。韩文静本来就没喝够，此刻求之不得，开了家里一支芝华士，没什么吃的干脆就拿绿帽子话题下酒，结果把樊斌越喝越怒，揭竿而起，心想周小北你睡我朋友，那我也睡你朋友。

到这儿为止，一切都跟我之前设想的一样，可后来就完全猜不到了。

樊斌醉得很厉害，行动比较迟钝，舌头也大了，什么话都说不明白，刚表现出一点儿苗头就让韩文静给骂了，还以为他强奸呢。樊斌借着酒劲儿，越来越过分，韩文静一看光靠骂没用干脆开打了。樊斌不打都快睡着了，一打两下就倒了。韩文静灵机一动——周小北你不是一日不捉奸在床就不离婚吗，干脆我牺牲一把，先把你弄离婚了再说。下定决心之后好不容易把樊斌弄上床，把杯盘狼藉收拾干净，临上床之前怕樊斌中途醒来，还给樊斌喂了两片安定——就在床头抽屉里——喂完之后怕两片不够维持到我回来又喂了两片。万事俱备之后韩文静视死如归地躺下，无比安心地睡去。于是，就出现了樊斌被捉奸在床都没醒来的一幕。

韩文静说完，斜着眼睛瞄我，估计是等着我夸她呢。我满脸沮丧，都快哭了——什么朋友啊这是。韩文静看我半天没出声，脸又变了，恶狠狠地盯着我说："怎么了周小北？你又想找事儿是不是？""没有没有"我赶紧澄清，"我的意思是，有你那么喂安定的吗？那是药啊！万一你一不小心把人喂死了呢？"

_7.

两支红酒以后，我跟韩文静正式和好，仿佛我们从来没吵过，一切都像从前一样美好。实际上，无论想起王媛还是韩文静都让我内心疼痛，无地自容。因为我曾经伤害过她们，不管这种伤害是有意还是无意。在伤害她们的同时，我甚至比她们还要痛苦，事后想想，还不如直接躺那儿给她们拿刀捅来得舒服。从韩文静的眼中我同样读出了这一点，不过我们谁都没好意思开口。

那天我喝多了，开始絮絮叨叨地跟韩文静说话，她也跟我说，到后来我俩抢着说——生怕酒完了话还没完。开始还是一问一答式，我记得我跟她说："咱们年纪都大了，以后你别叫我小北了，小北小北的多难听啊。”韩文静吃吃地笑着说：“老北——周老北。”我怒了：“把老字去掉能死啊？”韩文静求饶说：“好好，北——北——”没过多久我俩说的东西就对不上了，我说我的，她说她的，根本不在一条线上。后来王媛也来了，据说王媛坐下的时候我正在讨论哲学，韩文静正在讨论艺术，俩人都看着对方，不过就跟看着空气一样，毫不理会对面说的是什么，跟背课文一样坐那儿各自狂说——同时说。看到王媛去了，还抢着让她听，跟小孩儿一样。

那天回去之后，我躺在床上还是很兴奋，怎么也睡不着。事实上，随着年龄的增长，许多曾经确信不疑的命题都被我逐一推翻了。比如说：我会永远喜欢麦当劳的，樊斌是不会跟我分手的，性爱是世界上最美妙的，等等。其中有一个命题在今晚被我推翻得非常彻底，那就是——我对爱情绝望了。之所以推翻这个命题，是我发现自己仍然十分想念李理。人多少都有一点儿犯贱心理，每一次弄得血肉模糊一塌糊涂之后都告诉自己算了吧，省省吧，别再抱着自虐的幻想了。可惜人对感情的需求是无止境的，每一段旧的感情结束的同时，恰好是另一段新的犯贱旅程的开始。我对李理就是这样——千方百计告诉自己不要执著，因为分离是必然的，可还是控制不了刻骨地想他。

爱情是个轮回，就跟生命一样。再过一万年，人们可能无法想象多年以前还存在着这样一个社会，就像现在我们丝毫不能理解玛雅文化的产生与消亡。在相对未来而言的那个一万年前的社会里，人们都在一个叫作医院的地方出生。出生时有穿着白色衣服的人记录他们几斤几两，并且相互比较，就像称一块新鲜猪肉一样。而等这些新生儿死了以后，又要被放到一个有火的容器里，把肉体烧成灰，然后埋进土里，或者撒进海里。在从生到死的这样一个过程中，人们疲于奔命，心力交瘁，整天为生计或脸皮奔波。更有甚者，为此付出了诸如道德、廉耻之类罕见而又宝贵的东西。人们渴望真情，却又处处怀疑。人们吃各种动物植物来作为他们的食物。他们对付食物的方法多种多样，有烹、炸、煎、炒、炖、煮等等复杂的手法。他们吃完东西要排泄，吃东西的时候要喝酒，喝完了酒要发疯。他们注重真情，可是又淡薄真情。他们渴望同情，又侮辱同情。他们会使用爆炸、袭击、盗窃、抢劫等各种暴力手段、他们用鲜花和亲吻来表达爱情。他们日复一日、年复一年。他们陷入了轮回、永无止境。太阳依旧东升西落。人们风花雪月，朝三暮四，暗度陈仓，愚不可及地在肮脏的空气里说着由衷或者不由衷的话语，没有掌声，没有奇迹，没有结论，开始与结束都在一念之间，毫无声息，毫无理由。像一个个拿了赃物的海盗，却又否认自己上过贼船。

在终于要睡着的一刹那，我突然发觉，周遭的一切就像风景在不断变幻，不变的只有韩文静和王媛。日子跟日子其实没什么不同——有人觉得不同，那也只是他们觉得当中是不是有那种叫作爱情的东西。不过这个东西似乎比较虚幻，从前，我摇摆在特别极端的理想和硬邦邦的现实之间无法抉择，可是后来现实帮我做了抉择。之前我觉得如果没有了樊斌我会去死，可是当李理告诉我樊斌要死了的时候我照样活着。由此可见，爱情算个鸟。

樊斌走了，李理走了，彭永辉走了，刘炎和成晓峰走了，据说胖子也要走了——最后留在彼此身边的不过是我们仨。只要看见她们，我便感到有人陪伴。我们喜欢表达，只是有些时候我们的技巧限制了我们的表达。我们只为一个简单的理由甚至不为任何理由，就可以喝得酩酊大醉。我们有的时候说话，也有的时候根本不说话，只是各怀鬼胎地坐着互相感受。我们像一圈多米诺骨牌那样经常凑在一起，不动声色地互相关注着，谈论着我们遥远的过去和同样遥不可知的未来。我们讲不出什么大道理，我们影响不了太多人，但我知道，真正的好朋友，并不是在一起就有聊不完的话题，而是在一起就算不说话，也不会觉得尴尬。当然，今天下午我跟韩文静逛街的情况除外。

_8.

几天后，胖子来跟我告别——他决定离开广州，去往另一个城市。我问："是不是王媛跟你分手了？"

胖子说："没有，是我自己想走。"我有点伤感，其实像胖子这样的经济适用男已经越来越难找了，去我家吃过几次饭之后我妈都觉得胖子好，偷偷问我他有没有女朋友，想给他介绍一个。"经济适用男"这个名儿是我妈起的，说就跟经济适用房一样，经济适用，性价比高，是最具潜力的绩优股，看着没樊斌那么抢眼不过比樊斌踏实，没彭永辉那么有钱不过比彭永辉厚道。胖子没什么钱，家庭背景也很一般，长得也不帅，绝对不是那种潇洒多金型，带出去没多少人夸也不会有人羡慕，买不起豪宅仅仅可以付个首付。他不抽烟、不喝酒、不关机、不赌钱、没有红颜知己，从不跟人暧昧。生活经验告诉我们，千万不要去查男人的短信清单和聊天记录，胖子就不一样，手机短信随便翻，肯定找不出过火的，非常安全。而且一旦对谁好就是死心塌地，勇往直前。凭什么这种男人王媛就不喜欢啊？

我为胖子打抱不平，我说："王媛这个瞎了眼的东西，别惦记她，我再给你介绍个比她好的。"

胖子看上去有点沧桑，都这时候了还在帮王媛辩护：“不怪她，真的不怪她。”

我急了：“你真……胖子，王媛是我好朋友，当初是我介绍你们认识的，这件事说到底是她不对，不过她真不是故意……”

胖子以罕见的深沉摆了摆手，把我打断了，“不是那么回事儿。小北你先听我说，我知道你们都觉得我对王媛好，现在有点同情我，是吧？”胖子说得很慢，“其实不是这样的。王媛是个很独立、很要强的人，不需要别人的照顾也能自己好好生活。可是我还是抑制不住地想对她好，想关心她，想保护她，想帮她减轻一点儿压力和负担，不希望她受到一点儿伤害。”

我说：“这没错啊！”

胖子摇摇头说：“问题就在这儿了。其实，我一直按照我自己的想法来关心她，却从来没想过她需不需要我这样做。”胖子抬起头，眼圈发红，目光中的痛楚让我都觉得有点心疼，“小北，其实王媛在深圳的事儿我早就知道，比你们都早。”

我恍然大悟：“你是因为这个……”

胖子连忙解释：“不是不是。别误会。我要是因为这个就有点儿卑鄙了。其实王媛这样做我一点儿也不怪她，相反我挺欣赏她的，为了亲人丧失一点儿原则不算什么。我是觉得，王媛做出那个决定的时候，肯定心里跟崩塌了一样难受。她能承担这么大的压力，都没在我面前透露过一句，作为一个男人，我在她心目中连一点儿支撑作用都没有。”

胖子的感受我特别能够理解。当初我生她的气也是因为这一点，我觉得这么大的事儿你都先斩后奏还把我们当朋友吗？可我当时只顾着自己生气了，丝毫没顾忌到王媛的感受——对她来说，把这一切亲自对我说出口已经是极大的发泄了。王媛跟韩文静不同，她是觉得，自己多承担一点，对方就可以少一点。男女感情跟闺蜜到底不同，误会往往在这里产生。

去追究王媛对胖子到底什么感觉已经没有意义，胖子从非洲回来这么折腾一场也未必是什么坏事。在感情里欢欣与痛苦只有一步之遥，我宁愿相信没痛苦的爱情不是爱情——由着我吗？它就是一定会让人痛苦的东西。痛苦没什么不好，它代表成长。我们可以戒烟戒酒甚至戒毒，但终究无法戒掉一段感情。

胖子走了以后，我独自在街上闲逛，竟然无意间偶然碰到一个熟人，他看到我一愣："你是周小北吧？"

我一开始没认出来，还以为自己红了呢走路上都有粉丝认识我了，刚想羞答答地问人家要不要签名，仔细一瞄——不对啊，好像有点面熟。

他笑着问："不记得了？有一次在饭店碰到过。"

我这才想起来，原来是李理的亲戚，在杭州工作经常往返广州的那个。我跟他开玩笑："当然记得，我还惦记着哪天让你帮我带杭州的鸭舌呢。"

他显得有点意外："还没吃够啊？腻不腻啊？"

我说："怎么就吃够了？还没见着呢。"他沉思了一下说："不对啊，每次回来李理都让我给他带，都大半年了，说你最喜欢吃。有次去他家我看冰箱里全都是——我就说呢你哪能吃那么多……"听到这儿我就空白了，后面说什么全不记得。我站在路边，呆若木鸡，像被谁猛敲了一闷棍，短时间内无法思维。等我回过神来，他还在那儿叹气，"……妹妹跟了个男的，听说是已婚的……说是出国前就好上了，当时李理不在深圳……后来回国都好几个月了李理还一点儿都不知情，还以为妹妹在加拿大呢，前段儿在街上碰着了……鸡飞狗跳的，李理一气之下去了日本……”

听到这儿，我很礼貌地打断他，快步向前走去，一转身眼角就有泪水汹涌流下来，怎么止都止不住。

_9.

“您拨打的电话已启用短信呼业务……”我躺在床上，拿着手机，每隔几分钟就打一次，这样的状况已经持续了五天。不管干什么手机从不离手，不管睡着还是醒着，电话一响我看都不看立马就接，王媛和韩文静统计过，最快的一次还不到两秒。

“哟！这一次慢了点儿——三秒半。小北，干吗呢？还躺床上等李理呢？”韩文静在电话里阴阳怪气地问。

没素质的东西，还搞艺术呢，什么话让她一说就显得特别色情。我说：“对啊，你要不要过来一起等？”

韩文静说：“不去——你们家那床我都躺够了！哎，我告诉你一个办法，你干脆让电话长在你身上得了，去做个移植手术，我赞助。这样它自己会慢慢进化，迟早比你身上的某些器官都好使。”

我说：“得了，要是你赞助肉体我就去做。说吧，找我什么事儿？”“你等着——我去你家跟你说。”

一会儿工夫她就跑来了，一脸亢奋，看上去很高兴。我问她：“乐什么呢？是不是找着比成晓峰帅的了。”韩文静轻蔑地说：“别小瞧我，谁像你啊为了个李理茶饭不思，我对男的免疫了。”“你要是能对男的免疫，那世界就和平了。”韩文静不但不生气还笑了，“告诉你吧，我们家老爷子彻底好了。”我也高兴了——这倒算得上是一桩大好事！上次那个事儿以后，老爷子可能受了点儿打击，精神上也有点受刺激，吃饭什么的都正常，就是不说不笑，跟谁都不认识似的，整天自己闷在屋里，更别说让他下楼了——没门儿。韩文静开始还怀疑她爸得了老年痴呆，连拖带拽弄去医院一查，哪儿都正常。后来文静她妈分析说，可能是一下子出了这么大的事，又突然赋闲在家，觉得面子上过不去，再等等看吧。后来慢慢有点起色，偶尔跟家人说几个短句，跟哲人一样。

“你猜今天怎么样——今天起床，彻底变了个人。在家里晃了一圈，笑眯眯地跟我妈说，走啊，我陪你下去买菜，很多年没去过菜市场了。我妈还以为自己听错了呢，吓一跳，回头一看老头儿已经拎着菜篮子下去了。买菜回来，就拉着我聊天，说他被调查的那些事儿。刚才我走的时候，人家自己出去锻炼身体了。”

我继续给李理打电话：“真不错啊，这是得庆祝一下，老爷子拨开云雾见青天了。”手机里依然传出：“……您拨打的电话已启用短信呼业务……”韩文静已经见怪不怪了，斜着眼睛奸笑：“除了调查细节，我爸还跟我说了一件别的事。”

“什么啊？”我漫不经心地问。韩文静饶有兴致地看着我：“行啊你，周小北，我得对你进行重新认识啊。”我被她盯得有点发毛：“怎么了？”韩文静义正词严：“隐瞒也是一种欺骗你知道吗？而且是欺骗里比较严重的那一种。”我捂着胸口看着她摇头，不知道有什么缺德事儿让她给知道了。“我们家老爷子那事儿，是你找你爸战友帮忙的吧？还不吱声，幸亏老头儿今天正常了，否则我还什么都不知道呢。”“噢，这个，小事一桩。雷锋做完好事都不留名。有事你说话，关系硬着呢。”我心不在焉地吹牛。韩文静说：“别美化自己——你跟雷锋比差远了！雷锋做了好事是不留名，但是每一件事情都记到日记里面。”我继续打电话：“是是，我回头就写，我写博客里，连你那惊天大秘密一起……”听那个移动女播报短信呼业务都听习惯了，冷不丁没有了我还反应不过来，直到响了好几声以后才意识到——通了！我心里“咯噔”一下，心脏开始狂跳。韩文静在旁边挤对我：“脸都红了，打色情电话是吧？”几秒钟以后，李理的声音通过电流再度传入我的耳朵：“小北，我刚回国。”

_10.

“把我吓一跳，一开机——几百条短信，收件箱都爆了。”李理坐在我对面，微笑着看我，笑容里明显有揶揄的成分，“怎么的，想我了吧？”

我低头吸饮料呢，心想都这时候了，装也没用，还不如直接承认算了。我抬起头看着他，不要脸地说：“嗯，想。”

李理没想到我这么直白，愣了一分钟左右才恢复正常，不过马上就又不正常了，严肃认真地问：“小北，上次那事我想跟你解释一下。”

“什么事儿啊？”我无所谓地问，偷偷用余光瞄他，俩月不见，好像比从前好看了。他也瘦了，脸上很有棱角，人都说，有两种人减肥是神速，一种是正在戒毒的，一种是感情失意者。特别是一严肃起来整个人很酷，还有点忧郁，再加上可能是因为胡子没来得及刮吧，看着挺硬汉的，有点儿像高仓健——当然是年轻的时候。

李理表情沉痛，俩眉毛都快拧到一块儿了，过了半晌才开口，语重心长地说："小北，你信不信都好，当初樊斌让我跟你说他有病了，我真不知道他是跟李蕊在一起……李蕊去了加拿大以后，有次打电话给我，不小心说漏了，让我千万别告诉樊斌她的联系方式，我才知道这件事……"

他才提了个头儿，我心想这些陈芝麻烂谷子我都知道得底儿掉了。他絮絮叨叨不知道说到什么时候才完，中间还得冒着一言不合就翻脸的风险，不如顺水推舟送个人情，表示我对他充满信任。

于是我当机立断挥挥手，直接打断他，相当大度地说："噢，这个啊。都过去的事儿别提啦——不用解释，我相信你。"

果然，李理听我这么说，愣了，不敢相信似的看了我老半天，确信我不是开玩笑之后，满脸惊喜，深受感动。

我准备借着大好机会进行自我剖析，争取坦白从宽，我说："那——还用不用解释一下我跟樊斌旧情复燃的事儿啊？"

李理更干脆，笑着说："不用，我也相信你。"

我也感动得够呛——多么和谐的一对青年男女啊，彼此信任，既往不咎，太感人了，写成剧本谁看了都会哭的——不过人家这才是真的，不像我，揣着小心眼儿，事先了解了情况还假装不知道。我没出息地流下眼泪，那是悔恨的泪水。

李理看我哭有点慌了，语无伦次地劝我："小北，你别哭……哎！别哭啊！都是我不好还不行吗？那什么，你不是挺能的吗，怎么在我面前总哭啊？"

多好的青年啊——看我哭就紧张，明明自己没有错还委屈自己做自我检讨，我何德何能让人家那么信任啊——这么一想我更惭愧了，哭得更伤心了。

我一伤心就口不择言了，边哭边说："李理，咱们以后别再争强斗狠了，行吗？古往今来有多少奇人异士因为争强斗狠分手了啊，你这么信任我，我——我内疚啊。"说着说着我就泣不成声了。

看我这样，李理良心实在过不去了："小北，你别这样，其实应该感到内疚的是我。那天看到你跟樊斌在家，我当时真的误会你了。我心想，既然你们和好了，那我撤吧。"

终于把真话说出来了。"那后来呢？"我抽抽搭搭地问。李理犹豫了一下，决定玩真心话大冒险："后来樊斌和李蕊结婚了，我才知道你俩不可能和好。"原来是这样啊——没想到无意中还让樊斌和李蕊帮了忙。我心里有点儿酸溜溜的：行啊李蕊，果然有力度，我培养了八年才得来的婚姻让你几下子搅黄了不说，还在短短几个月中迅速重建了，人和人之间就是有差距，不服不行。

我说："他们俩现在过得挺好？"

李理说："离了。"我顿时如遭雷劈，外焦里嫩：步子迈得大不说，步伐也太快了，我都快跟不上了。听李理说完我才知道事情原委。原来是这样的：樊斌本来就不太乐意结婚，估计这么快结了离，离了结，自己也有点不好意思，民政局又不是他家开的。可是李蕊非常想结，以死相逼，不光要结还得正式举办婚礼，也就是摆酒。后来樊斌好不容易说服她，只领证不摆酒。于是俩人去婚姻登记处把证儿领了，李蕊挺不乐意的，心想结婚就是应该昭告天下，凭什么我就跟见不得人似的？领完证心里就窝着一股火，紧接着提出去度蜜月。樊斌觉得确实挺对不起人家的，就陪李蕊去海南玩了一趟。结果，回来的时候就樊斌一个人了。

我说："吵架啦？"

李理摇摇头，难以启齿的样子，过了好半天才开口说，樊斌跟李蕊从海南回来的时候，取道雷州，顺便在雷州的海边玩了一趟，在一个叫赤豆寮岛的地方认识了一个什么岛主，那人买了片沙滩，弄得极其浪漫，一个人躲在岛上，假装黄老邪。李蕊跟他一见钟情，觉得找到一生真爱，打算跟他在岛上隐姓埋名，浪迹天涯，远离尘嚣不再回来。更绝的是，为了讨美人欢心，黄老邪干脆把那岛重新改了个名字，叫“爱情岛”。激情的遇上更激情的，浪漫的遇上更浪漫的，樊斌丢盔弃甲，不战而败。

李理以为说完这个我心里会挺难受的，在那儿憋了半天想怎么劝我，没想到我破涕为笑，这下民政局真成樊斌他家开的了。谁替樊斌难受啊，遭遇这样的打击也好，说不定还能刺激刺激他诗兴大发，重拾文学梦想，弄点儿什么惊世巨作出来——要知道诗人都是在逆境中产生的。

樊斌的事儿听完我就忘了，高兴的是我跟李理——原先我还担心自己被樊斌所害对感情有了心理阴影，不够勇敢对待感情不够自信，配不上他呢，这下好了，原来我俩都不是什么好东西！

_11.

几天后，王媛从所在的公司辞职，在韩文静的煽动之下开了个网店，正式成为SOHO。韩文静通知我这个消息的时候很兴奋，她说：“王媛已经不坐台啦！”让我一下子想起《甲方乙方》里葛优那句台词——唐小姐已经不咳嗽啦！开始王媛还挺积极的，整天忙着进货啊，拍照啊，不亦乐乎。跟我说话都是这格式：“亲，你想吃点儿什么？”王媛抱着发财梦想，天天跟我分享哪个哪个网店月入几万了。结果一个月下来被迫倒闭了，原因是屡遭客户投诉——实物跟图片严重不符。王媛跟我打电话哭诉，我去她家一看，也被吓得不轻。东西本来挺好，可是跟网上那些照片一比，反差巨大，拿着实物再看看照片，觉得手里的不是垃圾也差不多了。

我说："你这是典型的我最痛恨的卖家啊，图片是天使实物是魔鬼，你这不是实拍的啊？""是实拍的啊！"

"什么相机啊，能拍成那样？"王媛愁眉苦脸地说："还能有谁，韩文静呗。我说咱还是实事求是一点儿，别弄那么好看吧。文静说，听我的，你什么都不懂，开网店靠的什么，就得靠图片，现在都读图时代了，得给人家留下深刻的第一印象，这样才能吸引买家注意，引起人的购买欲望。"

我仔细一看，确实是韩文静的风格，把卖的那些东西全都按照她平时处理自己照片的风格进行PS，统一处理得虚无缥缈，精美无比，直到看不出原样为止。我正对着照片大骂韩文静呢，说她PS工艺可以跟周正龙有一拼了，突然接到一个电话，是个陌生号码，我一接，一个非常低沉的声音在电话里问我："郑远东你认识吧？"

我以为哪个老同学跟我开玩笑呢，挺高兴地说："认识啊！怎么啦？"

对方更加低沉了："他现在在我们手里，想要命的话三天之内准备二十万。"说完啪地挂断了。

王媛看我一脸迷惑问我怎么了，我说："胖子好像惹麻烦了，被绑架了。"王媛也迷惑了："他要是被绑架应该找他家人要钱啊，怎么找到你了。"我回忆了一下，昨天晚上胖子还给我打过一个电话，说在外面旅游呢，语气醉醺醺的，还问我要不要过去，估计绑匪一翻通话记录，看我的号码是最后拨出的，把我当他女朋友了。

我心想胖子怎么这么倒霉啊，平常人百年不遇的事儿让他给碰上两次，从前在非洲就被武装绑匪劫持过一回，这次又被绑了，肯定是看他太胖了，长得就像个肉票。我一急就乱，脑子里飞速地转，把什么后果都想到了，就是没想过该怎么办。

还是王媛冷静，思索了一下说："咱报警吧。"

我赶紧掏出电话拨110，王媛一下子把电话抢过来给掐断了，说："算了。打电话报警没用，打完还是得去派出所登记，还不如直接过去，节省时间。走！"

我被王媛拉着，到了派出所，好不容易哆哆嗦嗦把事情讲明白了，警察问我他跟我最后一次通电话有没有说他在什么地方，我说有，是在云南。警察问，有没有什么具体的地点，比如哪个城市？我回忆了半天，胖子确实说过，是个挺熟悉的地名，就在嘴边儿可就是想不出来，一想不出来我就更着急。

我快急死了，一个劲儿地比划："那个，就是那个杂志的名字！一个杂志，挺时尚的在淘宝上总能见到，叫什么！"

王媛想了一下："瑞丽？"

我大喜："对对对！答对了！瑞丽！云南瑞丽！"警察表情挺怪的，好像强忍着想笑又没敢笑。我差点儿跟他急了，人命关天的大事什么态度啊这是！等出了门我才反应过来，估计他是娱乐节目看多了，看我跟王媛在那儿一问一答以为我俩当场表演"幸运五十二"的猜词环节呢。

从派出所出来，我一直很紧张，心始终是悬着的，坐在出租车上我不停地在说话，也没有逻辑，想到什么说什么，全是自己吓自己。我一看时间，小半天过去了，我跟王媛说："云南那么大，警察能那么快找到吗？咱还是赶紧想办法筹钱吧，万一时间过了胖子被撕票了怎么办？"王媛一直没说话，表情很凝重，不知道在想些什么。

到了楼下，我迷迷糊糊往里走，王媛突然站住，跟我说："小北，我决定去一趟。”我吓一跳：“去哪儿！”王媛目光炯炯：“云南。”当天晚上，王媛就从广州飞往昆明，之后一夜没睡，雇了个车，用了十多个小时连夜赶往德宏。没用上三天，第二天晚上，我就接到王媛电话，说胖子没事了，明天就返回广州。

整个营救过程非常传奇，走之前王媛就想好了，与其冒险等人去救不如直接黑吃黑算了，谈不出来就硬抢。去到之后王媛找了个朋友，在当地很有实力，答应给她帮忙。

王媛已经做好血拼的准备了，没想到人家几个小时就把事情起因弄清楚了——根本没那么严重。

也算胖子倒霉，本来是想借酒消愁，抒发下失恋感受，没想到好死不死刚好碰上当地两个小混混赌博失败沮丧得要死正往回走，看到胖子肥头大耳精神恍惚，还是个外地人，一身游客打扮，临时起意：不如把他绑架了算了，看能不能顺便敲诈点儿钱还了赌债。

王媛得知情况适时表现了一位优秀职业经理人应有的素质，亲自带队过去谈判，做了这辈子最漂亮的一次公关。也不知道她怎么谈的，临走时那俩小混混都被感动了，哭着喊着要请他们吃饭。

我说：“你怎么还认识这号牛×人物啊？都不介绍给我认识。”王媛说：“行啊，是我在深圳做陪聊的时候认识的　要不你也去得了。”几天后胖子和王媛回到广州，我和韩文静开车去机场接他们，其实主要是迎接王媛凯旋。人的思维方式就是不一样，接到他们回来路上，我连连称赞王媛干得漂亮，韩文静却在连连感叹王媛干得便宜，她百思不得其解——真省啊，这一趟包括路费加起来还不到2000块钱，怎么做到的？韩文静感叹了半天，突然惊喜地想到：“哎呀，胖子！你可以去申请吉尼斯了——史上最便宜的肉票！”我从后视镜看了一眼王媛，她依偎在胖子身边，表情挺甜蜜，胖子也是一脸得意，完全不像个肉票，也不知他俩在边境的小旅馆里发生什么奸情没有。

_12.

李理旅行社开业之前，我俩特地去了趟韶关，拜了南华寺，祈求从今以后一切平安。寺庙占尽天时地利，依山傍水，风景秀美，是个调养身心的好地方。关于这个寺的传说很多，都跟六祖慧能有关。据说那首著名的佛家偈语“菩提本无树，明镜亦非台，本来无一物，何处惹尘埃”就是在这里写成的。

韩文静知道了以后笑话我迷信，她在电话里咯咯笑着说：“周小北，科技都这么发达了你还信这个，亏你还受过高等教育。旁边就是丹霞山，你还不如带李理去看看阴阳石、搞搞生殖崇拜，顺便祈求性生活和谐。”

对于韩文静的话我不以为然。科技的确越来越发达，很多事情都能做到提前预知，先一步防范。比方说，天气预报越来越准了，提前一个礼拜就可以知道接下来七天用不用带伞。

生男生女也不是秘密了，做个B超就能把一切看得清清楚楚。通信也发达了，只要你想知道，人和人之间几乎没有秘密可言。可唯有感情没有随着科技发达而改变，依旧不能预测，也无法防范。

旅行社开业以后，李理忙得马不停蹄，脚不沾地。我依然夜里狂赶剧本，早上被快递吵醒。王媛关了网店，开始找工作。胖子也不到处走了，暂时在李理那里帮忙，做人事管理，他俩经常在一块儿意气风发地讨论，要把旅行社做好、做大。对于感情的事，王媛和胖子都绝口不提。据韩文静分析，他俩可能是想忘记过去试着重新开始。不过韩文静的话现在很不可信，因为她正处于疯狂的相亲阶段，整天走马观花，像走穴一样穿梭于各个饭局，根本无暇顾及其他。

有时回头想想真是觉得人生如戏，2009年才过了一半儿就发生了这么多事。一晃二十八年的岁月悄然而去，无数让我们或激荡或惆怅的情绪隐匿其中，偶尔泛个小涟漪，如流水一样不留痕迹。对于那些过去的日子，我只能说我很怀念。

不过生活还得继续，并且永远都不缺乏惊喜，以后会怎样谁知道呢?

李理旅行社接完第一个团的那天，我们在一块儿喝了次酒，大家都喝醉了，说了很多热情幼稚的话。当中发生了什么全都不记得了，只是隐约记得最后李理和胖子抱在一起，雄心万丈地高唱："呀啦索，那就是青藏高原……"都把自己喊缺氧了。韩文静拿着打火机，不知为什么非得把胖子点了。后来好像是李理说了一句："我不喜欢吃清蒸的，我喜欢油炸的。"我举起手臂像革命烈士一样高呼一声："我就是油炸的！"然后轰然倒地，失去记忆。

第二天中午，我正睡得迷迷糊糊，又接到韩文静的电话。韩文静语速沉稳，铿锵有力："周小北，我要向你宣布一个消息。""嗯，说。"我吐了一夜，困得要死，酒还没完全醒。只听韩文静在电话里大喊："我要结婚了！我要结婚了！我要结婚了！"一声比一声响。我糊里糊涂，还未问她跟谁结婚呢！韩文静的电话就挂了。

我放下手机，继续沉沉睡去。

〈全文完〉